U0743995

奥托兰多城堡

［英］贺拉斯·沃波尔 著

高万隆 译

英国老男爵

［英］克莱拉·里夫 著

高万隆 译

浙江工商大学出版社
ZHEJIANG GONGSHANG UNIVERSITY PRESS

图书在版编目(CIP)数据

奥托兰多城堡 /（英）沃波尔著；高万隆译. 英国
老男爵 /（英）里夫著；高万隆译. —杭州 :浙江工
商大学出版社, 2016.6(2017.3 重印)
　（西方经典哥特式小说译丛 / 蒋承勇主编）
　ISBN 978-7-5178-1529-7

　Ⅰ. ①奥… ②英… Ⅱ. ①沃… ②里… ③高… Ⅲ.
①长篇小说－小说集－英国－现代 Ⅳ. ①I561.45

中国版本图书馆 CIP 数据核字(2016)第 019474 号

奥托兰多城堡
[英]贺拉斯·沃波尔 著
高万隆 译

英国老男爵
[英]克莱拉·里夫 著
高万隆 译

出 品 人	鲍观明
丛书策划	赵 丹
责任编辑	何小玲
责任校对	马玉君
封面设计	林朦朦
责任印制	包建辉
出版发行	浙江工商大学出版社
	（杭州市教工路 198 号　邮政编码 310012）
	（E-mail:zjgsupress@163.com）
	（网址:http://www.zjgsupress.com）
	电话:0571－88904980,88831806(传真)
排　　版	杭州朝曦图文设计有限公司
印　　刷	杭州五象印务有限公司
开　　本	880mm×1230mm　1/32
印　　张	9
字　　数	217 千
版 印 次	2016 年 6 月第 1 版　2017 年 3 月第 2 次印刷
书　　号	ISBN 978-7-5178-1529-7
定　　价	32.00 元

版权所有　翻印必究　印装差错　负责调换
浙江工商大学出版社营销部邮购电话　0571－88904970

总　序

蒋承勇

　　哥特式小说,作为一种独特的文学类型,是由 18 世纪的英国小说家贺拉斯·沃波尔首创的。他的小说《奥托兰多城堡》作为黑色浪漫主义的发轫之作,不仅引领了当时的哥特式小说创作风潮,而且也成为随后而起的欧洲浪漫主义文学运动的动因之一。与某些昙花一现或盛极而衰的文学类型和文学流派不同,哥特式文学发展虽然经历了跌宕起伏,但依然顽强地生存了下来,并于 20 世纪 70 年代开始在西方复兴,还由文学扩展到其他文化艺术领域,基于哥特式文学创作的哥特式批评和研究也成为当代西方批评的一个热点。正如琳达·拜耳-伦鲍姆(Linda Bayer-Rerenbaum)在《哥特式想象:哥特式文学和艺术的扩展》(*Gothic Imagination*: *Expansion in Gothic Literature and Art*, *Fairleigh Dickinson University Press*,1982)一书中写道:"十年前,当我开始研究哥特式主义时,'哥特式复兴'才刚刚兴起。尽管哥特式文化现象已开始浮现,如电影《罗丝玛丽的婴儿》(*Rosemary's Baby*)已上映,但是'哥特式主义'这个术语及其特定的含义,对当时的普通读者甚至学者都还很陌生,甚至最好的大学的英语系也很少开设哥特式文学课程。当我告诉朋友,我正在从事哥特式主义的研究时,只有少数人熟悉这种文学类型,或者能够记起一部哥特式小说的名字。大多数人只是想掩饰自己的无知,礼貌性地笑一笑说:'噢,这个太专了吧。'而十年后的今天,'哥特式'这个词已是家喻户晓。最近,我在一家我最经常光顾的百货商场的书店里看到,在'烹调类'和'非小说类'图书旁边整整一个过道上都是'哥特类'图书,超过一百种可供挑选。电影《驱魔人》(The Exorcist)——一部哥特式经典之作,比起先前的电影,吸引了更多的人,而小说《驱魔者》也售出七百多万册。过去十年中,我们耳闻目睹了超自然、占星术、哥特式科幻小说甚至经典哥特式文学的复兴。时至今日,人们很难看到在美国有哪所大学不开设哥特式文学课的。哥特式文学由于越来越受欢迎,其地位也已获得学界的首肯。"哥特式小说在 18—19 世纪的繁荣之中确立了它的美学范式和风格,并由此在西方文学中形成了哥特式文学传统。其后的发展也与时俱进。在 19 世纪,哥特式文学的新发展就是同现实主义融合,为该时期许多主流作家所用,如简·奥斯汀、狄更斯、勃朗特姐妹等。此外,哥特式也见于其他流派主要作家的创作,如霍桑、爱伦·坡、王尔德、亨利·詹姆斯、梅里美和波德莱尔等。他们要么创作了哥特式小说,要么在自己的创作中运用了哥特式风格和元素。到了 20 世纪,哥特式元素和风格为许多作家所青睐,哥特式文学再度出现繁荣,如福克纳、理查德·莱特、弗兰纳里·奥康纳、安妮·莱斯、托妮·莫里森等都创作了颇具特色的美国南方哥特式小说,其中不乏获诺贝尔文学奖的作家作品。当代美国作家斯蒂芬妮·梅尔的《暮光之城》小说系列以及由此改编的电影,更是让哥特式文学在全球读者和观众面前绽放异彩。

面对西方哥特式文学传统及其演进和当代复兴,面对西方哥特式文学和艺术研究持续不断的深入和拓展,我国学界对哥特式文学的研究显得相对滞后,理应引起外国文学研究者的足够关注。李伟昉教授认为,英国哥特小说研究是一个新的富于挑战性的课题。之所以这样说,主要原因是:受以往既定的政治标准和阅读思维定式的影响,国内对产生于18世纪后期的英国哥特小说这样一个曾经深刻影响过19世纪以来西方文学的"黑色小说"流派,在译介和研究上显得非常滞后,国内读者对其还十分陌生。从国外方面看,20世纪80年代前,哥特小说的研究明显不足,且评价不高。80年代后,西方对哥特小说的研究出现日趋高涨的热潮。因此无论在国内还是国外,英国哥特小说都是一个值得充分重视并大有可为的研究领域。不过,据本人陋见,早在20世纪80年代,国内就已有学者开始关注哥特式文学了。我在上海师范大学读硕士研究生时,我们的老师朱乃长先生就要我们翻译亨利·詹姆斯的《螺丝在拧紧》作为翻译作业;正是从他那里得知,这是一部哥特式小说;也正是从那时起,知道西方文坛中还有哥特式文学这样一朵奇葩。2003年在台湾出版的高万隆教授译作——贺拉斯·沃波尔的哥特式经典之作《奥托兰多城堡》,正是他在朱乃长先生指导下的文学翻译习作。这是我见到的最早的中文译本了。此后,马修·刘易斯的《修道士》、玛丽·雪莱的《弗兰肯斯坦》和布莱姆·斯托克的《德拉库拉伯爵》等经典哥特式小说的中译本在国内不同出版社出版。

国内对哥特式文学的研究始于20世纪90年代。在其后的20余年间,哥特式研究形成了一定规模,且呈现多元态势:肖明翰、韩加明、高继海、高万隆等撰文梳理并探讨了英国哥特式小说的发展;黄善禄等从多维度深入解读了哥特式小说文本;李伟昉等对哥特式小说的美学理论及其渊源进行了追溯和探究。此外,李伟昉等还从比较文学的角度研究了英国哥特式小说。近几年还有不少文章从女性哥特文学的理论立场出发,对女性文学的经典之作进行重读和诠释。另外一个值得关注的现象是,近年来,英语语言文学或比较文学与世界文学研究生的论文有许多都涉足哥特式文学研究。由此可见,伴随着国外"哥特式"的复兴,"哥特式"也逐渐成为我国外国文学研究的热点问题之一。

然而,遗憾的是,至今国内尚无西方哥特式文学经典的系统性翻译。有鉴于此,2011年,浙江工商大学比较文学与世界文学省级重点学科将"西方经典哥特式小说译丛"列为重点项目之一。"西方经典哥特式小说译丛"从起笔到付梓,历时五年多之久。这套译丛在国内首次以系列方式推出,无疑有助于推动国内读者对西方哥特式文学的了解,也有益于推动国内学界对哥特式文学的研究。第一批"西方经典哥特式小说译丛"选译了18—19世纪最有代表性的西方哥特式小说经典之作。之后,还将继续选译和出版20世纪的哥特式小说经典。我相信,这不仅是我们的期待,也是读者的共同期待。

本译丛的译者多为工作在高校教学和科研第一线的教师和学者,教学科研任务繁重,但他们不辞辛苦,为这套译丛的翻译付出了艰辛的劳动。在此,向他们表示敬意。此外,对于浙江工商大学出版社对这套丛书在编校和出版方面所付出的努力也深表感谢。

译者序

　　谈及哥特式文学,人们多半会先想到布莱姆·斯托克的《德拉库拉伯爵》或玛丽·雪莱的《弗兰肯斯坦》等哥特式小说。

　　事实上,哥特式文学可追根溯源到 18 世纪英国作家贺拉斯·沃波尔(Horace Walpole,1717—1797)的小说《奥托兰多城堡》。这部小说不仅在当时创造了一种新的文学奇迹,引领了哥特式小说创作热潮,而且它所体现的美学也塑造了西方现当代哥特式文学、电影、美术和音乐,乃至影响了当代西方哥特式亚文化。

　　贺拉斯·沃波尔可谓出身显贵,其父罗伯特·沃波尔是第一代奥福德伯爵,是英国历史上第一任首相,本人则是第四代奥福德伯爵,也是议会议员。沃波尔对中世纪的历史和遗迹情有独钟,1749年,他甚至还仿造了一座哥特式城堡,也就是远近闻名的草莓山庄。这幢建筑现已成为哥特式复兴的最早建筑范例之一。沃波尔由此获得灵感和启发,于 1764 年,创作了《奥托兰多城堡》。该小说被公认为第一部哥特式小说,由此创始了一种新的文学类型。该文学类型在 18 世纪末 19 世纪初风行一时。

　　《奥托兰多城堡》初版时,书名颇长,全称为《奥托兰多城堡,一个故事。由威廉·马歇尔绅士译自奥托兰多圣尼古拉教堂的权威之作、奥努弗里欧·穆拉尔托的意大利原作》。沃波尔声称,自己的《奥托兰多城堡》是根据 1529 年在意大利那不勒斯出版的一部书稿翻译而成的。该书稿被发现于英格兰北部一个古老的天主教家族的图书室。据说这部书稿中的故事情节取自一个古老的故事,可追溯到十字军东征。为了强化他的这一说法,该小说采用了一种中古时期的写作风格。其实,这部所谓的意大利书稿及其作者奥努弗里欧·穆拉尔托,都是沃波尔虚构出来的。威廉·马歇尔,就是沃波尔的笔名。

沃波尔在该小说初版时之所以未表明自己的作者身份,是因为在 18 世纪 60 年代,人们普遍认为,一个有地位、有身份的人去写小说是浪费才情和时间。

不过,在该小说第二版中,沃波尔承认了自己就是作者。他写道:"这部小说的写作方式很受读者的欢迎。读者们要求作者说明,在构思这部小说时,为什么要把古代浪漫传奇和现代浪漫传奇融为一体。在古代浪漫传奇中,一切都是想象的和不可能的,而现代浪漫传奇总是有意去写自然,有时候对自然的这种摹写相当成功。当时,对于文学功能的问题颇有争议,即小说作品是表现和描绘现实生活还是纯粹的想象。"小说初版大受好评,有人把它当成中世纪小说,称沃波尔是一位"独创性的译者"。然而,当沃波尔承认了作者身份后,对这部作品的褒扬似乎便不似以前了,有人甚至将它贬抑为一部荒诞和空洞的浪漫小说。

在《奥托兰多城堡》第二版序言中,沃波尔声称,这部小说融合了新、旧浪漫传奇的两种风格。旧浪漫传奇的主要特点就是幻想性,充满了魔法和超自然,总体上令人难以置信。新浪漫传奇则是以沃波尔为代表的 18 世纪小说。这类小说是现实主义的,致力于描写实际存在的人和事。沃波尔通过融合这两种文学风格,创造了一种新的文学类型，即真正的"小说"。他营造了一种奇幻的情境，如头盔从天而降、画像离墙走动等，并有意地将现实的人置于其中，让他们以"真实"的方式行动。通过这种尝试，沃波尔卓有成效地拓展了小说的表现空间。此外，沃波尔还对这部小说进行了精心设计，如神秘的声音、自动打开的门、美丽女人逃离淫荡邪恶的男人等。这些精心的设计最终让这部作品从18世纪小说中脱颖而出，声名鹊起。

在探索《奥托兰多城堡》作为哥特式小说与英国文学传统的渊源时，人们很容易联想到莎士比亚的悲剧，尤其是《哈姆莱特》。的确，在《奥托兰多城堡》第二版序言中，沃波尔就谈到了自己这部小说同莎士比亚的关系。他称赞莎士比亚是一位真正的创新天才，是想象力自由奔放的典范，以此为《奥托兰多城堡》的构思辩护。他特别强调了自己的作品同莎士比亚剧作之间的关联，例如，莎士比亚笔下的哈姆莱特遇见父亲鬼魂的情节，就被沃波尔用作表现恐怖的模板。只不过沃波尔对《哈姆莱特》中的那个鬼魂进行了重铸，按照当时天主教的鬼魂观，将其表现为真相的讲述者，用以向新教读者呈现奇迹和神秘感。在沃波尔有意利用的"恐怖模板"中，天主教元素是必不可少的一个方面。

哈姆莱特遇鬼情节并非只被用作"恐怖模板"，也被用来让读者产生类似观看莎剧演出的感觉。沃波尔这么做，基于三个理由：首先，他让曼弗雷德遇见动态的理查多画像，这实际上是在表明，该场景借鉴了《哈姆莱特》中鬼魂初见哈姆莱特的一幕。其次，杰罗米神父告知塞奥多在城堡里有被发现的危险，并要求为他复仇，这恰好呼应了《哈姆莱特》中鬼魂要求哈姆莱特勿忘为他复仇的描写。再次，法利德里克遭遇骷髅幽灵，也让人联想到《哈姆莱特》中鬼魂最后出现的情景。

血统和继承方面的暴力，是从《哈姆莱特》到《理查德二世》《麦克白》等诸多莎士比亚戏剧中的关键要素,也是《奥托兰多城堡》的主要重心之一。《奥托兰多城堡》也涉及乱伦,这显然更加强化了该小说同《哈姆莱特》的关联。在《奥托兰多城堡》中,城堡及其地下室都成了乱伦意图的背景,这标志着家族关系的消解。这也是《哈姆莱特》中的主要问题,因为哈姆莱特的母亲乔特鲁德在婚前就同他叔叔多少有点关系。《哈姆莱特》和《奥托兰多城堡》都是讨论婚姻问题的文学起点,就像亨利八世废除自己的婚姻后娶安妮·博林为妻,是一个热议的话题。亨利八世先前娶的是他兄弟的妻子凯瑟琳,后因凯瑟琳无法为他生一个能够活到成年的男性继承人又离弃了她。同样,《奥托兰多城堡》也是围绕着维持家族血脉的争夺而展开故事情节的。现实中,亨利八世以凯瑟琳同他哥哥亚瑟的婚姻并不完美为由,解除了亚瑟同凯瑟琳的婚姻;《哈姆莱特》和《奥托兰多城堡》则都把这个故事作为主要元素置入了自己的文学构想之中。

《奥托兰多城堡》同莎士比亚之间的另一关联,是仆人在小说中所起的作用。就像莎士比亚那样,沃波尔意在创作一个"悲喜剧的混合体"。为此,他采用的方法之一,就是利用次要人物即仆人(如卞卡等)作为喜剧性的缓释。这也是沃波尔从莎士比亚那里学来的。例如,莎士比亚《仲夏夜之梦》中的次要人物,就是作为关键的喜剧元素来发挥作用的。

无论怎样,《奥托兰多城堡》的问世可说是大获成功,在当时就吸引了许多人争相效仿,如克莱拉·里夫的《英国老男爵》(1778)、马·格·刘易斯的《修道士》(1796)、简·奥斯汀的《诺桑觉寺》(1818)等。《奥托兰多城堡》的核心元素,很快成为哥特式小说的核心元素。尽管这部小说写于 250 多年前,但是它的影响却持续不断地及于西方现当代小说。在斯蒂芬妮·梅尔的《暮光之城》系列等畅销小说里,贝拉被吸血鬼爱德华和狼人雅各布浪漫追求,同时又要逃避吸血鬼詹姆斯和维多利亚的超自然谋算。深受哥特式小说风格影响的，还有斯蒂芬·金的《闪灵》、爱伦·坡的《红死魔的面具》（直接受到《奥托兰多城堡》的影响）。《闪灵》中的眺望旅馆，实际上替代了传统哥特式城堡，而主人公杰克·托伦斯则是一个略带有悲剧色彩的、寻求救赎的恶棍。美国作家洛夫克拉夫特作品中的恐怖元素，无疑就深受他祖父给他讲哥特式故事的影响。

英国电影学院最近有关哥特式电影的研究证实，哥特式电影享有较高的上映率。许多早期哥特式电影，如《诺斯费拉杜》，今天仍被奉为经典之作。而布莱姆·斯托克的小说《德拉库拉伯爵》一次又一次地被改编，刷新银幕。蒂姆·伯顿根据华盛顿·欧文的短篇小说《睡谷的传说》改编的电影《断头谷》，同样包含了许多最初在《奥托兰多城堡》中确立的哥特式元素，如家长式人物，以及围绕复仇和争夺产权展开的情节等。

《英国老男爵》也是一部典型的哥特式小说，为英国作家克莱拉·里夫（Clara Reeve，1729—1807）所作。1777 年，该小说以《美德之冠》匿名出版，1778 年再版时易名为《英国老男爵》。在 1778 年版的序言中，里夫写道："这部小说是《奥托兰多城堡》的文学产儿。它根据相同的构思而写。它的设计将古代传奇故事和现代小说最具吸引力和最有趣的情境结合起来，同时又设想了自己的人物和风格，使之既不同于古代传奇故事，也不同于现代小说。'哥特式故事'这一称谓使之彰显了自己的特色。它是描绘哥特式时代和风尚的一幅画。"

正如作者所言，《英国老男爵》是对《奥托兰多城堡》的改写，不过是将哥特式背景转移到了中世纪的英格兰。贵族主人公为了获得属于他的遗产，多次经历浪漫的恐怖冒险，最终如愿以偿。这部《英国老男爵》被认为是对哥特式小说产生主要影响的作品。

菲利普·哈克雷爵士在出国征战多年后回到英格兰。他发现自己儿时的朋友亚瑟·洛弗尔亲王已不在人世,洛弗尔家族的城堡和其他不动产也已两次易手。然而城堡里几个被神秘废弃的房间,揭示了过去的秘密。然后,经过一系列疯狂事件,真相一步一步被披露,故事在一场审判中达到高潮,篡夺者的罪行和真正继承者的合法性最终大白于天下。

《英国老男爵》出版后,英国作家司各特认为这部小说"平淡乏味",沃波尔也认为这部小说"沉闷无趣"。这可能与里夫和沃波尔两人对哥特式小说的看法不同有关。里夫认为,鬼魂的行为应该冷静沉着并合乎情理。在她看来,沃波尔过度使用了超自然。

不过,沃波尔对《英国老男爵》不满情有可原。里夫坦承《英国老男爵》脱胎于《奥托兰多城堡》,意在表明自己这部小说实际上是要对沃波尔的小说加以改进。的确,两者除表面相似外,其实内里大不相同。尽管《英国老男爵》里也有城堡和遗产继承问题,然而,总的说来,里夫写的是另外一部哥特式作品。最引人注目的是,里夫在这部哥特式小说中注入了18世纪末感伤主义小说的风格和观念,从而使它更为精妙,更有可读性。

可以肯定,若有人试图从《英国老男爵》中寻找《奥托兰多城堡》那样的戏剧性和超自然的效果,那么他会大失所望。不过,里夫写《英国老男爵》的用意毕竟不在于此。沃波尔意在背离那一时代小说的现实主义,而里夫则意在回归现实主义。结果是,《英国老男爵》读起来更像一部具有哥特式元素的骑士故事。超自然的描写,尽管在《英国老男爵》中并不多,但的确为城堡里的废屋营造了恰到好处的氛围,并巧妙地设计了一个谋杀之谜,也让主人公埃德蒙理清了自己及其家族的过去遭遇。毫无疑问,《英国老男爵》值得一读。

《英国老男爵》无疑具有哥特式文学的典型特征。但是,从某种意义上来说，里夫也把这部小说写成了一部指导人们如何成为一名好基督徒的书。在这部小说中，作者所要着重展示的，是人物的虔敬之心，以及他们对上帝的虔诚之爱。里夫试图通过对人物的描写说明，最为重要的是，人应该成为高贵之人而非不良之人。

里夫似乎不太重视叙事技巧。她不是通过叙述人物的言谈举止，让读者了解故事进程，揭示人物性格，而是不惜篇幅，直接告诉读者发生了什么、人物是多么贤德或多么卑鄙。结果把小说写得有点粗略，鲜有悬念和趣味。此外，里夫过于看重道德教训，而忽视了小说副标题"一个哥特式故事"所表明的期待，如超自然现象、氛围浓厚的场景、超强的人物、充满悬念的叙事等。

里夫这样的小说写作，有助于让文学写作成为女性的一种体面的消遣方式。里夫的贡献显然在于引导哥特式文学不再强调描写难以置信或过分渲染的恐怖场景。有人对此很不以为然，认为即便没有她的这一贡献，哥特式文学也会继续存在下去。尽管如此，这部小说至少在经久不衰的哥特式文学历史上留下了独特的一笔。

《英国老男爵》虽然是对《奥托兰多城堡》的改写，但仍具开拓性和创新性。它同《奥托兰多城堡》一起确立了哥特式小说的模式，并影响了它的发展走向。

目　录

奥托兰多城堡

贺拉斯·沃波尔 著

高万隆 译

初版序言

下面的作品是在英格兰北部一个古老的天主教徒家庭图书馆里发现的。该书于1529年在那不勒斯用黑体字印刷出版。不过,该书是否写得更早不得而知。书中写的主要事件应该发生在基督教最黑暗的时代;不过,人物的语言和举止毫无野蛮味道,风格完全是意大利式的。

倘若这个故事的写作时间与其实际发生的年代相去不远,那么这个故事想必发生在1095年第一次十字军东征到1243年最后一次十字军东征或此后不久之间。作品中的情况能够让我们猜到事情发生的时期:人物的名字显然是编造的,大概是有意加以伪装。可是用人的名字用的却是西班牙语。这似乎表明,这部作品写于阿拉贡王国在那不勒斯建立之后。正是该王国的建立,让这个国家熟悉了西班牙称谓。措辞之优美和作者之热情(不过,与众不同的判断力节制了这种热情)都让我想到,先有作品,而后不久才有影响,文学当时在意大利处于繁荣状态,有助于驱除迷信帝国,然而在当时却受到改革者的大肆抨击。一位狡猾的牧师或许会竭力将矛头指向那些创新者,利用他的作者能力让平民大众笃信他们昔日的错误和迷信。如果这是他的看法,他肯定已经将此付诸他的倾向性演说。像下面这样的作品将会征服众多的世俗的头脑,而那些从路德时代到目前所写的争论书的一半也难以与之匹敌。

不管怎样,这里所提供的有关该作者动机的解答只是一种推测。无论他的观点是什么,或者无论这些观点的实施会产生什么影响,他的作品在目前只能作为一种娱乐和消遣呈现在公众面前。即便如此,还是有必要对该作品辩护一下。奇迹、幻觉、巫术、梦幻及其他超自然事件现在写爆了,这种情况早从罗曼史就开始了。问题的关键不在于作者是什么时候写的,也不在于故事应该是什么时候发生的。在那黑暗的时代,人们如此坚定地相信各种奇迹。一位不忠实于那个时代习俗的作家应该完全回避它们。他本人想必不会相信它们,但是他必须让自己笔下的人物相信它们。

倘若允许描写这种不可思议的氛围,那么读者就会发现值得去读的东西。让那些事实的可能性存在吧,让所有的人物按照人们在他们所处的情境中所做的那样去行动吧。无须夸大,无须比喻、鲜花、离题或多余的描述。一切直接趋向于灾难。绝不要让读者的注意力放松。要通过对作品的引导,让人们注意到戏剧性事件的规则。好好描写人物,并更好地维持这种描写。恐惧,作者的主要引擎,就是防止故事渐渐被弱化,恐惧常常用怜悯来对比。这种考虑要不断地体现在不断跌宕起伏、吸引人的激情之中。

有人也许认为,对于一般的故事人物阵容来说,家庭用人显得有点不那么严肃。当然他们也不满主要人物,但是对于作者在表现下层人物方面所展示的艺术功力,他们也是有目共睹的。他们发现,许多有关他们的描写,对故事来说并非可有可无,这种必要性只能通过描写他们的天真朴实才获得较好的体现。尤其女佣卞卡的那种女性的恐惧和弱点,在最后一章中,从根本上说,导向并推动了灾难。

译者出于偏见而喜欢自己选择的作品,这并不奇怪。不偏不倚的读者也许不会像我这样被这部作品的美深深打动。不过,对于作者的不足,我并非视而不见。我想,要是他的构思立足于更有益的道德该多好:"父辈们的罪孽被他们第三代和第四代子女所光顾。"我怀疑,作者的那个时代交织着现在,野心是否更能遏制住来自很久之前遭受惩罚的可怕之人的支配欲。可是,这种道德因暗示不够直接被弱化,甚至这样的诅咒也许可以通过忠诚于圣尼古拉斯而得以避免。在这方面,坦率地说,修士能够对作者做出更好的道德判断。不管怎样,尽管这本书有这样或那样的不足,可我还是坚信,英国读者会很高兴观看这场演出。支配整部作品的虔敬、反复宣扬的有关美德的教训、严苛的纯洁情感,让这部作品免受了罗曼史所容易遭受的责难。如果这部作品能获得我所希望的成功,也许会鼓励我再版意大利原作,但是这多半会让我自己的劳动贬值。我们的语言,就丰富性与协调性来说,远没有意大利语那样的魅力。意大利语特别擅长简单叙事,而用英语让叙事不要太低俗也不要太高雅则很难做到。有一种毛病显然是由于在一般会话中忽视讲纯洁语言造成的。每一个意大利人或法国人都会为自己能正确而慎重地讲自己的语言感到自豪。可以说,我在这方面没有让作者失望,不过我不能因此而自鸣得意。作者的风格是那么优雅,就像他在引导激情方面是那么巧妙一样。可惜的是,他没有将自己的才能用在该用的地方——戏剧。

我不再抓住读者不放,但要让他们发表简要的评论。虽然小说的整体构架和人物的名字都是虚构的,但是我不得不相信,这个故事是基于真实的。故事中的场景,毫无疑问,置于真实的城堡之中。作者似乎常常随手描写一些特别的部分。"那个房间""在右边","门在左边","从小教堂到康拉德的房间的距离"……这些描写及其他描写都让人强烈地推定,作者曾经亲眼见过类似的建筑。好奇的人,如有时间进行这方面的探索,那么就有可能在意大利作家中发现该小说作者所依据的原型。如果一场灾祸同他所描写的灾祸十分相似,那么就有理由相信,这场灾祸催生了这部作品,这会有助于吸引读者,也会让《奥托兰多城堡》成为一个更加动人的故事。

献给

尊敬的玛丽·考克夫人

这温柔的少女,在这些忧郁的纸张里就讲述着她的不幸故事;
唉,好心的夫人,难道她无法让您泪流满面吗?

不,您那怜悯之心决不会对人的痛苦无动于衷;
温柔,虽然坚定,却能消融悲痛,因为它从不知道什么是软弱。

啊!守护我讲述的奇迹吧,勃勃的雄心遭受命运的践踏,还有来自理性的愤怒责难。
用您的微笑,祝福我无畏地航行;
我敢于驶向幻想的疾风,因为我确信,您的微笑就是荣光。

贺·沃

第一章

条条长廊,一片死寂,偶有一股疾风吹动她走过的那扇门。门轴已经生锈,发出吱吱嘎嘎的声音,回荡在悠长而曲折的长廊之中,每一点细小的声响都使她心惊肉跳。

奥托兰多亲王曼弗雷德膝下有一儿一女。女儿玛蒂尔达芳龄十八,生得花容月貌。儿子康拉德小他姐姐三岁,貌不惊人,又百病缠身,且毫无康复的指望。曼弗雷德对女儿冷漠无情,却把儿子当作心肝宝贝。他已为儿子订了婚。女方是维琴察侯爵的爱女伊莎贝拉。伊莎贝拉的监护人早已把她送到奥托兰多城堡,一旦康拉德病情允许,曼弗雷德就会立刻为他们举办婚礼。

曼弗雷德如此迫不及待要为儿子办婚事,引起家人和邻里的各种臆测。但家人深知亲王性情暴戾,不敢妄加议论。谦和善良的亲王夫人希波利塔向亲王进言:他们的独子年纪小,又患重病,过早完婚,恐怕对他的健康不利。但是亲王不仅对她的婉言相劝置若罔闻,反而斥责她只为他生了一个儿子。

平民百姓则毫无顾忌地议论着此事。他们想,亲王如此仓促地为儿子操办婚事,是由于他担心一个古老预言会应验。据说这个预言是:奥托兰多城堡及其权力,一旦它真正的主人扩大到城堡容纳不下,将不再属于它现在的主人。

这个预言的含义晦涩不明，也难以想象它与眼下议论的婚事有何关联。可是这些谜团和相互矛盾的说法，反而使他们对自己的推测深信不疑。

小康拉德的婚礼定在他生日当天举行。那天，参加婚礼的人都早早聚集在了城堡的教堂里面。庄严的婚礼准备就绪，只待开始。可是大家左等右等，迟迟不见康拉德的身影。

曼弗雷德等得心急火燎，因为之前没有留意儿子的行踪，如今只好派人去传唤小王子。

被派去的侍从急匆匆地穿过了大院，但还没到康拉德的住处就又神色慌张、上气不接下气地跑了回来，两眼发直，口吐白沫，不能言语，只是用手指着大院。众人大惊失色。

希波利塔王妃虽然不知道究竟发生了什么事，却因为挂虑儿子的安危，顿时昏了过去。

曼弗雷德对儿子，倒不像他的夫人那么挂虑，只是对婚礼的延宕和侍从表现出来的那副蠢相大为恼火。他又气又急地问：

"怎么回事？"

侍从没有作声，仍然用手指指着院子。最后，几经逼问，他才脱口喊道：

"啊，头盔！头盔！"

说话间，有几个人想要去探个究竟，就朝院子那儿跑去。不久，从院子里传来一阵阵慌乱、毛骨悚然又惊诧万分的尖叫。

曼弗雷德见儿子依旧毫无影踪，心里也着了慌，就亲自跑了过去，想弄明白究竟是怎么回事。

马蒂尔达扶着母亲。伊莎贝拉也从旁相助，借以掩饰她对新郎行为的不满。说真的，她对新郎并没有太深的感情。

最先映入曼弗雷德眼帘的是：一伙仆人正用力抬起一个仿佛用黑色羽毛装饰起来的庞然大物。他愣愣地瞧着，简直不敢相信自己的眼睛。

"你们在干吗？"曼弗雷德怒气冲冲地问道，"我的儿子在哪儿？"

他们几乎齐声喊道："哎呀！主人！王子！王子！头盔！头盔！"

听到他们悲哀的叫喊，曼弗雷德大吃一惊。他唯恐自己看不真切，就疾步向前——眼前的惨状多么可怖！他的孩子几乎全身被压在那顶巨大的头盔下面，血肉模糊。那顶头盔要比常人所用的头盔大上百倍，外面覆盖着相当繁茂的黑色羽毛。

场面的恐怖、对祸因的一无所知，尤其是眼前惨不忍睹的景象，使亲王目瞪口呆。他沉默了许久——就连悲痛引起的沉默也不会延续得如此长久。他呆呆地注视着，徒然地希望那只是一个幻觉。他仿佛已经不再关注丧子之痛，却陷入了对酿成此祸的庞然大物的沉思默想中。他抚摸着那顶致命的头盔，细细察看，甚至王子血肉模糊的肢体也不能使他从那个不祥之物上分神。

那些深知亲王溺爱小康拉德的人，看到他现在无动于衷，感到万分惊讶，完全不亚于他们对那顶头盔突然出现的奇迹所感到的惊讶。他们没等曼弗雷德吩咐，就把康拉德那具血肉模糊的尸体抬进了大厅。

曼弗雷德并不关注那些留在教堂里的女士，也绝口不提自己的妻子和女儿，仿佛她们并不存在。他回过神来之后说的第一句话是："好好照看伊莎贝拉小姐。"

侍从们并没有注意到，这个吩咐有什么不寻常之处，只是凭着自己对女主人的感情，认为这个吩咐是针对女主人的处境而言的，于是迅疾跑去照料希波利塔王妃。他们把女主人抬回了她的房间。

此刻，亲王夫人痛不欲生，除了儿子的死以外，对那些奇闻怪事充耳不闻。

马蒂尔达非常体贴母亲，强忍内心的悲伤和惊恐，一心一意服侍、宽慰伤心的母亲。

一直被希波利塔当女儿看待的伊莎贝拉，也同样以女儿般的温柔体贴守候在王妃身边，还设法分担、减轻马蒂尔达竭力隐藏在心里的哀伤。对马蒂尔达，伊莎贝拉怀有朋友般最深挚的同情，可她也不能不想自己的处境。对于年轻的康拉德之死，除了同情以外，她毫不关心。解除了幸福渺茫的婚姻，摆脱了指定给她的新郎和性情暴戾的曼弗雷德，她并不觉得惋惜。尽管曼弗雷德对她非常殷勤，可是他对希波利塔和马蒂尔达这样温柔可亲的女人毫无来由的严厉苛刻，却在她的心里留下了恐惧。

公主把可怜的母亲扶上了床。

曼弗雷德则伫立在院子里，目不转睛地盯着那顶不祥的头盔，全然不睬那些为此事而聚集在他身旁的人。他问道：

"你们当中，有谁知道这顶头盔是从哪儿来的吗？"

没有人回答。可是，这顶头盔仿佛成了他唯一感兴趣的东西，周围的人不久也变成这样了。他们的猜想既荒谬又可笑，就像灾祸本身一样毫无来由。

在这伙不着边际地瞎猜的人里面，有一个风闻此事后特地从附近乡村赶来的年轻人。他说，那顶奇异的头盔，与圣尼古拉斯教堂里他们祖先阿方索的那顶黑色大理石头盔极其相似。

"你这个乡巴佬！你说什么？"曼弗雷德从呆想中醒来，勃然大怒，一把抓住这个小伙子的衣领，"你怎么敢这样放肆？你不要命了吗？"

和先前一样，人们对曼弗雷德发火的理由大惑不解，也不知道该如何解释这个小伙子所说的情况。小伙子更是惊诧不已，不知自己怎么就冒犯了亲王。他镇静了一下,谦恭地挣脱了亲王的手,然后鞠了一躬,力图向亲王表明,自己是无辜的。他并不感到惊慌,而是彬彬有礼地问,自己有什么罪?

曼弗雷德看到年轻人并没有对他低声下气,而是以沉着庄重的态度挫伤他的威严,就越发感到恼火。曼弗雷德命令侍从把他拿下。若不是他邀请来的几个朋友及时劝阻,年轻人当场就会成为他的剑下之鬼。

这期间,几个多事的旁观者跑到了城堡附近那座大教堂里,须臾又急忙跑了回来,张口结舌地说,阿方索雕像上的头盔不见了。

曼弗雷德一听,完全发了狂。他仿佛找到了一个发泄满腔怒火的对象,朝那年轻人猛扑过去。

"你这个恶魔!怪物!男巫!是你杀了我的儿子!"

那些极尽所能想证实自己的胡猜乱想的人,刚听清楚亲王的话,就从旁随声附和,大声嚷嚷:

"对,就是他!他盗走了阿方索的头盔,然后用它砸烂了小王子的脑袋……"

他们压根就没想过,教堂里那顶大理石头盔比他们面前这顶钢头盔要大得多,对于一个看上去不足二十岁的年轻人来说,是绝不可能搬动这么重的一顶头盔的。

这种愚不可及的助威呐喊却使曼弗雷德冷静了许多,可他还是不想问那年轻人是如何注意到那两顶头盔之间的相似之处的,以及教堂的头盔是如何失踪的,也不想消除因这类胡猜乱想而产生的新谣传,依然郑重地宣布:这个年轻人肯定是个魔法师。在他去教堂弄清楚真相之前,要把这个所谓的魔法师监禁在头盔里面。曼弗雷德令侍从搬起头盔,把年轻人推到里面,并且下令不得给他送饭,因为他会用魔法填饱自己的肚子。

年轻人徒然地抗议这个极其荒唐的判决,结果白费唇舌。而大多数人听了亲王的宣判以后,都兴奋若狂。在他们看来,亲王的判决是公正的,这个魔法师理应受到他所冒犯的那个异常玩意儿的惩罚。他们对年轻人有可能会被饿死这点感到无动于衷。他们深信,这年轻人会凭着自己的魔法毫不费力地得到自己所需的食物。

曼弗雷德看到自己的命令大受人们欢迎,便钦点了一个卫兵看守在头盔的旁边,严防有人送饭。他叫朋友和侍从退下以后,便锁上城堡的大门,回到了自己的房间。房内,除了侍从以外,再无他人。

希波利塔在两位公主的热心照料下,很快就回复了神志。她虽然极度哀伤,却不时打听亲王的消息,并且打发自己的侍从去服侍他。最后,吩咐马蒂尔达去探望和安慰父亲。

由于父亲对她缺乏情真意切的关爱,马蒂尔达一想到父亲的严峻就不寒而栗,但她还是听从了母亲的话。她委托伊莎贝拉照看母亲,便向仆人打听父亲的情况。一个仆人对她说,亲王已经回房,并且有令,不准任何人前去打扰他。马蒂尔达心想,现在父亲正沉浸在悲哀之中,一旦看到她这个仅剩的孩子,怕是会再度勾起他的悲伤。因此她犹豫不决,不知道在父亲苦恼之时是否应该去打扰他;不去吧,又为他担忧。但母亲既然有此吩咐,她只好鼓起勇气去试试。不过她从未违反过父亲的禁令,天性柔弱,在父亲的房门口站了好一会儿都不敢去敲门。她听见父亲在屋内步子紊乱地踱来踱去,更加重了内心的恐惧。

她正要伸手叩门,曼弗雷德猛然拉开了门。是时正值黄昏,因着他那不安的心情,他并没有看清楚人是谁,怒气冲冲地问:"你是谁?"

"亲爱的父亲,是我,您的女儿。"马蒂尔达战战兢兢地回答。

曼弗雷德疾步向前,大声喊道:"我不需要女儿!"喊罢,猛地关上了房门，把心惊肉跳的马蒂尔达关在了门外。

马蒂尔达深知父亲性情暴躁，哪敢再去打扰。她从父亲对她粗暴相待的惊讶中稍稍平静之后，抹去了眼泪，以免给母亲再添伤心。

希波利塔一看见她，就急切地询问曼弗雷德的健康状况以及怎样忍受丧子之痛。马蒂尔达安慰母亲说，父亲身体很好，男人的坚毅使他能够忍受不幸。

"他没有叫我去看看他吗？"希波利塔悲哀地问，"他不要我去分担他的忧伤吗？马蒂尔达，你在骗我吧？我知道，曼弗雷德多么宠爱他的儿子。这次打击对他来说不是太沉重了吗？他没有消沉吧？……你们怎么不回答我？……我担心糟糕的事会发生……扶我起来，立刻扶我去见他。在我心里，他比孩子们更重要啊。"

马蒂尔达示意伊莎贝拉不要让希波利塔起来。她们和颜悦色地劝阻她，让她平静下来。

这时，曼弗雷德的一个侍从跑来对伊莎贝拉说，亲王有话要对她说。

"我？"伊莎贝拉感到意外。

"去吧。"希波利塔说。她看到亲王派人过来，心里感到宽慰了一些。"曼弗雷德忍受不了家中的悲伤气氛。他可能觉得，你比我们心境要平静一些。如果我去的话，那么我的悲伤只会增加他的痛苦。去安慰安慰他吧，亲爱的伊莎贝拉。请你转告他，我宁可独自吞饮痛苦，也不愿意给他增添悲伤。"

夜幕降临，侍从举着火把在前面为伊莎贝拉引路。

曼弗雷德正在门廊里焦躁不安地走来走去。当他们走近他时，他却吃了一惊，呵斥侍从道：

"把火把拿走，滚开！"

他猛地关上门，一屁股坐在一条长凳上，让伊莎贝拉坐在他旁边。她战战兢兢地顺从了。

"我派人叫你来，小姐？"他停了下来，显得非常慌乱。

"亲王？"

"唉！我这时派人请你来……擦干你的眼泪，小姐……你失去了新郎……是的，残酷的命运，我失去了传宗接代的希望！……不过，康拉德配不上你的美貌。"

"怎么啦，殿下？我想，您不会疑心我对应该关切的事无动于衷吧？我的义务和感情……"

"不要再想他了，"曼弗雷德打断了她的话，"他是个体弱多病的孩子，天堂也许已经把他接了去。我不会把我的家族荣誉托付给他这样孱弱的继承人的。曼弗雷德家族需要更多的后代来维持。我对他不明智的溺爱蒙蔽了明亮的双眼……事已至此，那就更好了。我想，我应该为康拉德的死感到高兴。"

任何词句都难以形容伊莎贝拉的惊讶。起先她以为悲痛使曼弗雷德神志不清了，继而又想，他说出这番离奇古怪的话来，也许只是想诱她上当。她担心曼弗雷德觉察到了她对他儿子的漠不关心，因此，她说：

"仁慈的亲王，不要怀疑我的温顺。我会恪守婚约的，康拉德本来也会得到我的关心。不管命运把我抛向何方，我心里总会珍藏着对他的回忆。我要把殿下和善良的希波利塔当作我的父母。"

"管她什么希波利塔！从现在起，你要像我一样把她忘掉。简单地说，小姐，你失去了一个与你的魅力并不相配的丈夫，你的魅力会得到更为妥善的处置。你应该有一个年富力强的丈夫，而不是一个多病的孩子。你的丈夫懂得怎样珍视你的美丽，和你在一起，他可以子女成群。"

"哎呀！殿下，看到你们家的灾难，我心里难过极了，哪有心思去想另外一桩婚事呢？如果我父亲回来，他觉得那样可行的话，我会服从的，就像我同意和您的儿子订婚一样。但是，在父亲回来以前，请允许我在您招待周到的家里再住上一段时间，我要利用这段令人伤心的日子减轻您、希波利塔夫人和马蒂尔达的痛苦。"

"我已经提醒过你，"曼弗雷德气恼地说，"不要再提那个女人的名字了。从现在起，她不仅与我毫不相关，对你来说也是如此。简单地说，伊莎贝拉，既然我没法让我的儿子娶你，那么就让我自己娶你好了……"

"天哪！"伊莎贝拉恍然大悟，大声说道，"您在说些什么？您，我的殿下，是康拉德的父亲，善良温柔的希波利塔的丈夫啊！"

"我告诉你，"曼弗雷德急切地说，"希波利塔不再是我的妻子。我马上就同她离婚。很久以来，我就为她不再生育而苦恼。我的命运全靠我有没有儿子来决定。今夜，我相信是实现我愿望的时候了。"

说着，他一把抓住伊莎贝拉冰冷的手，对方早因惊恐而被吓得只留半口气，尖叫着猛然挣脱了他的掌握。曼弗雷德起身追赶。

那时，皓月当空，月光洒落在对面的窗台上。他瞧见了那顶致命的头盔羽饰。头盔升了起来，高至窗户。它剧烈地前后摇晃着，伴随着一阵空洞的哗啦哗啦的声响。

伊莎贝拉见此，勇气陡增，就像曼弗雷德不顾一切地想要满足自己的欲望那样，她也不顾一切地大声喊道：

"看吧，殿下，上帝不容你存有这种亵渎神灵的念头！"

"上帝和魔鬼都不会妨碍我的计划！"说罢，曼弗雷德又快步向前，伸手抓住伊莎贝拉。

恰在此刻，悬挂在他们刚坐过的那条长凳上方的曼弗雷德祖父的画像发出了一声深深的叹息，且其胸部起伏不定。

伊莎贝拉背对着那幅画像,并没看见像中人的胸脯在动,也不知道刚才的叹息声从何而来。但她惊跳起来,大声问道:

"听!殿下,这是什么声音?"

说完,她就朝门口奔去。

伊莎贝拉抽身逃脱,弄得曼弗雷德心烦意乱。她已逃至楼梯口,但此时曼弗雷德无法从那幅画像上移开目光。画像开始摇动。曼弗雷德向前追了几步,仍然回望着画像。只见那像中人突然离开画框飘了下来,带着一种严肃而忧郁的神情站立在地板上。

"我这是在做梦吗?"曼弗雷德又走了回来,"还是魔鬼串通一气和我作对?该死的幽灵!你真是我祖父的话,为什么要故意和你不幸的后代作对呢?你的后代为了你的罪孽已经受到过于严厉的惩罚。"

他的话还没说完,那个幽灵又叹了口气,示意曼弗雷德跟着他走。

"引路吧!"曼弗雷德大声说,"我愿随你下到地狱深渊。"

幽灵阴郁沉静地引路,走到廊道的尽头,转进右边的一间房。曼弗雷德则若即若离地跟在后面,虽然心里充满了焦虑和恐惧,却是紧追不舍。他刚要步入那门,一只无形的手却猛然把它关上了。曼弗雷德迟疑了片刻,鼓起勇气想用脚把门踢开。可是,尽管他竭尽全力,那扇门仍兀立不动。

"既然魔鬼不想满足我的好奇心,那么我就凭借我的权力,用世俗的手段来延续我的家族。伊莎贝拉休想逃脱我的掌心。"

伊莎贝拉刚甩掉曼弗雷德的纠缠,就失去了勇气,恐惧重新笼罩心头。她继续朝主楼梯口奔去。到了那儿,她停了下来,不知该往哪儿走才好,也不知如何才能逃脱那个肆无忌惮的亲王的摆布。

她知道城堡大门全被锁上了，城堡中还有卫兵看守。她思忖，要是去找希波利塔，让王妃对即将到来的残酷命运有个精神准备，那么她肯定曼弗雷德会在那儿找到她。他的那种暴戾肯定会加倍伤害她们，而她们就没有机会避开他的熊熊怒火了。只要这一夜他的邪念不能得逞，拖延也许会让他有时间重新考虑他想采取的可怕手段，也许会产生某种于她有利的情形。可是她能躲到哪儿去呢？怎样才能躲开亲王在城堡各处的搜寻呢？这些念头在她脑海中迅速闪过。

　　她记起了一条从城堡的地下室通往圣尼古拉斯教堂的地道。曼弗雷德能在她赶到教堂之前追上她吗？她知道，曼弗雷德即使胆子再大，也不敢亵渎那块圣地。她暗暗拿定主意，如果没有别的生路，她就在毗邻大教堂的那座修道院里当一辈子圣洁的修女。

　　想到这里，她摘下了楼梯口墙壁上的火把，慌慌忙忙，匆匆奔向那条秘密通道。

　　城堡下面有几条迂回而复杂的长廊。一个人要在慌乱之中找到那扇通往地道的暗门可不容易。条条长廊，一片死寂，偶有一股疾风吹动她走过的那扇门。门轴已经生锈，发出吱吱嘎嘎的声音，回荡在悠长而曲折的长廊之中，每一点细小的声响都使她心惊肉跳。不过，她最怕听到的还是曼弗雷德催促仆人搜捕她的怒吼声。她蹑手蹑脚地往前走，屏息凝神，一路谛听着是否有人在尾随着她。

　　突然，她隐隐约约听到了一声叹息，吓得她连连后退，浑身不住地颤抖。过了一会儿，又隐约听到一个人的脚步声。顿时，她感到周身寒彻。她断定，那是曼弗雷德。恐惧引起的每一种猜想一下子都涌上了她的心头。她对自己如此瞎闯一气后悔不迭。此时此地，要是给曼弗雷德追上了，那可真是叫天天不应，叫地地不灵。然而，那脚步声好像不是从她身后传来的。要是曼弗雷德知道她在这儿，肯定是尾随而来。她伫立在一条长廊里。脚步声清晰可辨，肯定不是来自她所来的方向。

想到这里，她不禁心头一宽。她希望能碰见一个朋友，不管是谁，只要不是亲王就行。她正要举步前行，左边不远处有一扇门被人轻轻地推开了。她刚要伸出火把去照，推门的人一见到火光又立刻退缩了回去。

伊莎贝拉对每一种细微的动静都会心惊肉跳。她迟疑不决，不知该不该继续往前走。好在她除了惧怕曼弗雷德以外，对别的事都已不在乎了。那人的回避使她产生了一些勇气。她想，这人也许只是城堡里的仆人。她是那么温柔善良，压根儿就没得罪过任何人。这种单纯的想法使她确信，除了那些奉亲王之命前来搜捕她的仆人以外，别人宁可帮助她逃走也不愿同她为难。她以这种念头来坚定自己的信心。她仔细观察，相信自己离地道的入口已经不远了，于是走近那扇敞开着的门。可是一股风突然迎面刮来，吹灭了她手中的火把。她完全处在了黑暗之中。

这时，伊莎贝拉的恐惧真是用笔墨难以形容。她独自待在这个阴森森的地方，脑海里翻腾着当天发生的种种怪事。逃生无门，每分每秒，曼弗雷德都有可能出现。尤其当她意识到附近有人的时候，她的忐忑不安更加深了。她不知道那人是谁，那人由于某种原因就躲在附近。这些念头塞满了她那慌乱的脑袋，种种疑虑和忧惧简直使她崩溃。她向天国中所有的天使祈祷，由衷地祈求他们的援救。有一段时间，她陷入了极度的绝望。最后，她尽量轻手轻脚地朝前摸索，摸到了那扇门，心惊胆战地走进刚才听见叹息和脚步声的那间地下室，隐隐约约地看到一缕朦胧的月光从地下室的天花板上漏进来。她心里萌发出一阵短暂的快乐。月光似乎从上面的一条裂缝中照将进来。透过裂缝，她仿佛看见了地面或是楼房的一角，但她看不太分明。它们看上去就像被硬挤进来似的。她急切地朝裂缝奔去。就在这时，她看见一个人影紧贴着墙壁站着。

她惊叫了一声，以为那人影是她未婚夫康拉德的幽灵。那人影却朝她走来，恭恭敬敬地说道：

"小姐，不要惊慌，我不会伤害你的。"

陌生人说的话和他说话的语调，让她的心情稍稍平静了一些。她想，他也许就是刚才推开那扇门的那个人，所以，定一定神说：

"先生，不管你是谁，请你怜悯怜悯一个危在旦夕的不幸公主吧！帮我逃脱这座不幸的城堡吧！不然，再过一会儿，我可能就会一辈子沦于苦难之中了。"

"嗯，我能帮你什么忙吗？我愿意为了保护你而死去。不过，我并不熟悉这座城堡，需要……"

伊莎贝拉连忙打断了他的话："你只要帮我在附近找到那扇通往地道的暗门就行了。这就是你能帮我的最大的忙了。没有时间多说了。"

说罢，她就四处摸索起来，让陌生人也一起寻找一个嵌在石板上的光滑的铜块。

"那是一把带着弹簧的锁。我晓得开锁的秘密。如果能够找到这把锁，我就可以逃脱了。……可是，如果找不到它，唉，谦恭的陌生人，我担心我的不幸会连累你。曼弗雷德会怀疑你是我逃跑的同谋，一定会恣意加害于你。"

"我并不珍惜我的生命。如果我能够帮助你摆脱魔爪，我死也甘心。"

"慷慨的年轻人，我该怎样报答……"

她的话还没说完，一缕月光从什么裂缝里透了进来，恰好照在他们正在寻找的那把锁上。

"嘿！太好了！"伊莎贝拉说道，"地道的门就在这里！"

她掏出一把钥匙，碰了碰那根弹簧，弹簧弹到一边，露出一个铁环。

　　"把这扇门拉开来。"伊莎贝拉说。

　　陌生人拉开门，里面似乎有几级石阶往下通向黑黝黝的地方。

　　"我们一定得从这里下去！你跟着我。地道里黑得伸手不见五指，可是我们绝不会迷路。它一直通往圣尼古拉斯大教堂。但是，也许……"伊莎贝拉羞怯地说，"也许你没有必要离开城堡。我没有机会帮你什么忙了。过一会儿，我就要逃脱曼弗雷德的搜捕。我是那么感激你，我只想知道，你是谁？"

　　陌生人急忙说："不把你送到安全的地方，我是不会离开你的。你别管我，小姐。你比我慷慨得多。尽管你是我最关心的……"

　　陌生人的话被一阵突如其来的喧哗声打断了。声音似乎越来越近。不久，他们就听见有人在说：

　　"不要再对我提那个魔法师。我告诉你们，她肯定还没有逃出这座城堡。尽管那魔法师使城堡中了邪，我们还是会找到她的。"

　　"天哪！这是曼弗雷德的声音！"伊莎贝拉说道，"快走，不然我们都完了。你进来以后就把门关上。"

　　说罢，伊莎贝拉就走下了台阶。陌生人正要快步相随，不料那门从他的手里滑脱又关上了，那根弹簧随之紧紧地扣了回去。他竭力想再打开它，却白费力气，因为他没有留心伊莎贝拉是怎样碰开那根弹簧的。他想再试它几次，可是已经没有时间了。

　　关门的声音传到曼弗雷德的耳朵里，他循声赶来，手举火把的仆人簇拥在身旁。

　　"一定是伊莎贝拉。她正从那条地道里逃走。不过，她走不远。"亲王说完，走进了地下室。但亲王发现火光照见的那个人不是伊莎贝拉，而是那个年轻的乡下人，不由得大吃一惊。因为他一直以为这个年轻人还被关在那顶不祥的头盔下面呢!

"奸贼!你怎么会在这里?我还以为你该在上面关押着哩!"

"我不是奸贼,"年轻人大胆地说,"你有这种想法也怪不着我。"

"大胆的乡巴佬!你想惹我发火吗?告诉我,你是怎么从上面逃出来的?你贿赂了我的卫兵吧?他们要为这个掉脑袋的。"

年轻人平静地回答:"我的贫穷可以证明他们的无罪。虽然他们是一个专制君王下暴虐命令的执行者,对你忠心耿耿,心甘情愿地执行你强加给他们的不公正命令。"

"你这么嘴硬,难道不怕我报复你吗?不过拷问会让你吐露真情的。告诉我,你的同谋是谁?"

曼弗雷德命人把火把举得更高一些。原来,当人们把这个年轻人扣在那顶头盔下面的时候,头盔的面甲有一边嵌入了地面,穿破了地下室的天花板,留下了一条裂缝。在伊莎贝拉发现他以前,他用了几分钟才从这条裂缝挤进地下室里来。

"你就是从这条裂缝里下来的吗?"曼弗雷德问。

"是的。"

"那我走进长廊的时候听见的是什么声音?"

"关门的声音。我听见了。你也听见了。"

"什么门?"曼弗雷德连忙问。

"我不熟悉这座城堡。我还是头一回到这座城堡里来。这间地下室是我在城堡里待过的唯一地方。"

曼弗雷德想要弄清楚这个年轻人是否发现了通往地道的那扇暗门,所以他说:

"我告诉你,我听到的声音就是从这里传来的。我的仆人们也听见了。"

"殿下,"一个仆人讨好地说,"肯定就是这扇门。他想要从这里逃走。"

"住嘴！蠢货！"曼弗雷德怒斥道，"他要是想逃走的话，怎么会站在这儿？我要他亲口告诉我，我听见的究竟是什么声音！如实招来，年轻人。你的生死就看你是不是诚实了。"

"诚实，对我来说，比生命更加宝贵。我绝不会为了保命而欺瞒。"

"不错！年轻的哲学家！"曼弗雷德轻蔑地说道，"那么，你就说吧，我刚才听见的是什么声音？"

"请问个我能够回答的问题。要是我对您说谎，尽管下令杀了我好了。"

曼弗雷德渐渐对年轻人从容不迫的淡然态度感到不耐烦，大声说："好吧。那么，诚实的年轻人，你就说吧，我刚才听见的是不是这扇门关上的声音？"

"是的。"

"好！你怎么知道这里有一扇通往地道的暗门呢？"

"我借着月光瞧见了那铜块。"

"可是，谁告诉你那是一把锁呢？你怎么会知道开锁的秘密？"

"是上帝。他既然能把我从头盔里解救出来，也就能指点我找到那把锁。"

"上帝早该帮忙帮到底，你也就不会留在这儿惹我生气。上帝教会了你开这把锁，可是他老人家却又把你像个傻子一样搁在这儿。真是一个不知道利用他恩惠的傻子。你为什么不顺着上帝给你指出的这条路逃走呢？你为什么还没有走下里面的台阶就把门关上了呢？"

"这也许要问您了，殿下。对您的城堡，我一点也不熟悉，我又怎么知道那些台阶是否通往一个出口呢？当然，我用不着回避您的问题。不管这些台阶通往哪儿，我都该去探究一下。我的处境本来要比现在好一些的。但是实情是，那扇门从我手里滑脱了。接着，你们就赶来了，我被你们发现了行踪。我被你们早一分还是晚一秒抓住，又有什么分别？"

"你这年轻人怎么如此顽固！我觉得你是在耍弄我。你还没有讲你是怎样打开这把锁的呢！"

"我这就开锁给您看，殿下。"

年轻人捡起一块从天花板落下的石块，对准扣在门上的铜锁，开始猛砸起来（借此拖延时间，好让公主逃得更远些）。

年轻人的气度和坦诚使曼弗雷德犹豫起来，甚至打算宽恕这个无辜的年轻人。曼弗雷德并非那种无缘无故大发淫威的暴君，他的天性还算仁慈。当他的理智尚未受到情绪蒙蔽的时候，他还常常乐善好施。

亲王正在踌躇的时候，远处的地下长廊里突然传来了一阵骚乱的声音。当声音临近时，他听出那是他派往各处搜寻伊莎贝拉的仆人的喧嚷声。他们在大喊着：

"亲王在哪儿？殿下在哪儿？"

"我在这里。你们找到伊莎贝拉小姐了吗？"当他们走近时，亲王问。

"啊！殿下，真高兴找到了您。"走在最前面的那个人说。

"找到了我？你们没有找到伊莎贝拉吗？"

"我们原以为找到了，殿下。"后来的那个人回答，神色惊恐，"可是……"

"可是什么？她逃走了？"亲王大吼道。

"杰奎斯和我，殿下……"

"是的，我和迪埃古。"另外一个人惊恐万状地跑了过来，插了这么一句。

"一个一个来,说!我问你,伊莎贝拉在哪儿?"

"我们不知道啊!"两人异口同声地回答,"当时我们都吓得晕头转向了。"

"我看也是这样,蠢驴!什么把你们吓成这副样子?"

"哎呀,殿下!"杰奎斯说,"迪埃古看见了不可思议的景象,殿下,您一定会不敢相信自己的眼睛。"

"又是什么怪事?"曼弗雷德吼道,"看在老天的分上,直截了当一次说完好吗?"

"啊,殿下,要是您愿意听我说的话,迪埃古和我……"

"没错,我和杰奎斯。"他的搭档又插嘴进来。

"混蛋!我不是已经讲过,不准你们一起说话?杰奎斯,你说。那个蠢货好像比你还要心慌意乱。怎么回事?"

"仁慈的殿下,"杰奎斯说,"感谢您愿意听我讲话。迪埃古和我奉殿下之命,前去搜寻那位年轻的小姐。可是我们害怕碰见小王子——殿下儿子的灵魂。愿上帝让他的灵魂安息,我们还没有为他举行过基督教的葬礼哪!"

"混蛋!"曼弗雷德勃然大怒,"你当时见到的只是个鬼吗?"

"唉,比这个更糟、更可怕呢,殿下。"迪埃古喊道,"我倒情愿见到十个鬼魂呢!"

"上帝,请您让我保持耐性吧!这些蠢猪真会搅乱我的心思。迪埃古,滚开!杰奎斯,你到底是不是神志清醒?你在胡说些什么?你平时头脑蛮清楚的嘛。我看,你和那个蠢货都是庸人自扰。你倒说说看,他究竟以为他看见了什么名堂?"

"唉,殿下,"杰奎斯颤抖着说,"我正要告诉您呢,殿下。自从小王子——愿上帝让他的灵魂安息吧——自从小王子的灾祸不幸降临以来——我们虽然没什么用,可是我们都忠于殿下,的确是这样——除了两个人结伴以外,我们都不敢一个人在城堡里四处走动。迪埃古和我想,小姐或许就躲在长廊里,就去那里寻找她,告诉她殿下有话要对她说。"

"哼,尽出纰漏的蠢货。就因为你们怕妖怪,所以让她跑掉了。太妙了,你这个笨蛋!她留我在长廊里,我就是从那儿来的。"

"尽管这样,但为了某些我不知道的理由,她也许还待在那儿呢。"杰奎斯说道,"不过,也许还没等我找到她,魔鬼就会把我吃掉。可怜的迪埃古,我相信他已经回不了神了。"

"回什么神?"曼弗雷德问,"我不明白,什么使你们吓成这个样子。不过,我已经没有时间了。跟我来,蠢货,我要看看她是不是还在长廊里。"

"看在上帝的分上,我最敬爱的殿下,"杰奎斯叫道,"别去长廊!我想,撒旦就在长廊隔壁那个大房间里。"

曼弗雷德迄今一直把仆人的恐慌看成是他们的庸人自扰,所以杰奎斯刚才说的那番话使他暗自大吃一惊。他记起了那幅画像上的幽灵和长廊尽头突然关闭的那扇门,于是语调慌张地问:

"那个大房间里有什么?"

"殿下,"杰奎斯说,"迪埃古和我走进长廊——他走在前面,他说他比我胆大——我们走进长廊后,发现里面空无一人。往长椅和凳子下面瞧了瞧,也没发现什么。"

"那些画像都原封不动地挂着吗?"曼弗雷德问。

"是的,殿下,"杰奎斯回答,"可我们没有想到要留心它们的后面。"

"好!好!说下去。"

"我们来到那个大房间的门口时,发现房门是关着的。"

"你们不能打开它吗?"曼弗雷德问。

"嘿,殿下,我们要是打不开就好了。不过,门不是我打开的,是迪埃古打开的。他的蛮劲一上来,想要继续开,可是我劝他不要……而且谁知道门开了又合上了!"

"讲重点,"曼弗雷德心里发慌,"告诉我,门打开的时候,你看到了什么?"

"我,殿下?"杰奎斯说,"我什么也没看见。当时,我在迪埃古的后面。不过,我听见了一些动静。"

曼弗雷德疾言厉色地说道:"告诉我,向我先祖的在天之灵发誓,你看见了什么? 听到了什么?"

"是迪埃古看见的,殿下。我可没看见。"杰奎斯回答,"我只听见里面有动静。迪埃古刚把门推开,就大喊大吼地转身往回跑。我也紧紧地跟着往回跑。我问:'是鬼吗?''鬼? 不是!'迪埃古回答,吓得头发直竖,'是个巨人,我想,他全身披挂。我看见他的脚和腿——那么大,只有院中的那个头盔才能和它们相配。'当他正在说着这些话时,殿下,我们听见一阵身体剧烈颤动和甲胄喀喀作响的声音,好像那个巨人正在起身。迪埃古对我说过,他想那个巨人是躺着的,因为他的脚和腿平伸在地板上。还没等我们跑出长廊,就听见身后的门砰一声关上了。我们不敢回过头去看那巨人是不是在追我们。……现在我思量一下,要是当时它追我们的话,我们肯定会听见的。可是,看在上帝的分上,殿下,派人请神父来吧,让他们到城堡里来驱魔除妖,因为这城堡肯定是着魔了。"

"对,请神父来吧,殿下。"别的仆人立刻呼应,"不然,我们就离开这里,不敢再为您效劳了。"

"住嘴,你们这些糊涂虫!"曼弗雷德说,"跟我来,我要把这一切弄个水落石出。"

"我们？不，殿下！"他们异口同声地说，"我们可不愿为了您给的年俸，再回到那条长廊。"

默默无语地站在一旁的那个年轻人，这时说话了："殿下，您容许我去冒这个险吗？我的生命，对任何人来说，都是无足轻重的。我不怕恶魔。我也从未冒犯过天使。"

"你真的是真人不露相。"曼弗雷德用带着惊讶与崇敬的目光打量着他。"日后，我会奖励你的勇敢。……可是，现在，"他叹了口气，接着又说，"事已至此，我要是不亲眼看见，也不敢相信。……不过，我允许你跟我去。"

曼弗雷德先前在追赶伊莎贝拉而走出长廊时，曾经直接去过希波利塔那儿，因为他断定伊莎贝拉就躲在那里。希波利塔听到他的脚步声，赶忙起身相迎。自从儿子死后，她还不曾见过亲王呢。悲喜交集之情在她的心中油然而生。可是，曼弗雷德却把她粗暴地推到了一旁，问：

"伊莎贝拉在哪儿？"

"伊莎贝拉，殿下？"希波利塔颇感意外。

"不错，就是伊莎贝拉，"曼弗雷德不耐烦地说，"我要找伊莎贝拉。"

马蒂尔达看到父亲的言行大大伤害了母亲，就说："父亲，自从您召她去您那儿以后，她就一直没有回来过。"

"告诉我，她现在在哪儿？我想知道的不是她去过哪里。"

"仁慈的殿下，"希波利塔说，"女儿说的是实话。伊莎贝拉听说您召见她，就离开了我们。自此以后，她再也没有回来过。殿下，冷静一点，回房去休息吧。这种倒霉的日子把您弄得心烦意乱了。天亮时，伊莎贝拉会恭候您的旨意的。"

"什么？这么说，你是知道她在什么地方的喽？快说，我一刻也不能等了……你，"曼弗雷德对他的夫人说，"派你的神父立刻来见我。"

希波利塔心平气和地说："伊莎贝拉大概回房安歇了。她不习惯这么晚守在这里。仁慈的殿下，告诉我，什么使你烦恼不安？伊莎贝拉冒犯你了吗？"

"不要用问题烦我，"曼弗雷德说，"只要告诉我，她现在在哪儿？"

"马蒂尔达会去叫她来的。坐下吧，殿下，像平时那样坚强些！"

"怎么，你是在妒忌伊莎贝拉吗？"他回了一句，"你希望我们相见时你在场吗？"

"天哪！殿下，你这是什么意思？"

"待会儿你就明白了，"亲王冷冷地回答，"派人去把你的神父找来见我，让他在这里等候我的旨意。"

说罢，他又猛然冲了出去，出发寻找伊莎贝拉了。亲王说的这些刻薄话语和发狂似的举止，使她们母女俩惶惶不安，百思不得其解。

曼弗雷德从地下室走出来，那个年轻人和几个忠实的仆人跟在他的后面。

他登上楼梯，快步来到长廊，在长廊口碰见了希波利塔和她的神父。

原来，迪埃古离开曼弗雷德以后，也曾怀着所见所闻引起的恐惧来找过亲王夫人。这位贤惠的夫人和曼弗雷德一样，有些怀疑他所见所闻的真实性，只愿意把它当作仆人的胡言乱语，可是因为不想让丈夫再蒙受新的打击，她甘愿自己忍受一切不幸，决心不流露出惊慌失措的神色。如果命运现在宣布他们的毁灭，她矢志成为第一个不幸者。她吩咐疲惫不堪的马蒂尔达去睡觉。马蒂尔达再三请求母亲让她留下,可希波利塔执意不肯,只让神父留下陪她。

希波利塔去察看了那个房间。此时此刻,她觉得自己的心情比以前几小时里平静得多了。她在长廊里见到亲王的时候,向他保证,巨大的脚和腿,毫无疑问,都是无稽之谈,是在幽暗阴森的夜晚时分,仆人因恐惧而产生的一种幻觉。她对亲王说,她和神父曾一起仔细观察那个房间,发现一切都和平常一样。

曼弗雷德和希波利塔一样相信仆人的所见所闻并非幻觉,可听了希波利塔的话后,他还是定了定因诸多怪事而波动不宁的心情。他不禁为对待夫人的粗暴而羞愧——她用显而易见的温柔和尊敬来回报他对她所做的一切伤害,使得他不得不正视她的爱。但是,他对自己的这种内疚越是感到羞耻,越是从内心里想更深地伤害她。他泯灭了心中的悔罪念头,甚至已不再存有同情。因此,他的心性转而变成居心叵测的邪恶。他知道,希波利塔对他是逆来顺受的,便扬扬得意地认为,只要努力说服伊莎贝拉同意嫁给她,夫人不仅会对离婚默认无言,而且只要他高兴,她还会俯首听命,帮他去劝说伊莎贝拉嫁给他。

但是他想到,伊莎贝拉尚未找到,于是又冷静了下来。他下令严守每条通往城堡的路,责令仆人绝不让任何人通过,否则一律处决。他还下令,把他刚才赞许过的那个年轻人关在楼上那个有张草床的房间里。他把钥匙随身带着,告诉年轻人,天亮时,他再来找他问话。然后,他遣散了随从,脸色阴沉地对希波利塔随便点了点头,就回到自己的房间里去了。

第二章

他克制自己的情感,脱掉了马甲,解开衣领,朝神父跪下。当他向下弯腰时,衬衣从肩膀上滑落,露出了两块箭形的血记……

马蒂尔达听从她母亲的话,回到了自己的房间,但迟迟不能入睡。弟弟骇人听闻的厄运使她震惊,伊莎贝拉的失踪又使她诧异万分。父亲的奇言怪语,他对母亲莫名其妙的威逼,以及随之而来的粗暴行为,使她那颗柔弱的心又惊又怕。她让一个名叫卞卡的侍女出去打听伊莎贝拉的消息,自己则坐卧不安地等她回来。

不一会儿,卞卡就回来了,把她从仆人那里听说的消息告诉了公主:无论哪儿,都找不到伊莎贝拉。她也讲到了那个年轻人在地下室里奇迹般被人发现的事情(显然她对仆人语无伦次的叙述做了一些简单的补充)。她还详细地讲述了长廊那里的房间中发现巨大的脚和腿的传闻。后面这件事使卞卡毛骨悚然,因此当公主叫她不要去睡觉时,她简直喜出望外。不过,她要一直守候到公主醒来。

年轻的公主顾不上再想伊莎贝拉失踪和曼弗雷德威胁母亲的事情。她问:"他那么着急让神父来这里做什么? 他想把弟弟悄悄地埋葬在教堂的墓地里吗?"

"哦,小姐,"卞卡说道,"我猜,当您成为您父亲的继承人时,他就会迫不及待让您嫁人了。殿下过去一直盼着有更多的儿子。我敢说,他现在急着要孙子。这是确信无疑的。小姐,我终于可以看您成为新娘子了。好心的小姐,那时,您不会抛弃您忠诚的卡卡吧?您不会让唐娜·罗莎拉取代我吧?那时候您还会是个好公主吗?"

"可怜的卡卡,你的思绪跑得太快了吧:我是个好公主!自从我的弟弟死了以后,你看得出来,曼弗雷德对我有什么亲近的表示吗?没有!卡卡,他的心对我从来都是紧闭着的。但是,他毕竟是我的父亲啊!我绝不能抱怨他。而且上帝让父亲的心对我紧闭,却赐给了我更多的母爱。哦,亲爱的母亲!是的,卡卡,正是在这一点上,我才感觉到,父亲的暴戾性情,我自己倒还可以忍受;可是当我亲眼看见他无缘无故地对母亲发火时,我就于心不忍了。"

"唉,小姐,男人厌倦了他的老婆时,都会这样的。"

"那你还祝贺我要嫁人!你明知道父亲想怎么处置我。"

"那时我会让您成为一个好女人的。无论如何,我不愿看到您在修道院里闷闷不乐地过日子。尤其您母亲认为'有一个坏丈夫,总比没有丈夫强',这番论调说服不了您的话,我肯定会出家去当修女的。哎呀!这是什么声音?圣尼古拉斯宽恕我吧!我只不过开开玩笑罢了。"

"那是风,是风从城垛间呼啸穿过的声音。这声音你听过不下一千回了。"

"也不是啦,我刚才说的那话没有什么坏处。谈论婚姻是没有罪过的。小姐,正如我说过的那样,如果亲王给您找了一个年轻英俊的王子做新郎的话,那么您肯定会对他屈膝行礼,然后告诉他,您宁愿去做个修女。"

"谢天谢地,我还没有到这样危险的地步。你知道父亲为我拒绝了多少人的求婚啊!"

"您这是出于女儿的孝心才感激您父亲的，不是吗？可是，小姐，设想一下——明天上午，他召您去议事大厅。到了那里，他身边出现一位王子，双眸又黑又大，前额光润如玉，男性的卷发乌黑发亮。简单讲，就是与长廊里英俊的阿方索肖像一模一样的年轻骑士，也就是您曾连续几个小时盯着看的那幅。"

"不要这么随随便便地谈论那幅画像。"马蒂尔达叹了口气，"我觉得我在看那幅画像的时候，怀有一种异乎寻常的崇仰之情。可是，我是不会对一幅画产生爱情的。为了怀念他，母亲曾唤起过我对这位德高望重的先王的崇敬之情。我不知道她为什么会带我到他的墓前，这一切都使我相信，我的命运似乎和他有着某种关系。"

"天哪！小姐，怎么会？我可是一直没听说过你们家族和他有何关系啊！我实在猜想不出为什么王后要让您在凄冷的清晨，或者潮湿的夜晚，在他墓前祈祷。据史书记载，他不是一个圣徒。要是她非让您祈祷不可的话，为什么她不让您对我们崇高的圣尼古拉斯祈祷呢？我如果要找老公，一定会向他祈愿。"

"如果母亲能对我讲明原因，我心里也许会平静一些。不过，这是她心中的秘密。正是这个秘密，促使母亲让我祈祷。我不知道那秘密是什么，母亲做事从来不凭她一时的高兴。我想，其中一定有什么大秘密。不，肯定是有什么秘密的，因为母亲在为我弟弟的死极度悲伤的时候，无意中说了一句颇有意味的话。"

"哦，亲爱的小姐，是什么话呢？"卞卡急切地问道。

"不行，我不能告诉你。做父母的无意间说了他们不希望说的话，做女儿的就绝不应该把它讲给别人听。"

"什么！她对自己说过的话感到后悔了吗？我向您保证，您尽管相信我。"

"如果是我自己的秘密，哪怕再微不足道，我也会告诉你的。可是我不应该讲我母亲的秘密。做儿女的不经父母的允许,就不该去听、去看。"

"嘿,我敢说,您生来就是个天使,不会违背天使的使命,最后会在修道院里度过一生。不过,伊莎贝拉小姐就不会像您这样对我守口如瓶,她会和我谈论年轻的男人。当一个英俊的骑士来到城堡里的时候,她会直言不讳地对我说,您的弟弟要是长得像他这样,那该多好啊!"

"卞卡,我不许你这样不敬地议论我的朋友。伊莎贝拉性情直爽,可她心地是非常纯正的。她晓得你这个无事闲聊的脾性,也许只是凑了个趣来排遣忧郁,活跃一下父亲给我们带来的孤寂气氛罢了。"

"圣母玛利亚!"卞卡猛然惊跳起来,"又有动静了!小姐,您什么也没听见吗? 这城堡里肯定有鬼。"

"嘘!听!我想我确实听到了什么声音!……可这一定是幻觉。我想你的恐惧感染了我。"

"真的,真的!小姐!"卞卡急得泪水盈眶,"我肯定听见了声音。"

"是不是有人在楼下的房间里睡觉?"公主问。

"自从您弟弟的家庭教师,也就是那个占星家跳水自杀以后,谁还敢住在那里? 小姐,现在他的鬼魂和小王子的鬼魂一定在楼下的那个房间里相会了。看在上帝的分上,我们赶快躲到您母亲那里去吧!"

"你就别瞎搅和了。如果他们的灵魂感到痛苦的话,我们正好乘机问问他们,好减轻他们的痛苦。他们不会存心伤害我们的,因为我们从来没有伤害过他们。要是他们存心要伤害我们,那么我们待在别的房间里就会安全吗? 把念珠递给我。我们先祈祷,然后再去和他们谈谈。"

"啊,亲爱的小姐!我可不想和鬼魂说话!"卞卡恐慌地叫道。

她的话音刚落,她们就听见了楼下房间里开窗户的声音。她们屏息凝神。过了一会儿,仿佛听见有人在那儿吟唱,可是听不清他唱的究竟是什么。

"这不可能是个恶鬼,"公主低声地说,"毫无疑问,他是我们家里的人。打开窗户,听听那声音是怎么回事。"

"我不敢,小姐。我真的不敢。"卞卡胆怯地说。

"你真是个胆小鬼。"

马蒂尔达轻轻地推开了窗户。可是开窗的声音传到了下面,于是唱歌的声音停止了。她们想那人肯定听见了窗户开启的声音。

"下面有人吗?"公主问,"要是有人的话,请回话。"

"有。"那是个陌生的口音。

"你是谁?"公主问。

"一个陌生人。"

"陌生人? 这时候城堡的门都已经锁上了,你是怎么到这儿来的?"

"我也不想待在这儿……可是,请你原谅,我是不是打扰了你的休息? 我不知道别人会听到我的声音。我实在睡不着觉,只好起来,设法消磨这段无聊的时光,盼望着美好的黎明出现,好早些离开这座城堡。"

"听你说的话和说话的口气,含有一种愁绪。如果你是为穷困所苦,请告诉我,我会转告亲王夫人的。她乐善好施的心肠会驱散你的烦恼。她会帮助你的。"

"我确实不快活。虽然我不知道什么是富有,可我并不抱怨命运的安排。我年轻力壮,自食其力,并不觉得羞耻。不过,不要以为我这个人太傲慢,瞧不起你们的慷慨帮助。我会念着你们的好意,为你们祈祷的。我要为尊贵的亲王夫人祈福。小姐，我之所以叹息，不是为了我自己，而是为了别人。"

"哦，我知道了，小姐，"卞卡低声对公主说，"他一定就是那个年轻的乡下人。凭我的直觉，他恋爱了。太妙了！这种巧遇真是太迷人了！好吧，小姐，让我们好好问问他吧。他不认识您，还以为您是亲王夫人的一个侍女呢。"

"你怎么不害臊？我们有什么权力去探听这个小伙子的心事呢？他听上去很正直、坦率。他对我们说他不快活。我们为何非得去了解他呢？此外，我们有什么权力去得到他的信任呢？"

"天哪！小姐，您对爱情简直一窍不通。恋人们最大的乐趣就在于谈论他们的情人！"

"那你觉得我听他诉说心曲合适吗？"

"好吧，那么就让我跟他谈吧！"卞卡说，"虽然我很荣幸当您的贴身侍女，但我可不是一直那么好用哦！不过，如果爱情可以分等级的话，那么同样，爱情也能够提高一个人的等级。我尊重每一个正在恋爱的男人……"

"够了，你这个傻丫头！尽管他说他不快活，可你也不能就此推断他一定在爱着什么人呀！回想今天下午发生的事情，你说，除了爱情方面的原因，是不是还有别的什么不幸的事情？"

然后，公主又朝楼下问道："陌生人，你的不幸是不是由于自己的过失造成的？如果你的不幸恰恰在希波利塔王妃的权限之内的话，那么，请相信我，她会成为你的保护人的。你离开城堡后，去与圣尼古拉斯教堂相邻的修道院找杰罗米神父，把你的所见所想告诉他，他会转告王妃的。她是所有需要帮助的人的母亲。再见吧！在这个时候，我和一个男人再谈下去，似乎不妥吧。"

"天使会保佑你的，好心的小姐！"年轻人答道，"可是，要是一个贫穷寒微的陌生人能够请求你再听一会儿的话，他会很高兴的。窗户是开着的。我可以冒昧地问你个事吗？"

"那你就快讲吧！天快亮了，干活的人马上就要到里院来，那样他们就会看见我们的。你想问什么？"

"我不知道怎样……我不知道是不是可以……"陌生人的声音有点颤抖，"可是你的那些好心的话给了我勇气……小姐，我可以信赖你吗？"

"天哪！你这是什么意思？你要对我讲什么？如果你愿意将心事向一颗善良的心吐露，那么你就大胆地说吧。"

"我想问，"乡下人定了定神说，"我从仆人那里听到的是不是真的？那个公主是不是真的在古堡中失踪了？"

"你为什么要打听这件事？"马蒂尔达反问道，"你开头说的话还显得挺谨慎而庄重的。你来这里是想探听曼弗雷德的秘密吗？那么，再会了。是我错看你了。"

说罢，马蒂尔达不等年轻人回答，就急忙关上了窗户。然后，她又带着责备的口气对卞卡说："幸亏我做事比较谨慎，要是让你同这个乡下人交谈，那么，他这个乐于打听别人隐私的人算是找到知音了。"

"我同您争论显然是不合体统的，"卞卡说，"可是，也许我向他提出的问题会比您想问他的那些问题更加中肯呢？"

"哦，那当然。你是个细心的人。那么，我可以知道你会问他些什么吗？"

"俗话说得好，旁观者清。小姐，您认为他打听伊莎贝拉小姐的事情仅仅出于好奇心吗？不，不是的，小姐。这是你们这些贵人意想不到的。罗彼兹告诉我说，仆人都相信，这个年轻人是伊莎贝拉小姐逃走的策划者。……祈祷吧！小姐，请注意……您和我都清楚，伊莎贝拉小姐根本就不喜爱您的弟弟。他是在一个不寻常的时刻被砸死的……我不想指控什么人，一顶头盔从天而降，您父亲就是这么说的。可是，罗彼兹和别的仆人都说，这个风度翩翩的年轻人是个魔法师，而那顶头盔就是他从阿方索墓地里偷来的。"

"够了。别再讲这些捕风捉影的话了。"

"不，小姐，听不听，随您的便。可是就在同一天，伊莎贝拉小姐失踪了。而这个年轻的魔法师却在地道的入口被发现。这可是一件非同寻常的事情。……我绝不想加罪于任何人……但是，如果小王子死得正常些……"

"守好你的本分吧！你不该议论伊莎贝拉的清白。"

"不管清不清白，她总归是跑掉了。可是人们却发现一个陌生人。您自己问他。他对您说，他在恋爱或者不快活。这都是一回事。他已经说过，他是为了别人而感到不快活的。如果不是恋爱了，他会为别人感到不快活吗？可怜的家伙。接着他又天真地打听伊莎贝拉小姐是不是失踪了。"

"当然，你的观察也不是毫无根据。伊莎贝拉的逃跑，我也感到意外。这个年轻人的好奇心也极不寻常。……可是，伊莎贝拉对我从来都是推心置腹的。"

"他对您这么说，就是要套出您的心事。可是，小姐，谁敢保证这个陌生人不是个乔装打扮的王子呢？小姐，让我打开窗户，问他几个问题。"

"不，我要亲自问问他。如果他非常熟悉伊莎贝拉，那么我就不必和他谈下去了。"

他们正要打开窗户，突然城堡右边门的门铃响了起来。边门恰好位于马蒂尔达所在塔楼的右面。马蒂尔达不得不暂时停下对话。

经过一番沉寂以后，玛蒂尔达对卞卡说："我相信，不管伊莎贝拉为什么逃走,他都不会有任何卑鄙的动机。如果这个陌生人是她出逃的同谋,那么,想必她信赖他的忠诚和能力。卞卡,你没有注意到吗?我可注意到他的话里充满了不寻常的敬意。他的措辞用语都配得上一个出身高贵的人。"

"听我说,小姐。他肯定是个乔装打扮的王子。"

"不过,要是他参与了她的逃走,那么你该如何解释他为什么不随她一起逃走呢?"

"说到这一点,小姐,如果他能够从头盔里面逃出来,就能够设法避开您父亲的怒火。我相信,他身上带有某种法宝或者别的什么神奇的东西。"

"你总是喜欢用魔法来解释一切。我们要科学些。一个和恶魔打交道的人,是不敢讲他刚才所讲的那些动人而神圣的话的。你看,他是多么热情地发誓,说他绝不会忘记为我向上帝祈祷!是的,伊莎贝拉也丝毫不会怀疑他的虔诚。"

"您要我相信同谋私奔的一个小伙子和一个姑娘的虔诚?不,不,小姐。伊莎贝拉小姐,不是您想象中那种类型的人。在您面前,她的确常常叹息,也常常抬起头来向上苍默祷,因为她知道您是个天使。可是您一转身……"

"你在污蔑她。伊莎贝拉可不是什么伪君子。她为人虔诚,却并不假装要去做什么修女。相反,她总是反对我出家去当修女的想法。我承认,我对她的私逃感到意外,感觉上,与我们之间的友谊并不一致。可是,我忘不了她反对我做修女时的那种坦诚无私的热情。她希望看到我嫁人,尽管我的陪嫁会减少她和我弟弟的财产。只为了她的缘故,我也要信赖这个年轻人。"

"那么您真的认为他们两个之间有着一定的好感了?"

她们正说着话,一个仆人匆匆来报,说是伊莎贝拉已经找到了。

"她在哪儿?"玛蒂尔达急切地问。

"她在圣尼古拉斯教堂寻求庇护,"仆人回答说,"杰罗米神父亲自来告知这件事情的。他正在楼下,和亲王一起。"

"我母亲在哪儿?"

"她在自己的房间里,小姐。她请您去。"

天刚蒙蒙亮,曼弗雷德就起身了。他找到希波利塔,问她是不是知道一些有关伊莎贝拉的情况。那时,有人前来报告说,杰罗米神父受人之托想同他谈谈。曼弗雷德并没有多想神父来访的目的,只当是应希波利塔之请来这里商量慈善方面的事。于是他就传他进来,打算让夫人在这里和神父谈话,自己去寻找伊莎贝拉。

"你来这里找我,还是找夫人?"曼弗雷德问神父。

"你们两个人我都要找。伊莎贝拉……"

"她怎么了?"曼弗雷德迫不及待地插话道。

"她现在在圣尼古拉斯教堂。"杰罗米答道。

"这和希波利塔无关,"曼弗雷德心慌意乱地说,"到我屋里谈。神父,告诉我,她是怎样到那里去的?"

"不,殿下。"这位善良的老人神色坚定、凛然可畏,使一向敢作敢为的曼弗雷德有点心怯,禁不住对杰罗米神父圣徒般的刚毅肃然起敬。"我的使命是要见你们俩。如果殿下乐意,我要在你们俩都在场的时候讲明我的使命。不过,殿下,我得先问一下夫人是否知道伊莎贝拉离开城堡的原因。"

"我敢发誓我不知情,"希波利塔说,"伊莎贝拉说我有参与这件事情吗?"

曼弗雷德打断夫人的话说:"神父,我尊敬你所信奉的宗教。但是,我是这里的主人。我不许爱管闲事的神父插手我家的事情。你要是有什么事情非要说不可的话，那就随我一起到我的房间里去。我不习惯让夫人知道我们国家的秘密，因为这种事情女人无须插足。"

"殿下，我绝不是一个喜欢干涉他人家庭隐私的人。我的天职就是促进安宁，弥补裂痕，劝诫忏悔，教导人们约束失去控制的激情。我并不计较殿下讲的那些刻薄无情的话。我清楚我的职责。我是一个比您更加权威的天主代言人，别忘了，他可是通过我的口来讲话的。"

曼弗雷德恼羞成怒，气得浑身发抖。希波利塔神色惊讶，急于想知道这件事情会有什么结果，但只是缄默无语，更强烈地表现出她对曼弗雷德的逆来顺受。

神父继续说道："伊莎贝拉小姐托我代她向你们两位致意，感谢你们在城堡中的好意款待。她痛惜你们失去了儿子。虽然她没有福气成为你们英明高贵的家庭的一个成员，只会把你们永远尊奉为父母（听到这里，曼弗雷德的脸色陡然一变）。可是她同你们儿子的婚姻已经不可能了。她请求你们在她得到她父亲的消息或者证明她的父亲已经谢世以前，让她暂时住在教堂里面。然后，她才可能有权利，经她的监护人的许可，合理地安排自己的婚事。"

"我不同意，"亲王说，"我要她立刻回到城堡里来。对她的人身安全，我对她的监护人负有责任。除我以外，我不能容忍她待在别人那里。"

"殿下，您想过吗，这是否合适？"神父说。

"我无须别人的劝诫，"曼弗雷德疾言厉色道，"伊莎贝拉的行为留下了很多奇怪的疑点。那个乡巴佬即便不是她逃跑的原因，至少也是她逃跑的同谋。"

"原因？那个年轻人的原因？"神父插话道。

"这简直无可忍受!"曼弗雷德气急败坏地说,"难道我要在自己的王宫里领教一个傲慢无理的僧侣的轻蔑?我想你肯定参与了他们的私通!"

"我会祈求上帝赦免你的无端猜疑,如果殿下的良心仍未发现你对我的指责如此不公正,我可真要祈求上帝宽恕你的刻薄无情。我恳求殿下让伊莎贝拉平静地待在那块圣地里。在那里,男人向她倾诉爱情这类徒劳和世俗的妄想比较不容易烦扰到她。"

"少扯淡。快回去把公主带回来尽她的义务吧!"曼弗雷德说。

"不让她回到这里来,这是我的责任。她就待在那个能躲避现世的厄运和野蛮的对待的地方,一个孤儿和处女所居住的地方。除了她的父母以外,谁也没有权力把她从那里带走。"

"我是她的公公!我有权力要求她!"

"她倒是希望你成为她的公公,可是,上帝已经永远解除了你们之间的一切联系。向殿下郑重地宣布……"

"住嘴!你这个放肆的家伙!当心我发火!"

"可敬的神父,"希波利塔说,"对人一视同仁,这是您的本分。您应按照本分去讲,而我的本分则是绝不听任何使我丈夫不愉快的事情。您去他房里吧!我回我的寝室去了,祈求圣母玛利亚让您得到她的神谕,让我的丈夫恢复过去的平静和祥和。"

"圣洁的女人!"神父说,"殿下,我尊重您的意愿。"

曼弗雷德由神父陪同,回到自己的房间,关上了门。

"我看得出来,神父,"曼弗雷德说,"伊莎贝拉已经把我的想法对你说了。现在就顺从我的决议吧!王国、我本人和我的百姓的安全,都要求我有儿子。让希波利塔再给我生个儿子已经毫无指望,所以我选定了伊莎贝拉。你必须把她带回来,并为此多尽力。我知道,你对希波利塔的影响力很大,你是她良心的导师。我承认她是个毫无瑕疵的女人,她的灵魂属于天国,她把世俗的豪华视为草芥。你可以帮助她完全脱离红尘,劝她同意解除我们的婚姻,然后隐居在修道院里。要是她肯这样做,我会捐赠一座修道院,她会得到如你们所期望的丰厚费用。这样你就会消除威胁我们的祸患,立下拯救奥托兰多于患难之中的功劳。你是个精明人,我太容易激动,常常脱口说出一些有失体统的话来。但是我敬重你的德行。我期望你能够为了我生活的安定和家族的繁衍鼎力相助。"

神父说:"上帝的意旨已很明白! 我是他微不足道的工具。他利用我的口来指责你那个不正当的计划。你对善良的希波利塔的伤害,已经危及到了你那可怜的君权。我谴责你遗弃希波利塔的邪恶意图。我警告你,不要对订过婚的孩子怀有乱伦的念头。上帝对你家族的审判应该使你有所警惕。他把伊莎贝拉从你的淫威中解救出来,也将继续守护着她。我,一个贫穷、寒微的神父,也可以保护她,使她免受你的伤害。我虽然是个穷人,虽然被殿下辱骂,指称我是那件我一无所知的私通案的同谋,可是我蔑视你诱惑我的忠诚时所采用的那种手段。我热爱我的教规,尊敬虔诚的灵魂,敬重亲王夫人的虔敬。我不会辜负她对我的信赖,也不会以卑鄙和有罪的屈从服务于宗教事业。当然,国家的昌盛取决于殿下是否有个儿子。上帝嘲笑人类目光如豆,不过如此。昨天上午还没有哪家比得上你家那么宏伟、那么豪华? 可是,如今小康拉德又在哪儿? 殿下,我尊重你的眼泪,但并非要见你哭泣。让泪流淌吧,殿下。它们的价值胜于一切,保佑你的国民幸福康乐,强过建立在情欲和政策上的婚姻。由阿方索家族转移到你家族手里的君权,绝不能靠一段教会所不容许的婚姻来维持。如果上帝有意让曼弗雷德家族消亡,那么殿下就听天由命退位吧! 让你王冠的光辉留名青史。来吧殿下,我喜欢你的这种悲哀,我们回去看望王后吧! 她还被你罪恶的意图蒙在鼓里呢!

我无须再提醒你一次了吧！你也看到了，刚才她表现出来的温柔、浓烈的爱。她听到我们说的话了，却拒绝听你的罪恶。我知道她希望你拥她入怀，感受她忠贞的情义。"

"神父，"亲王说，"你误解了我的内疚，我尊敬希波利塔的美德。我认为，她是个圣人，我多么希望自己灵魂纯洁，使我们的婚姻更加牢固啊！可是，唉，神父，你并不知道我内心的痛苦是多么剧烈。我曾一度为我们婚姻的合法性顾虑重重，因为希波利塔和我毕竟是近亲。说实话，我的家族曾经给我配了一个女人，可我听说希波利塔也和另外一个男人订过婚。这使我的心情十分沉重。我想，我之所以遭遇康拉德的猝死，完全是由于这种非法的婚姻。请你减轻我良心的重负，解除我的婚姻，完成你那神圣的工作，以神圣的劝诫对我的灵魂产生影响吧！"

善良的神父看穿了亲王这种狡诈的花招时，心里是多么苦恼啊！他为希波利塔担心，因为他看到她的毁灭已经成为定局。他担心，如果曼弗雷德对伊莎贝拉彻底绝望，那么他就会把对生儿子的渴望转移到别的女人身上，而那些人也许会抗拒不了曼弗雷德的崇高地位的诱惑。神父沉思片刻，从这种犹豫中闪现出一个念头。他想，最明智的做法就是不能让亲王对伊莎贝拉灰心绝望。他从伊莎贝拉对希波利塔的感情，以及她对曼弗雷德求婚的反感中断定，在教会强烈谴责亲王的离婚行为以前，伊莎贝拉会赞同他的想法的。最后，他拿定主意，仿佛被亲王的心事重重所感动似的，说道：

"殿下，我一直在想你说过的那些话。如果你对善良的希波利塔夫人的不满真是出于良心不安，我绝不会蓄意让你心灰意冷。教会是一位宽容的母亲，向她倾吐你的痛苦吧。教会也会通过安慰你的良心，询问你的顾虑，或恢复你的自由，使你愉快地以合法的方式来延续你的家族，使你的灵魂得到宽慰。就后者而言，如果经过劝说，伊莎贝拉同意……"

曼弗雷德想,他先前的动情只不过是一种虚与委蛇的敷衍,不料却骗过了好心的神父,看到这一突然的转机,真是喜出望外。如果按照神父的想法,这事能够成功的话,让他重复多少遍那些重要的诺言,他都会毫不犹豫照办的。本意良好的神父则听任曼弗雷德自我陶醉,立意改变他的初衷。

亲王说:"既然现在我们都已经明了了彼此的看法,那么,神父,我希望你能回答我一个问题:我在地下室里发现的那个年轻人是谁?想必他参与了伊莎贝拉的外逃。告诉我真相,他是伊莎贝拉的情人吗?还是另外一个情人的中间人?我曾怀疑伊莎贝拉对我的儿子漠不关心,有许多迹象进一步证实了我的怀疑。她自己也意识到了,所以我在长廊里同她讲话时,她躲躲闪闪,极力表明自己对康拉德并非无情无义。"

神父对那个年轻人一无所知,只是偶然听伊莎贝拉提起过他,他没有多想曼弗雷德如此急切地追问这事的缘由,便认为在曼弗雷德心里播撒妒忌的种子,是不会不适当的。如果曼弗雷德不放弃他那种一厢情愿的婚姻,如果他对伊莎贝拉产生忌恨,也许之后能产生某种效用,岔开他的注意力,使他的心思空耗在自己虚幻的诡计上面,以此来防止他进行新的追求。神父怀着这种不甚令人愉悦的谋略做了回答,在一定程度上肯定了曼弗雷德对伊莎贝拉和那个年轻人之间可能关系的猜疑。曼弗雷德一领略到神父回答中暗含的意思,就勃然大怒起来。

"我要把这件事情查个水落石出。"他喊道。

说完他突然离开神父,并且留下命令,在他回来以前,神父不得擅自离开。他急急忙忙地赶到大厅,下令把那个年轻人带上来。

"你这个冥顽不灵的骗子,"亲王一见年轻人就怒气冲冲地说道,

"你这个自诩诚实的家伙,现在怎么样啦?是天意还是月光,让你发现了地道的门锁?告诉我,大胆的年轻人,你是谁?和伊莎贝拉认识多久了?认真回答我的问题,不要像昨天晚上那样含糊其辞。不然,酷刑会使你说出真话的。"

年轻人意识到,他帮公主逃走一事被发现了。他想,现在吐露真情,对公主既无帮助也无害处了。因此,他说:

"我不是个骗子,殿下,骂我骗子是不公平的。现在我要如实地回答昨晚您对我提出来的问题。这并非因为我惧怕您的酷刑,而是因为我天性憎恶虚伪。请把您的问题再说一遍,殿下,我乐意尽我所能来满足您的要求。"

"你对我的问题知道得很清楚,你不过想拖延时间找一个借口罢了。你是谁?你认识公主多久了?"

"我是附近村子里的劳工。我叫塞奥多。昨天晚上,公主在地下室里发现了我。在那以前,我们从来没有见过面……"

"我倒是乐意相信你说的话,可是我想要听听你自己的事情,再细查一下你说的是不是实情。公主对你谈起过她逃离此地的原因吗?你的性命就看你如何回答了。"

"她对我说,她面临着毁灭的危险。如果她逃不出城堡,那么再过一会儿,她就会落入终生悲惨的境地。"

"只为了那个傻丫头根据不足的一面之词!你就不怕惹我发火吗?"

"当一个身处不幸的女人请求我保护时,我是不怕惹人不快的。"

大厅的前部是一条木板长廊,廊壁上有九扇格子窗。曼弗雷德就端坐在上方,身后是仆人。当时,玛蒂尔达正前往她母亲那儿,经过大厅。透过格子窗,她听见了父亲说话的声音,看到一些仆人站在他身旁,于是停了下来,想看个明白。那年轻人立刻引起了她的注意,他应答时那种从容不迫、泰然自若的风度,他最后的那句话(也是她清楚地听到的第一句话)中所透露出来的那股豪侠之气,让她惊羡不已。他即使身处逆境,也仍然显得高尚、英俊和自重。但没多久,他的相貌就深深吸引住她的目光。

"卞卡,"公主轻轻地说,"我不是在做梦吧!这个年轻人长得同长廊那里的阿方索画像多么相像啊!"

亲王的声音越来越高,她只好停住不说了。

"你现在的虚张声势,"亲王说,"要比你先前的那种傲慢无礼强多了。你瞧不起刑罚,那么现在我就让你领略一下。拿下他,捆起来,让那公主最先听到的消息就是她的同谋为了她掉了脑袋。"

"你这样不公正地对待我,使我相信帮助公主摆脱你的暴虐专制,确实是一件好事。不管我怎么样,她都会幸福的!"

"这不就是情人的口气吗?"曼弗雷德勃然大怒,"一个大祸临头的乡巴佬绝不会这么多情的。你这个顽童,你是谁? 不然,我会动用酷刑让你吐露真情的。"

"你用死来胁迫我,那是因为我讲了实话,"年轻人说,"如果这就是诚实所能得到的全部奖励的话,那么就别指望让我继续满足你徒劳的好奇心了。"

"那么你是不打算讲了?"

"是的。"

"把他押到院子里去!"曼弗雷德厉声说,"我要看看他的头是怎样瞬间落地的。"

玛蒂尔达一听此话,顿时昏倒在地。卞卡大声惊呼:

"来人哪! 来人哪! 公主没气了!"

曼弗雷德听到惊叫,大吃一惊。年轻人也听到了喊声,心里惴惴不安,不知道这是怎么回事。可是曼弗雷德却下令把他押到院子里去等候死刑,等他查明喊叫的原因回来以后就执行。曼弗雷德了解了事情的原委后,只当她是女人的大惊小怪,让人把玛蒂尔达送回了房间,又急匆匆地赶回院子里来。他点了一名卫兵,命令塞奥多跪下,准备挨那致命的一刀。

年轻人无可奈何地接受了这个无情的判决,在场的人全被感动了,只有曼弗雷德无动于衷。年轻人急于知道刚才他听到的有关公主的状况,可是又怕因此激怒了曼弗雷德,反而给公主带来不幸,打消了问曼弗雷德的念头。他屈尊要求的唯一的恩惠,是为他请一个忏悔神父,让他死后能够安息。

曼弗雷德也想通过他向神父忏悔的方式,来了解这个年轻人的来历,因此慨然应允了他的要求。他相信,杰罗米神父此刻也正在关注此事。他传令召神父来听这个死囚的忏悔。

神父没有料到,自己的不慎,会给这个年轻人招来大祸。他跪在亲王的面前,恳求他不要滥杀无辜,严厉地责备自己先前的轻率,竭力为年轻人开脱罪责,想方设法缓解暴君的火气。

神父的恳求不仅没有缓解曼弗雷德的暴怒,反而更加激怒了他。他命令神父履行其职责,并且叫神父不要让犯人忏悔得太久。

“用不了多长时间的,殿下,”年轻人说,“感谢上帝,我的罪孽并不重,没有超过人们对像我这样的年轻人所预料的那么重。擦干您的眼泪,好心的神父,我们快点进行忏悔的仪式吧!这是个邪恶的世界,我没有必要怀着遗憾的心情离开它。”

“啊,不幸的年轻人!你怎么不恨我呢?我可是谋杀你的凶手啊!这个悲惨的时刻正是我带给你的。”

“我真诚地原谅您,正如我希望上帝原谅我,”年轻人说,“听我忏悔吧!然后再为我祝福。”

“我怎么能够看着你死去呢?本来应该是我死的啊!”神父说道,

"你若是不能宽恕你的仇敌，那你就不能得救。你能够宽恕站在那边的那个恶人吗？"

"我能，"塞奥多说，"我宽恕他。"

"这还不能打动你的心吗，冷酷的殿下？"神父问亲王。

"我是叫你来为他忏悔的，"亲王严厉地回答，"而不是为他求情的。就是你先惹恼了我，所以我才惩罚他。因此，他的死由你负责。"

"我会的！我会的！"这位好心人极度痛苦地说。

"你和我绝不会希望去这个有福气的年轻人要去的地方的！快履行你的职责吧！女人的惊呼都打动不了我，神父的哀诉就更难打动我了。"

"什么？"年轻人问，"难道是我的命运引发了我所听见的那个喊声吗？那个公主又落入你的手中了吗？"

"你这话倒又让我想起来我有多火大。准备一下，你的命已经走到尽头了。"

年轻人感到自己胸中怒气翻腾，看到周围的人和神父为他而悲伤，深受感动。他克制住自己的情感，脱掉马甲，解开了衣领，朝神父跪下。当他向下弯腰时，衬衣从肩膀上滑落，露出了两块箭形的血记。

"天哪！"神父大吃一惊，"我看到了什么？这是我的孩子啊！我的塞奥多！"

我们可以想象，那种自然涌现出来的感情是多么难以描绘。刽子手因惊奇而不是因欢乐热泪盈眶，似乎想从他们的君主眼里看到一些指示。

年轻人的神情交替地变化，惊讶，温柔，尊敬，看见神父老泪纵横，孺慕之情陡然而生。他恭顺地接受了老人的拥抱。可是神父似乎对曼弗雷德固执的脾性能否受到感化并不抱多大的希望。他朝亲王瞥了一眼，仿佛在说："这样的情景难道还不能打动你吗？"

曼弗雷德的心本来是能够被打动的。他在惊讶中忘却了愤怒，可是自己的傲慢却极力使他不为所动。他甚至还怀疑，这场面也许是神父为了拯救那个年轻人而设下的一个圈套。

"这是什么意思？他怎么会是你的儿子？你所从事的圣职和众所周知的声誉，同你坦率承认非法奸情生下个乡下儿子，这两者可是格格不入的呀！"

"哦，你问问他是不是我的儿子！如果他不是我的儿子，我会感到这么痛苦吗？宽恕他吧，好心的亲王，宽恕他吧！只要你乐意，你就辱骂我吧！"

"饶了他吧！饶了他吧！"看到神父的痛苦，那些仆人也纷纷为年轻人求情，"看在这个好心人的分上！"

"住嘴！"亲王大声呵斥道，"在我想要饶恕他以前，我要先多了解一点。一个圣徒的私生子绝不会是个圣徒。"

塞奥多说："恶语伤人的殿下，残忍还不够，要再加上侮辱吗？我可是这位可敬的老人的儿子，尽管我并不像您一样是个亲王，可我知道，我的血脉里流动的血……"

"是的，"神父打断了他的话，"他的血是高贵的，他不是你所讲的那种卑贱的人。他是我合法的儿子。在西西里岛，没有几个家族比法肯纳罗家族更为古老的了！但是，哎！血统是什么？高贵是什么？我们是卑劣的人，是痛苦而有罪的生物。正是由于我们对上帝的虔敬，我们才有别于让我们来到这个世界又让我没有回归的尘土。"

"别再布道了。你忘了，你已经不是杰罗米神父而是法肯纳罗伯爵了。先谈谈你的过去吧！如果这个冥顽的犯人得不到赦免的话，到时，你会有机会对他布道的。"

"圣母啊！"神父说，"殿下，你能拒绝一个父亲为他失散多年的独生儿子免除一死的请求吗？蔑视我吧，殿下！嘲弄我吧！让我代他去死吧！只求你宽恕我的儿子！"

"现在你能够感受到失去独生儿子的滋味了？不久前，你还煞有介事地对我说，我的家族，如果命运之神乐意，一定消亡。但是，法肯纳罗伯爵……"

"啊！殿下，"杰罗米说，"我承认我冒犯了你，但是别再增加一个老人的痛苦了吧！我并不想炫耀自己的家族，也不去想这种虚荣的东西。我为这个孩子说情是自然的，这只为了怀念生育他的那个亲爱的女人。她……塞奥多，她还在吗？"

"她的灵魂早已在有福的天国了。"塞奥多说。

"啊！怎么？"杰罗米喊道，"告诉我……不……她是幸福的！现在你是我所关心的一切了！最令人敬畏的殿下，你能饶恕我这个可怜的孩子的性命吗？"

"回你的修道院，把公主带回来。老老实实地告诉我你知道的其他事情，我就会饶你儿子不死。"

"哦！殿下，你想让我出卖我的良心，来换取这个年轻人的可爱的生命吗？"

"为我？"塞奥多喊道，"我宁可死上一千回，也不愿玷污您的良心。那个暴君还能逼您什么呢？公主摆脱他的魔爪了吗？可敬的神父，去保护她吧。让他把所有的愤怒全朝我发泄吧！"

杰罗米竭力制止年轻人的这种冲动。曼弗雷德正要发话，突然传来一阵嗒嗒的马蹄声。悬挂在城堡大门外的那支铜号鸣响起来。就在同时，放在院子角落里的那顶令人迷惑的头盔上，黑色的翎饰剧烈地摇晃起来，点了三下头，仿佛是在向一些看不见的全身披挂甲胄的人致意。

第三章

　　"这是千真万确的，"受了伤的骑士挣扎着说，"我是法利德里克，你的父亲……是的，我是来救你的……这不会是……给我一个分别的吻吧，那……"

　　曼弗雷德注意到那顶神奇的头盔上的翎饰剧烈摇晃，并与那支铜号的鸣响相互呼应，不由得感到十分惊慌。此刻曼弗雷德不再把杰罗米当作法肯纳罗伯爵对待了，说道：

　　"神父，这些怪事是怎么回事？如果我冒犯了……"

　　翎饰摇晃得更加厉害了。

　　"我是个多么倒霉的亲王，"曼弗雷德喊道，"可敬的神父，你不愿用祷告来帮帮我吗？"

　　"殿下，毫无疑问，上帝因你嘲弄他的使者而恼怒了。服从教会吧！不要再迫害他的执行者了，释放这个无罪的年轻人，学着敬重我所扮演的神圣角色。不要蔑视上帝，你看……"

　　铜号又鸣响了起来。

　　"我承认我的性格太急躁。神父，请你去边门问一下，究竟是谁在门外。"

　　"你能答应饶恕塞奥多的性命吗？"

　　"我答应。不过请你去问一下，是谁在外边。"

杰罗米听罢，泪水夺眶而出，滴落在儿子的脖子上。他心里充满了喜悦之情。

"你答应我去门口的。"曼弗雷德说。

"我想，殿下，请原谅，以我由衷的赞美向你表示感谢。"

"去吧，亲爱的先生，"塞奥多说，"服从殿下吧。我不值得您为了我而延误其他的事情。"

杰罗米神父走到大门口问："外面是谁？"

"一个传令官。"外面有人回答。

"你从哪儿来？"

"我来自庞大的骑士团。"传令官说，"让奥托兰多的篡位者出来说话。"

杰罗米神父向亲王回禀时，神父因惊讶而难以清楚复述传令官的话，刚开口就使曼弗雷德大惊失色。可是当听到传令官称他为篡位者的时候，亲王的火气又蹿上心头，勇气恢复如昔。

"篡位者？真是个无理的家伙！"他大喊大叫，"谁敢怀疑我的权力！回去吧，神父，这件事情和你的圣职无关，我要亲自去会会这个放肆的家伙。你的儿子留下当人质，他的性命就取决于你是否顺从我了。"

"天哪！殿下，你可是刚刚才慷慨答应宽恕我的孩子的，你这么快就把上帝的干预忘得一干二净了吗？"

"上帝没有派传令官来诘问我的合法君主的权力，我怀疑上帝是否要通过神父来表明他的意志。不过，这是你的事，和我无关。眼下，你已经知道我的想法，如果你不把公主献出来给我，那个放肆的传令官也救不了你儿子的性命。"

无论神父说什么，都是白费口舌，曼弗雷德命人把神父从后门带了出去，关在城堡的外面。他又命随从把塞奥多关在黑塔楼顶的小屋里,严加看守。父子俩分手时,他甚至不让他们拥抱一下。然后亲王庄严而堂皇地坐了下来,下令把那个传令官带来见他。

"好哇,你这个无理的家伙!"亲王道,"你找我有什么话要说?"

"我找的就是你,曼弗雷德,奥托兰多公国的篡位者。我受庞大的骑士团的那位威名远扬、战无不克的骑士委派,以他的君主维琴察侯爵的名义,来查问他的女儿伊莎贝拉公主。你趁侯爵不在之际,贿赂了公主那个不忠的监护人,卑鄙而奸诈地控制了她。法利德里克侯爵要你辞去奥托兰多公国的王位。这王位本来属于前合法君主阿方索最近的血亲维琴察·法利德里克侯爵。如果你不立刻照办,他就要和你决一死战,把你毁灭。"传令官说罢,就抛下他的节杖。

"那个大言不惭的家伙在哪儿?是他派你来的吗?"曼弗雷德问。

"就在离此三英里的地方,他来的目的是向你讨回他应有的权力。他是一位真正的骑士,而你则是一个篡位者,一个巧取豪夺者。"

传令官的话极富挑战的意味,可是曼弗雷德并不想激怒侯爵。他心里明白,法利德里克侯爵的要求不是无中生有,这种要求他已听过不止一回。

自从无儿无女的阿方索死后,法利德里克侯爵的先祖继承了奥托兰多公国的王位。曼弗雷德的祖父、父亲和他本人在维琴察的势力日盛,最终废黜了法利德里克家族而登上了奥托兰多公国的王位。

法利德里克是个年轻英武的多情亲王。他迷上了一位美丽的少女,后来娶了她。可是伊莎贝拉尚在襁褓之中,她就死了。她的死使他痛苦万分。因此,他随着十字军奔赴圣地,在一次和异教徒交战中负了伤,沦为俘虏。后来传闻他死在了那儿。

当法利德里克阵亡的消息传到曼弗雷德的耳朵里时,曼弗雷德贿赂了伊莎贝拉的监护人,让监护人把她带到城堡里来,想把她嫁给自己的儿子康拉德,企图通过这种联姻将两个家族的权力合为一体。

正是基于这个动机，康拉德死后，他突然决定让伊莎贝拉嫁给他自己。他想争取法利德里克侯爵同意这桩婚事，于是想到了一个精明的计划。他邀法利德里克的使者进入城堡做客，以防有人把伊莎贝拉逃走一事泄露给他，并严令仆人不准向那骑士的随从透露半点风声。

曼弗雷德拿定主意后说："传令官，请回去转告你的主人，在我们用剑消除彼此的隔阂以前，我想和他谈谈，请他来城堡做客。我也是个骑士。在这里，我担保他会受到谦恭有礼的款待，并且保证他本人和随从的安全。即使我们不能以友好的方式解决我们之间的争端，我发誓他也会安然地离去，并且根据比武的规则，由他来安排决斗。保佑我吧，上帝！"

传令官鞠了个躬，退了下去。

此时，杰罗米神父的心里正翻腾着一种矛盾的情感。他为儿子的性命忧心忡忡。他首先想到的就是劝伊莎贝拉返回城堡，可是一想到她会被迫嫁给曼弗雷德，就不寒而栗。他担心希波利塔对亲王唯命是从。他相信，只要他能够接近亲王夫人，就可以凭她对他的信赖而使她有所警觉，拒绝亲王离婚的要求。但是，一旦曼弗雷德发现离婚的阻力来自于他，就会给塞奥多带去致命的厄运。他急欲知道，那个传令官从何而来，因为他如此直言不讳地对曼弗雷德的王位提出了挑战。可是他又不敢离开修道院。万一伊莎贝拉逃走，曼弗雷德肯定会拿他是问的。

他郁郁不乐地回到修道院，一筹莫展。一个神父在门口碰见了他，见到他忧郁的神情，就说道：

"哎呀！兄弟，我们真的失去善良的希波利塔了吗？"

杰罗米神父闻言吓了一跳，连忙问："你这话是什么意思，兄弟？

我刚从城堡里回来,她可是安然无恙的啊!"

那神父回答道:"就在一刻钟以前马狄利从城堡路经修道院的时候说,王妃去世了。兄弟们都到教堂里去了,祈祷她过上一种更好的生活。他们让我等你回来。因为他们知道你对那位善良的夫人有着神圣的关怀,因而担心她的亡故会勾起你心中万分的痛苦和忧虑。的确,我们都应该为她难过,对我们修道院大家庭来说,她是一位母亲。但是,今生今世只不过是一种朝圣的旅途。我们不必为此而哀怨。我们都将追随她而去,我们的归宿大概和她并无二致。"

"好兄弟,你简直是个梦想家。"杰罗米说,"我告诉你,我刚从城堡回来,希波利塔夫人一切都很好。伊莎贝拉小姐在哪儿?"

那神父回答:"她真是个可怜的、软心肠的女人。我把这个不幸的消息告诉了她,竭力宽慰她,提醒她人生虚幻无常。我援引了阿拉根的圣洁桑奇娅公主的例子,劝她出家当个修女。"

"你的热心值得赞许,"杰罗米神父不耐烦地说道,"可是眼下没有这个必要。希波利塔夫人平安无事,至少我相信上帝会保佑她的。我还没有听到什么相反的消息。可是我想,亲王的真诚……好吧,兄弟,伊莎贝拉小姐在哪儿?"

"我不知道,她哭得很伤心,听说她回自己的房间里去了。"

杰罗米神父急忙离开了他这位热心的同事,步履匆匆地去寻找公主。可是她并不在自己的房间里。他询问修道院里的仆人,他们也全然不知道她的去向。他在修道院和教堂里四处寻找,仍不见她的踪影。他派人到附近一带打听,问问是否有人看到过她,却仍然毫无结果。

这位善良的神父感到大惑不解,他推想,伊莎贝拉怀疑曼弗雷德害死了王后,所以恐慌至极,就躲到另外一个更加隐秘的地方去了。这次意外的出逃大概会把亲王气疯。希波利塔去世的消息,尽管不大可信,却多少使他为之惊愕。伊莎贝拉一再逃走,表明她讨厌曼弗雷德,不愿让他做自己的丈夫,可是杰罗米对此并没有感到多少欣慰,反而认为这会危及他儿子的性命。他打算让修道院里的几位兄弟陪他一起去城堡,向曼弗雷德证明他的无辜。如果有必要的话,他要和他们一起为塞奥多说情。

这头,曼弗雷德来到了院子里,下令把城堡的大门打开,迎接那个陌生的骑士和他的那些随从。

几分钟后,马队先到了。走在前头的是两个手持节杖的先行官,而后是个传令官,后头跟着两个小侍从和两个吹鼓手,一百个手里牵着马的卫兵,五十个身着黑红两色相间骑士装的卫兵,一匹备用的马。另有两个传令官扛着带有维琴察和奥托兰多城堡族徽的旌旗,伴护在一个骑马绅士的两旁。

这种情景让曼弗雷德看了觉得很不舒服。可是他勉强忍住了这种情绪。

那绅士的马后跟着两个小侍从,正在念念有词做祷告的忏悔神父,五十多个穿着如前所说的那种骑士服的步兵。他们的后面,两名全身披挂、面甲拉下的骑士伴护在主骑士的左右。再后面是那两个骑士的平持着盾牌的扈从,以及主骑士的扈从。身后紧跟着的,是一百名扛着一把巨剑的侍从。他们似乎被那把巨剑压得步履蹒跚。再后面是一个骑着栗色战马的骑士,他也是全副武装,长矛放在手托上,脸完全被面甲遮覆,头盔上插着红黑两色的羽翎。五十个步兵敲着鼓、吹着号跟在后面。队伍分走两边,给主骑士让路。

他来到城堡的门前,勒马停住。走在前面的先行官朗声宣读了挑战书。

曼弗雷德的目光盯住了那把剑,似乎对挑战书毫不关心。可是,他的注意力很快被他身后掀起的一阵狂风吸引了过去。他回头一看，只见那顶不可思议的头盔的羽翎又像之前那样古怪地晃动不已。要想在这种似乎在宣判他命运的情景面前毫不畏缩，那是需要一定的胆量的。可是，在陌生人的面前，曼弗雷德不屑示弱，不想失去他以往的勇气。所以，他大胆地表示：

"骑士先生，不管你是何人，我都欢迎。如果你是个凡人，你将棋逢对手；如果你是个真正的骑士，就该不屑于利用妖术来抬你的那把巨剑。不管这些凶兆是来自天堂还是地狱，曼弗雷德凭借正当的理由和圣尼古拉斯的帮助，已经维持了他的家族。请下马，骑士先生。明天，我们将会有一场公平合理的交战。上帝会站在正义者那一方的。"

骑士没作声，只是下马，随着曼弗雷德朝城堡大厅走去。当他们穿过院子的时候，主骑士便止了步。他的眼睛盯住了那顶不可思议的头盔，然后跪了下来，默默地祷告了几分钟。随后他站起身来，示意亲王继续引路。他们走进大厅时，曼弗雷德请主骑士把随身携带的兵器放下，可是主骑士摇了摇头，拒绝了。

"骑士先生，"曼弗雷德说，"这未免太不恭敬了吧？诚心地讲，我不会强人所难。你也不必抱怨奥托兰多。就我个人而言，绝不会干出那种小人的勾当。我不希望有人暗算你，这是我的信物。"说着，曼弗雷德把他的一个指环递给了骑士。

"你和你的朋友都会受到友好的款待，先在这里休息一下。过一会，会有人给你们送来一些提神的东西。我去安排一下你的随行人马的款待事宜。然后，我再回来找你。"

三个骑士鞠躬行礼，感谢他的好客。

曼弗雷德叫人把那些随从带到邻近的客厅里去。这客厅是希波利塔为款待朝圣者而建造的。当他们环绕院墙走向大厅大门时，那把巨剑突然从他们的肩膀上一跃而起,直愣愣地插落在那顶头盔对面的地面上。

曼弗雷德看到这种怪事,仿佛无动于衷,强制压抑由此而引起的惊慌,返回了大厅。这时,在大厅里,宴席已经准备就绪。他就请那些沉默不语的宾客入席。曼弗雷德有些窘迫不安,却还是设法引逗客人说笑。他问了他们几个问题,可是他们仅点头作答而已。有时,他们会掀起面甲,可那只是为了便于尽情吃喝。

曼弗雷德说:"先生们,你们是我在城堡里款待的第一批客人。你们不屑和我交往,我想,一般的亲王也并不习惯于拿自己的国家和尊严作为赌注,而和陌生人、沉默的人作对。你们说,你们是以维琴察的法利德里克侯爵的名义而来。据说,他是一位豪爽而谦和的骑士。坦率地讲,我想他不会认为同一个与他地位相当而不以武力炫耀的亲王结交,会有损于他的尊严吧!你们仍然沉默不语,好吧,不管怎样,根据好客和骑士精神,你们在我这里应该一如主人,不要拘束。不过,喂,递给我一杯葡萄酒。你们不会拒绝我为你们美丽女主人的健康干杯吧?"

主骑士叹了口气,在胸前画了个十字,想要站起身来。

曼弗雷德说:"骑士先生,我只是说着玩玩,绝不勉强你。由你所好吧。既然你们无意说笑,那么我们还是保持忧郁好了。有些事情也许更合你们的口味。那就让我们离席吧!听听我讲的事情,可能比我刚才劳而无功地为你们安排的娱乐,更使你们产生兴趣。"

然后,曼弗雷德请三个骑士到里屋就座。进屋后,曼弗雷德关上门,待客人坐定,开始对主骑士说:

"骑士先生,如果我没有听错的话,你是以维琴察侯爵的名义,来这里探询他女儿伊莎贝拉小姐的。经她的法定监护人的允许,她已经在上帝面前同我的儿子订婚了。再者,就是你要求我把军权让给你们的老爷,因为他把自己看作是阿方索亲王的血亲。我先对后面这个要求说明一下。你想必知道,你们的侯爵也清楚,我从我的父亲唐·理查多那儿继承了奥托兰多的军权,而我的父亲又从我的祖父唐·理查多那儿继承了它。他们的祖先阿方索无儿无女,死在圣地。临死前,他看到我的祖父尽心服侍他,便把他的遗产遗赠给了我的祖父。”

这时,主骑士摇了摇头。

“骑士先生,理查多是个勇敢正直的人,也是一个对宗教无比虔诚的人。他慷慨解囊,在城堡的附近建了一座教堂和两个修道院;他得到圣尼古拉斯的特别恩宠。我的祖父没办法……

“……我是说,唐·理查多没办法……对不起,你这样干扰会让我分神。我对我祖父的回忆可是充满了敬意。噢,先生们,他维持了这个产业,以其精湛的剑术和圣尼古拉斯的恩宠维持了这个产业。我父亲也是如此。先生们,不管怎么样,我也会这样的。可是,既然你们的侯爵法利德里克是阿方索的血亲,那么我同意通过决斗来解决奥托兰多权力的归属问题。这样做难道是不名誉的吗?我可以问一下,你们的侯爵法利德里克现在在哪儿吗?据说,他死在监牢里了。可是你们说,还有你们的行为表明,他还活着……我不追问了。可是,我也许会追问的,先生们,也许会。但是,现在我并不追问。如果他能够用武力来夺回他的继承权的话,那么别的亲王会劝他这么做的,可是他们不会把自己的尊严赌在一次单独的决斗上,也不会把这项使命交给一群默默无言的哑巴来决定。先生们,请原谅,我太激动了。要是你们站在我现在的立场,也是坚定的骑士,在关系到你们自己的权力和你们祖先荣誉的问题上,你们难道不也会像我这样激动得热血沸腾吗?你们要我交出伊莎贝拉小姐,先生们,我得先问一下,法利德里克侯爵是不是已经授权给你们来接她?”

骑士们点了点头。

"接她?"曼弗雷德继续说,"好吧!你们奉命来接她。但是,侠义的骑士们,我还得问一下,你们是否能够全权代表法利德里克侯爵?"

主骑士点了点头。

"好,"曼弗雷德说,"那么,就听我说吧。你们看,先生们,现在站在你们面前的这个人是世界上最最不幸的那个人了!"

说着,亲王就开始哭了起来。

"请你们怜悯怜悯我吧!我是值得同情的。是的,我是值得同情的。你们知道,我失去了我唯一的希望,我的欢乐之源,我们家族的继承人,——昨天早晨,康拉德死了。"

骑士们流露出惊讶的神情。

"是的,先生们,命运把我的儿子带走了。现在伊莎贝拉是自由的了……"

"可是,后来你又想让她再次失去自由!"主骑士打破了沉默,大声说道。

"请你耐心听我说,"曼弗雷德说,"我很高兴地看到,由于你友好的表示,这件事不经流血就可以调解。我用不着再说什么了。你们看得出来,我是个厌世的人。丧失儿子使我对世俗的利益兴趣索然,权力和尊荣在我的眼里已失去了魅力。我原打算把我从祖辈那里继承来的王位传给我的儿子,可是现在一切都完了。生活对我那么冷酷无情,因此,我愉快地接受了你们的挑战。一个优秀的骑士未能尽他天职之前,他是死不瞑目的。不管上帝的意志是什么,我都会俯首听命。唉,因为我是个忧患深重的人。曼弗雷德绝不是那种善于嫉妒的小人——不过,毫无疑问,想必你们已经知道了我的事情。"

主骑士摇了摇头,表示自己对他的事情一无所知,仿佛急于想让曼弗雷德讲下去。

亲王接着说:"先生们,难道我的事情对你们来说还是个秘密吗?对我和希波利塔的事情,你们难道真的一无所知吗?"

骑士们摇摇头。

"不会吧,先生们?情形竟然变成了这样。你们认为我有野心。野心是由更多的、难以得到的利欲构成的。要是我有野心,我就不会这么多年来一直受到良心的折磨了。噢,你们听得不耐烦了。我讲得简单一点。你们知道,很久以来,我和希波利塔的婚姻一直使我烦恼不安。唉,先生们,要是你们了解那个杰出的女人该多好啊!要是你们知道,我像崇拜女主人那样崇拜着她,像爱护朋友那样爱护着她,那就好了。但是,人并不是为了完美的幸福而创造出来的。她理解我的烦恼,只要她同意,我就把这件事交给教会来裁决。因为我们的亲戚关系到了禁婚的程度。我每时每刻都在期待着必定使我们终生分离的裁决。我相信你们同情我,我看到你们受到感动了。请原谅我流泪了!"

骑士们面面相觑,不知道这件事将如何收尾。

曼弗雷德接着又说:"当我正在为此忧心如焚的时候,我儿子的死难从天而降。现在我只想辞去王位,从人们的视线中消失。我现在唯一犯愁的是确定我的继承人——这个继承人必须是关心我的百姓的。还有如何安置伊莎贝拉小姐,对我来说这事十分重要,因为她亲如我自己的血亲。我乐意恢复阿方索的族派,哪怕是在他最远的亲属之中。我相信阿方索的意愿是让他自己的亲属取代理查多的家族,可是我要找的那些亲属在哪儿呢?除了你们的侯爵法利德里克以外,我从未听说过还有别的亲属。法利德里克侯爵成了异教徒的俘虏,也许已经不在人世了。要是他活着回来,他会为了这个无足轻重的奥托兰多小公国的利益,离开他那繁荣昌盛的国家吗?要是他不会,我能够忍心让一个冷酷无情的人来统治我那些忠实的百姓吗?

因为,先生们,我爱我的百姓。谢天谢地,他们也爱我。但是,你们也许要问,我讲了这么久,究竟想要说明些什么?简单地说吧,先生们,就在你们到这儿来的时候,上帝仿佛为我指明了一个解决困难和弥补我的不幸的办法。伊莎贝拉现在是自由的,我不久也要自由了。为了有利于我的百姓,我将忍受一切。我要娶伊莎贝拉,这难道不是(尽管它不是最好的)消除我们两家之间宿怨的唯一办法吗?一个君主绝不能只顾自己。他活着就是要为百姓操心哪!"

正说着,一个仆人进来通报,杰罗米和他的兄弟们要求立刻见他。

亲王一听,非常恼火。他怕神父把伊莎贝拉逃走的事情透露出来给这些骑士知道,所以不愿让他们进来,但转而又想,也许神父是来告诉他,伊莎贝拉已经回来的消息。他请求骑士们原谅他暂时离开一会儿。

他刚要走开,只见那个神父已经闯了进来。曼弗雷德对他们的擅自闯入十分恼火,责令他们立刻退出。

可杰罗米神父也被亲王这种粗暴的吆喝惹火了,他大声宣布,伊莎贝拉已经逃走了。并且他还能证明,这件事情和他无关。

这突如其来的消息弄得曼弗雷德惊慌失措,不亚于他听到那些骑士到来时的反应。他语无伦次,一边责备神父,一边向骑士们道歉。他急着想要知道伊莎贝拉的下落,可是担心骑士们也会知道此事;极欲前去寻找,却又怕他们随他一起去。他表示要派人去找,可是,骑士们一反刚才的缄默,言辞激烈地谴责他那种模棱两可的态度,追问伊莎贝拉逃离城堡的原因。

曼弗雷德狠狠地瞪了杰罗米神父一眼,示意他保持沉默,借口说,康拉德死后,在决定如何安置伊莎贝拉以前,想让她暂时住在教堂里。杰罗米顾及儿子的性命,不敢戳穿曼弗雷德的谎话。可是,另一个神父没有这种顾虑，直言不讳地说，伊莎贝拉头天晚上又逃离了教堂。亲王力图阻止他说下去，却只是枉费心机，只显得极为狼狈慌乱。

主骑士听出他们讲的话相互矛盾，惊讶万分，顿时领悟到，曼弗雷德对他隐瞒了伊莎贝拉已经逃走这一严重事实。主骑士一个箭步冲到门口，喊道：

"奸诈的亲王！我会找到伊莎贝拉的。"

曼弗雷德极力设法安抚他，而另外两个骑士则鼓动他。主骑士猛然离开了曼弗雷德，匆促来到院子里，召集他的随从。曼弗雷德看到自己无法改变他的主意，只得表示愿意陪他一起去寻找。他召来了随从，让神父们在前面引路。他们一窝蜂似的拥出了城堡。

曼弗雷德密令他的仆人们防范骑士们的手下，而在主骑士面前则装模作样，显得若无其事。

此时的玛蒂尔达正一心牵挂着那个年轻人。她自从在大厅里听到对他宣判了死刑以后，脑海里不时地涌现出各式各样搭救他的办法。几个女仆前来告诉她，曼弗雷德的手下倾巢出动，到各处搜寻伊莎贝拉去了。曼弗雷德在仓促间下的那道命令，原本并不包括看守塞奥多的卫兵，可是这个卫兵和别的仆人对独断专行的亲王唯命是从，并且受到了新鲜事儿产生的好奇心驱使，纷纷主动前去参加这一仓促的搜寻，竟然没有一个男人留下来看守这座城堡。玛蒂尔达躲开侍女，蹑手蹑脚地登上黑塔楼，打开了门，出现在那个惊讶万分的年轻人面前。

她说："年轻人，尽管我现在做的事情并不合乎女子的本分和女人的端庄，可是圣洁的博爱使我摆脱了羁绊。我相信，我的行动是完全正当的。快逃吧。监狱的门锁现在开着，我父亲和他的侍从们都不在。不过,他们很快就会回来的。放心地去吧。天使会给你引路的。"

塞奥多真是喜出望外,说:"你一定是个天使,除了神圣的天使以外,没有什么人的言谈举止和容貌会像你一样。我可以问一下我的圣洁的女保护人的芳名吗?你刚才提到你父亲的名字,曼弗雷德的血亲里竟然也有这样富于同情心的人吗?这可能吗?可爱的小姐,你用不着回答了。可是你是怎样单独一人来到这儿的?你何苦不顾自己的安危,为我这个不幸的人耗费心思呢?让我们一起逃走吧。你给了我生命,我要用它来保护你。"

"唉!你想错了。"玛蒂尔达叹了口气,"我是曼弗雷德的女儿。可是眼下我并没有什么危险啊!"

"这太叫人惊奇了!昨天夜里我帮助过你,而现在你就以深切的同情心来回报我了。"

"你又错了。不过没有时间对你解释了。快逃吧,正直的年轻人。我会尽力帮助你的。如果我的父亲回来,那么你和我就会怕得发抖了。"

"怎么能这样!迷人的姑娘,我会为了顾全自己的性命而让你蒙受危险吗?我宁可死上一千次……"

"我并没有什么危险,"玛蒂尔达急忙说,"不过,你的拖延会给我带来危险的。快离开这儿吧!不可让人知道是我帮你逃走的。"

"凭天使起誓,我绝不会让你受到牵连。不管发生什么事情,我都要待在这儿。"

"啊!你的心肠太好了。不过,你可以相信,我绝不会受到怀疑的。"

"把你的美丽的手伸过来,表明你不是在骗我。让我用感谢的热泪来湿润它吧!"

"请克制一下。不要这样……"

"唉,在此以前,我饱尝了不幸;或许我再也不会领略到别的幸运了。今天我体验到了神圣的感激之情那种纯洁的欢乐。我的热情会宣泄在你的手上……"

"冷静一些。快走吧。伊莎贝拉怎么会乐意看到你对我倾诉感情呢?"

"伊莎贝拉是谁?"塞奥多惊讶地问。

"啊,我怎么啦? 我是不是在帮一个骗子的忙? 你怎么竟然忘了今天早晨的那种好奇心?"

"你的容貌,你的举止,你整个人的美貌,仿佛都散发着神性。可是你的话却是模糊而神秘的。说吧,小姐,根据你仆人所理解的,说吧。"

"你的理解力太出色了。我再一次催你离开这儿。要是我把时间浪费在这种无用的谈话上,那么我对你的死难将要承担罪名的。"

"既然这是你的意思,那我这就走,小姐。我也不愿意让我白发苍苍的父亲为我伤心而死。但是,我要说,可敬的小姐,我也有你这样慷慨的同情心……"

"等等,我带你去伊莎贝拉逃走的那条地道。它通往圣尼古拉斯教堂,你可以躲在那里。"

"怎么? 在我帮助下找到地道的那个姑娘不是你而是别人吗?"

"是的。可是你不必多问。看到你还待在这里,我实在心急如焚,快快逃到教堂里去吧。"

"去教堂? 不,公主。塞奥多不仅灵魂是清白无辜的,而且行为也坦荡无罪。请你给我一把剑,小姐,你的父亲会明白,塞奥多蔑视那种不光彩的逃跑。"

"你这个鲁莽的小伙子!"玛蒂尔达说道,"你敢公然对奥托兰多亲王放肆？"

"不，对你的父亲，我不敢。"塞奥多说，"抱歉，小姐，我忘了……"

"我能否看看你，记住你是暴君曼弗雷德的子嗣？他可是你的父亲！从现在开始，我要忘却他对我的一切伤害。"

一声深沉而空洞的呻吟仿佛从上方传来。公主和塞奥多大吃一惊。

"天哪！有人在偷听我们说话。"公主说。

他们仔细听了一会儿，周围却并无动静。他们猜想，那可能是某种气体被释放出来的声音。公主静静地把塞奥多带到她父亲的军械库里。塞奥多在那里把自己全副武装了起来。然后，玛蒂尔达又把他带到后门。

"绕开城堡和城镇的西面，"公主对他说，"我的父亲和那些骑士正在那些地方搜寻。你尽快朝城堡的东面走，会遇见一片树林。树林的东面是一排排礁石，其中有许多条路通向海岸蜿蜒曲折的洞穴。你先去躲在那里，如果有船只靠岸，你就向他们招手，让他们把你带走。走吧！上帝是你的向导。不过，偶尔祈祷时，不要忘记玛蒂尔达。"

塞奥多猛然跪倒在她的面前，抓住她的一只雪白的手狂吻了起来。她起初竭力想挣脱，可是后来也就默许了。他趁此机会发誓，要自封为骑士，热情地恳求她允许他起誓永远做她的一名骑士。

玛蒂尔达刚要回答，突然响起一声霹雳，震撼了城垛。塞奥多不顾暴雷震耳，急欲得到她的允诺，可是她毅然要塞奥多赶快离开，她自己则退回到城堡里去。

塞奥多无可奈何地挪动了脚步，却目不转睛地盯视着城堡的大门，直到玛蒂尔达把它掩上为止，才结束了这场会面。可是这次会面却使他们两个情意缠绵。他们俩都还是平生第一次感受到这种激情。

于是塞奥多抑郁满怀地赶往修道院,好让他父亲知道自己已经脱险。到了修道院,他却发现杰罗米不在。原来他外出寻找伊莎贝拉小姐去了。

塞奥多是最早知道伊莎贝拉逃走的详情的人。他天性慷慨好侠,想再帮帮她的忙。但是,神父们说不清她逃走的去向。他不想到远处去找她,因为玛蒂尔达的影子老是在他的眼前晃来晃去,他不愿意离开她所在的地方太远。杰罗米对他的亲切温存更加坚定了他的这种想法。他甚至竭力让自己相信,父子之情是他徘徊于城堡和修道院之间的主要原因。直到杰罗米深夜回来,他才动身到玛蒂尔达所说的那片树林里去。

到了那里,他走进一片极其幽暗的树荫。这树荫倒和笼罩在他心头的那种淡淡的忧郁十分相宜。他怀着这样的心情,不知不觉地来到了那些早先修士静修的岩洞里面。据说,在附近一带岩洞里,邪恶的鬼魂出没无常。他记得他过去听说过这类传闻。可是他具有一种勇敢冒险的精神,乐于深入这些迷宫似的岩洞里去探险,满足自己的好奇心。

他进洞没走多远,就隐约听到前面有人在向后退去的脚步声。塞奥多对神圣的信仰坚定不移,丝毫不担心上帝会把好人交给魔鬼去处置。他想,在此出没的很有可能是强盗,而不大可能是传说中那些迷惑旅人的恶魔。很久以来,他就一直渴望有机会试试自己的勇气。

他抽出宝剑,沉着地朝前走去,那脚步声在他的面前时强时弱地响着。他循声前进。他披坚戴甲的造型,使那人更步步退缩。塞奥多相信他的推断正确无误,于是加快了步伐,逼近那个人。那人也加快了步伐。他疾步赶上。最终,一个女人气喘吁吁地瘫倒在他的面前。

他急忙上前扶住她。她是那么惊恐,他担心她会晕倒在他的怀抱当中。他温言细语地叫她不要惊慌,让她相信,他不仅不会伤害她,而且会在她的生死关头冲上前去保护她。

那女人看到他彬彬有礼,心里平静了一些。她注视着她的保护者塞奥多说:

"我以前肯定听过你的声音……"

"我想不会的,除非你就是伊莎贝拉小姐。"

"仁慈的上帝啊!你该不会是曼弗雷德派来找我的吧?"说着说着,她就扑通一声跪下,哀求他不要把她交给曼弗雷德。

"交给曼弗雷德?我绝不会的。小姐,我从曼弗雷德的手中已经救过你一次。尽管我现在的处境很危险,可是我还是愿意再次帮你摆脱他胆大妄为的追逼。"

"能行吗?你就是我昨晚在地下室里碰到的那个慷慨相助的陌生人吧?我敢说,你不是凡人,而是我的保护神。让我跪下来谢你吧!"

"别这样,亲爱的小姐。你不要在一个贫苦而孤独的年轻人面前失去你的尊严。如果上帝选择我来救你,那么他会保佑你如愿以偿,并且会助我一臂之力,为你解脱危难的。不过,嘿,小姐,我们离洞口太近了。让我们往深处走走。只有帮你摆脱了险境,我的心才能够得到安宁。"

"啊!这怎么能行呢?"她说,"虽然你的言谈举止都是高尚的,你的情操表明了你的灵魂纯洁无瑕,可是让你陪我走进这些深洞幽穴里去,这合适吗?如果有人发现我们在一起,那么这个吹毛求疵的世界会怎样看待我的品行呢?"

"我敬重你的德行,"塞奥多道,"你不必怀有那种有损我的荣誉的猜疑。我只想把你带到洞内最为隐蔽的地方，然后，死守在洞口，不让人进来。此外，"塞奥多深深地叹了口气，"虽然你容貌美丽、完美无瑕，虽然我的愿望中并不缺少追求爱情的成分，可是你需知道，我的心已属于另一个姑娘了。虽然……"

一阵突如其来的声音打断了塞奥多的话。他们很快就听见有人在说：

"伊莎贝拉！噢，什么？伊莎贝拉！……"

噤若寒蝉的公主顿时又陷入先前那种恐惧之中。塞奥多竭力劝慰，仍然于事无补。他向她保证，他宁死也不会让她落入曼弗雷德的手中。他恳求她躲避一下。由他走出去，挡住那个正在逼近的搜捕者。

他在洞口看见一个全副武装的骑士和一个农民正在说话。那农民向他保证，他看见一位小姐走进了这个洞穴。那骑士正要入洞，塞奥多持剑拦住了他的去路。

"你是谁？怎么敢挡住我的去路？"骑士轻蔑地问。

"一个尽力而为的人。"

"我要找伊莎贝拉小姐。我知道她就在这些岩洞里避难。给我让开，不然，惹恼了我，你后悔也来不及了。"

"你丑恶的用心就像你的火气一样令人作呕。你最好从哪里来就回到哪里去。不然，很快我就会让你领教一下谁的火气更可怕。"

这个骑士不是别人，正是维琴察侯爵派来的那个主骑士。他从曼弗雷德那里马不停蹄地赶到这里。当时，曼弗雷德忙于打听公主的下落，下了各种命令，以防公主被那三个骑士找到。主骑士疑心是曼弗雷德蓄意安排公主潜逃。眼前这个人的辱骂使他断定，他就是亲王派来秘藏公主的人，于是二话不说，举剑就朝塞奥多刺去。

塞奥多误以为他是亲王手下的人，所以火气一触即发，挺身相搏。如果对方的剑没有被他的盾挡住，那么双方的误会就会立刻解决。塞奥多那些积蓄已久的勇气此刻被激发了出来。他风风火火地杀向骑士。自尊和愤怒使他更加勇猛顽强。

决斗进行得迅猛而激烈，可是持续的时间并不很长。塞奥多伤了那骑士三四处，骑士因失血过多而昏倒在地，塞奥多缴了他的械。

刚才在洞口和骑士说话的那个农民在决斗的第一个回合就夺路逃走了，还把这个可怕的消息告诉了曼弗雷德手下的几个仆人。那时，他们正根据曼弗雷德的命令分布在树林里到处搜寻伊莎贝拉。那骑士刚昏倒，他们就急忙赶到了。他们马上认出塞奥多就是那个气度不凡的陌生年轻乡下人。

塞奥多仇恨曼弗雷德，确信能毫无怜悯地看待他所取得的胜利。当他听说对手的身份，知道他不是曼弗雷德的随从而是敌人时，心里很不是滋味。他和仆人们一起给那骑士脱下战甲，又设法止血。

骑士苏醒过来，用微弱而颤抖的声音说：

"宽宏大量的人，我们彼此误会了。我还以为你是那暴君的帮凶。我看得出来你也产生了这样的误会。现在说什么都已经太晚了……我头昏无力……如果伊莎贝拉就在附近，请你叫她出来，我有重要秘密要……"

"他快死了，"一个仆人说，"你们没有十字架吗？安德瑞，你不为他祷告吗？"

"找点水来，"塞奥多说，"我赶紧去叫公主，你们往他的嘴里喂水。"

说罢，他疾步如飞，去找伊莎贝拉。他委婉地告诉她，自己不慎误伤了她父亲派来的一名侍从。这个侍从希望在死去以前告诉她一些重要的事情。

公主听见他在叫她，起初不免激动起来，后来又对他所讲的事情感到惊讶万分。他勇敢的行为使她的心境由纷乱恢复了安宁。她跟着塞奥多走出洞来。那个流血不止的骑士不声不响地躺在洞外的地上。伊莎贝拉一看到曼弗雷德的仆人又害怕起来。要不是塞奥多及时地解除了他们的武装，她又会逃的。他以死威胁他们：如果他们敢抓她的话，就格杀勿论。

"你是——求你说真话——你是维琴察的伊莎贝拉吗？"

"我是。愿仁慈的上帝恢复你的健康。"

"那么，你……那么，你……"骑士费力地说，"看看你的父亲……给我一个……噢！"

"天哪！多么让人吃惊！多么可怕！我听到了什么，我看到了什么？我的父亲！您是我的父亲？您怎么会到这儿来的，先生？看在上帝的分上，讲讲吧！快过来帮帮忙，不然他就要咽气了！"

"这是千真万确的，"受了伤的骑士挣扎着说，"我是法利德里克，你的父亲……是的，我是来救你的……这不会是……给我一个分别的吻吧，那……"

"先生，"塞奥多说，"不要消耗自己的体力了。请让我送您回城堡吧！"

"回城堡？"伊莎贝拉问，"难道没有比城堡更近的地方救他吗？你想把我的父亲交给那个暴君吗？如果他去那里，我可不敢陪他去。可是我能扔下他不管吗？"

"我的孩子，"法利德里克说，"无论把我抬到哪里去都没有关系。再过几分钟，我也许就解脱了。可是，当我还活着能够爱你的时候，请你不要离开我，亲爱的伊莎贝拉。这位勇敢的骑士——我不知道他是谁——会保护你的纯洁不受伤害。先生，你不会离开我的孩子吧？"

塞奥多泪如泉涌，滴落在他的受害者身上。他起誓要不惜生命来保护公主。

　　他劝法利德里克允许他把他送回城堡去。他们尽其所能地包扎了他的伤口以后,把他放在一个仆人的马背上。塞奥多在一侧伴行。伊莎贝拉心里痛苦不堪,不忍离开父亲,悲恸地跟在后面。

第四章

> 按照老人指的位置挖到六尺深的地方,发现了一把巨剑。我们是多么惊奇啊!——那把剑就是院中的那把巨剑。当时我竭力想把它插入鞘内,可是仍有一部分露在鞘外。剑刃上写有这样几句诗……

这一行人悲戚而迅疾地抵达了城堡。希波利塔和马蒂尔达出门相迎。原来,伊莎贝拉事先已经让一个仆人赶往城堡通报了此事。她们敦促下人把法利德里克抬进最近的一间屋里,然后退出屋子静候消息,留医生在屋子里仔细察看法利德里克的伤势。

玛蒂尔达看到塞奥多和伊莎贝拉在一起,窘得满脸通红。她走上前去拥抱伊莎贝拉,劝慰她不要为了她父亲的不幸而过于伤心,借此掩饰自己的窘态。

医生不一会儿就走出屋来,告诉希波利塔说,侯爵的伤势并不严重,还说他想见见他的女儿、亲王夫人和马蒂尔达公主。

塞奥多很想随着玛蒂尔达一起进屋。他借口要对侯爵的伤势不重表示庆幸,也随她进了屋子。他们俩的眼波常常碰到一起。伊莎贝拉凝视着塞奥多,而塞奥多则凝视着玛蒂尔达。不久,伊莎贝拉就凭她的直觉,得知塞奥多在洞中对她提到的那个使他倾心的姑娘是谁了。他们就这样默默无语地相互凝视着。

希波利塔问法利德里克为什么选择这么神秘的方式来寻找他的女儿，并且讲了许多道歉的话，请他原谅她丈夫擅自决定他们孩子的婚事。

法利德里克尽管憎恨曼弗雷德，可是他对希波利塔的谦和关心并非毫不领情，对楚楚动人的玛蒂尔达更是情牵于怀。他要他们靠近床边，向希波利塔谈起了他的经历。

他说，他被异教徒监禁期间，曾梦见自己被俘后一直杳无音信的女儿被扣留在一座城堡里面。在那里，她已面临不幸。要是他获得了自由，到朱帕附近的那座森林里去，他就会得知更多的事情。那个梦使他心惊肉跳。可是当时他却不能前去梦中所示的那个地方。于是枷锁对他来说变得更加难以忍受了。当他正处心积虑地想要获得自由的时候，他得到了一个令他喜出望外的消息：正在圣地的诸公国君主联盟为他付了赎金。

获释后，他即刻动身去他梦中所示的那片森林。他和随从在森林中漫游了三天，连一个人影也没有见到。就在第三天的晚上，他们发现了一个修士隐修的岩洞，洞里躺着一个奄奄一息、年高德劭的修士。他让修士喝下一杯酒，过了一会儿，修士就能开口说话了。

"孩子们，"修士说，"我应该回报你们的好心，可是现在说这些都已无用，我就要长眠了。不过我已经顺应了天意，所以也当安息，我不忍看到我的国家遭受异教徒的践踏而隐居于此，距离当时亲眼所见的那令人惊骇的景象，已有五十多年了。圣尼古拉斯来到这里向我揭示了一桩秘密。他嘱咐我，只有在我临终的时候，才能把它透露给凡人。这个不寻常的时刻终于来临了。毫无疑问，你就是那个被选定来听我揭示那个秘密的骑士。你为我这个不幸的人办完后事后，就去挖掘这个破洞左面第七棵树树底。你的痛苦就会……噢！仁慈的上帝，接引我的灵魂吧！"

"说到这里，这个虔诚的老人就咽了气。"法利德里克继续讲道，"天亮时，我把那神圣的修士埋了，然后按照他指的位置往下挖到六尺深的地方，发现了一把巨剑。我们是多么惊奇啊！——那把剑就是院中那把巨剑。当时我竭力想把它插入鞘内，可是仍有一部分露在鞘外。剑刃上写有这样几句诗……"

"不，抱歉，"侯爵的目光转向希波利塔，"我敬重您是个女性，也尊重您的地位。要是我不说出这几句诗，我就不会因为说出对您心爱之人不利的话而冒犯您了。"

侯爵停住不说了。希波利塔的心不免扑通扑通地直跳。她相信，法利德里克就是上帝指定的威胁她的家庭命运的那个执行者。她忧心忡忡地望着玛蒂尔达，眼泪顺着她的脸颊流淌了下来。但是她控制住了自己。她说：

"说下去，侯爵。一切皆是命中注定。人类必然要听命于上帝。减轻上帝对我们的惩罚，顺从它的意志，这是我们的责任。宣布那个判决吧，侯爵，我们会洗耳恭听的。"

法利德里克这般讲着，自己心里也不免感到难过。希波利塔的端庄和坚韧使他肃然起敬。她和玛蒂尔达相互注视时，那种关切温柔的内在情感，几乎使他感动得热泪盈眶。可是他担心，自己要是不讲的话，更会引起她们的惊恐。因此，他颤抖而沉着地说出了那几句诗：

> 就在与此剑相配的那个头盔发现之地，
> 你的女儿正身处险境；
> 只有阿方索的血亲能够救她，
> 使亲王骚动不安的魂魄安息。

塞奥多不耐烦地问："这些诗句和亲王夫人、公主有什么关系？为什么要用这种没什么根据、扑朔迷离的话来惊扰她们呢？"

　　侯爵说："你讲话太无礼了，年轻人。虽然好运光顾了你一次但是……"

　　伊莎贝拉看到塞奥多如此冲动，心中颇不自在。她知道这种冲动是由他对玛蒂尔达的感情所引起的。她说：

　　"尊贵的父亲，不要为了一介平民儿子的误解而烦恼。他忘记了对您应有的尊敬，他只是还不习惯……"

　　希波利塔唯恐他们的火气加大，就责备了塞奥多的冒失，可是她的神情却显示出对他的热情的感激。她换了话题，问侯爵在哪儿和她丈夫分手的。

　　侯爵正要回答，听到外面突然响起一阵嘈杂的声音。原来曼弗雷德、杰罗米等人听说侯爵受伤的传闻后返回了城堡。进了屋子，曼弗雷德快步走到床前，宽慰倒霉的侯爵，询问那场决斗的情形。正说着，他突然大惊失色地喊道：

　　"啊！你是谁？可怕的幽灵！难道我的末日到了吗？"

　　"亲爱的殿下，"希波利塔紧紧地抱住了他，"你到底看见什么了？你的眼睛为什么发直呀？"

　　曼弗雷德气喘吁吁地说："怎么？你真的什么都没有看见吗？这可怕的幽灵是冲着我来的吗？……来找我，不是……"

　　希波利塔说："殿下，为了保重自己，振作起来，冷静一下吧！这里除了我们和你的朋友以外，没有别人啊！"

　　"什么，那不是阿方索吗？你们看不见他吗？难道是我精神错乱了吗？"

　　希波利塔回答："殿下，那是塞奥多，是那个不幸的年轻人啊！"

　　曼弗雷德拍着自己的额头沮丧地说："塞奥多？是塞奥多还是幽

灵？他简直把我弄糊涂了。可是，他是怎么来这里的？他怎么会披甲戴盔？"

"我想，他是去找伊莎贝拉来着。"希波利塔回答。

"找伊莎贝拉？"曼弗雷德的火气又蹿上心头，"没错，没错，的确是这样……可是他怎么逃出监禁他的那间屋子的？是伊莎贝拉还是那个虚伪的神父把他弄出来的？"

"殿下，做父亲的想要救自己的孩子，这难道也算是有罪的吗？"塞奥多问。

杰罗米听到儿子这句含有责备意味的话，禁不住感到惊讶而莫名其妙，不知该做何理解。他不清楚塞奥多是如何逃出来的，又是怎样会全身披挂起来，并且遇见了法利德里克。他不敢贸然询问，生怕惹恼曼弗雷德，给儿子带来麻烦。因此他没有吭声。

这却使曼弗雷德相信，正是杰罗米放走了塞奥多。"你这个忘恩负义的老头！"亲王对神父说，"这就是你报答我和希波利塔的方式吗？你辜负了我内心最真切的愿望还嫌不够，还要把你的私生子武装起来，带到我的城堡里来羞辱我……"

"殿下，"塞奥多说，"您错怪了我的父亲。他和我都不是存心想扰乱您的平静。我可以随您处置，这不算是无礼吧？"

塞奥多恭恭敬敬地把自己的剑放在曼弗雷德的脚前，说："殿下，对准我的胸口刺吧！如果您怀疑这里面含有不忠的念头的话。在我的心里，可丝毫没有不尊重您和您全家人的意思。"

塞奥多那种优美自如的谈吐、情真意切的神态迷住了在场的每一个人，甚至连曼弗雷德也被打动了。可他心里仍然在想，塞奥多长得多么像阿方索啊！羡慕之中掺杂着一种莫名其妙的恐惧。

"起来。眼下我对你的性命并无兴趣。不过，把你的经历告诉我：你是怎样和这个老叛逆发生瓜葛的呢？"

"殿下……"杰罗米热切地说。

"住嘴,骗子! 我没让你说话!"

"殿下,"塞奥多说,"我无须别人帮忙。我的经历非常简单。我五岁的时候和母亲一起被海盗劫至阿尔及尔。不到一年,母亲就因悲伤过度死了。"

杰罗米的泪水夺眶而出,脸上显出极度哀伤的神情。

"她临死前,"塞奥多继续讲道,"曾在我的胳膊上绑了一封信。信中说,我是法肯纳罗伯爵的儿子。"

"一点也不错,我就是那个不幸的父亲。"杰罗米说。

"我再一次命令你住嘴!"曼弗雷德怒斥道,然后他又转向塞奥多,"往下讲。"

"后来,我沦为奴隶。直至两年前,有一次我侍候主人巡海,碰到一艘基督教徒的船。他们制服了海盗,把我救了出来。我向船长说明了我的身份,他宽宏大量地让我在西西里岛上了岸。唉! 可是上岸后,我不仅没有找到父亲,还得知他坐落在海岸上的那个庄园在他外出期间被那伙劫走母亲和我的海盗洗劫一空,城堡也被焚烧成一片废墟。父亲回来后,卖掉了残存的东西,在那不勒斯王国出家修道去了。

"可是,当时没有人告诉我这一切。一贫如洗,举目无亲,几乎失去了得到父爱的希望。我寻了个机会乘船去了那不勒斯,又经过六天的航行,流浪到了这里。我仍靠自己的双手养活自己。直到昨天下午,我还不敢相信,除了心灵平静和甘居贫困以外,上帝还给我安排了别的命运。殿下,这就是我的经历。我有幸找到了父亲,却不幸地引起了殿下的不快。"

他闭口不说了。听者赞许地低语起来。

"他还没有讲完,"法利德里克说,"从道义上讲,我必须对他不愿讲的那部分加以补充。他因谦逊而不愿多讲，我却要畅所欲言。他是基督教国家中最勇敢的年轻人，也相当富有同情心。从我对他的短暂了解中，我敢说，他是诚实的。如果他对自己经历的叙述有什么虚假不真的地方，他就不会讲了。我尊重天生坦诚的年轻人。可是，现在的确让我难以忍耐了。流淌在你血脉里的那种高贵的血当下刚刚追溯到源头，你大可让它沸腾起来。"

他转身朝曼弗雷德说："嘿，殿下，如果我能够原谅他，你肯定也能够原谅他。是你把他错看成幽灵，这不是他的过错。"

这句尖刻的嘲讽使曼弗雷德恼羞成怒。"如果你来自另外一个世界，倒是还有力量让我感到敬畏。但是，活人的力量可办不到；毛头小伙子的力量也办不到。"

"殿下，"希波利塔打断了他的话，"你的客人该安歇了。我们让他休息吧。"

她说着就拉起曼弗雷德向法利德里克道别了。其他的人也随之散去。

曼弗雷德也巴不得终止这场交谈，因为再讲下去，他心中的隐私很容易让人察觉。他让人带路回到自己的房间里；并且准许塞奥多在保证次日会回到城堡里来的条件下——这是年轻人乐意接受的一个条件——同他父亲一起回修道院去。

玛蒂尔达和伊莎贝拉都专注于自己的心事。一种不快的气氛横亘在她们两人中间，并不希望当晚能做更加深入的交谈。她们彼此间多了点客气，少了点感情，也分别回到各自的房间里去了。

她们在夜晚分手时彼此的态度那么冷漠，当太阳刚刚升起时，她们也并不急着相见。那一夜，她们两个都心绪烦乱，辗转反侧，难以安眠。她们各自都有许多问题想要问问对方。

玛蒂尔达想,伊莎贝拉曾经两次在紧要关头为塞奥多所救。这件事情绝非偶然。不错,刚才在法利德里克的房间里,塞奥多的眼睛固然一直盯着自己,不过,这也可能是由于他的父亲在场,他不得不把他对伊莎贝拉的感情隐藏起来的缘故。要是能够把这件事情弄清楚,那就好了。她想要知道实情,她怕自己对塞奥多怀有感情而对不起自己的朋友。因此,她处处留意,同时,又以友情为借口,想证明自己的好奇心不无道理。

　　此刻,伊莎贝拉也坐卧不安。她的猜测似乎更有根据。塞奥多的话和目光使她意识到他的心已经被另外一个姑娘占据了。不过,塞奥多也许只是单相思,因为玛蒂尔达看上去似乎对他的爱毫无反应——她似乎依然整颗心都寄托在天国之上。

　　"她要去当修女,我为什么要劝阻她呢?"伊莎贝拉自言自语地问,"我正是由于自己的好奇心而受到了报应。可是,他们什么时候见的面? 又是在哪儿见的面呢?——这是不可能的。我在自欺欺人。也许,昨晚他们才第一次相见。那么,他如此动情,想必另有原因。要是这样,我就不像我所预想的那样不幸了。如果不是我的朋友玛蒂尔达——怎么? 他公然过分地对我显出毫不在意的样子,难道要我低声下气地去乞求这样一个男人的感情? 在那种场合,一般来说,他至少要对我表现出应有的谦恭啊! 我要去找亲爱的玛蒂尔达,她会让我更加确信,他这个人是个狂妄自大的家伙。男人都是虚伪的。我要同她商量出家去做修女的事情。她要是发现我有这种想法,一定会喜出望外。我要让她明白,我并不反对她去修道院的意愿。"

　　她打定主意,要玛蒂尔达对她开诚布公,披露心迹。她来到玛蒂尔达的房间里,发现她早已起床,手托着下巴若有所思地坐在那儿。这副神态她也曾经有过。

这就再度引起了她的猜疑,打消了向玛蒂尔达披露心迹的想法。她们相见时,两个姑娘的脸孔陡然都涨得通红。两人相互问候,借以掩饰自己的感情,却又掩饰得过于生硬。

经过了一番索然无味的问答以后,玛蒂尔达问伊莎贝拉为什么要逃走。那时,伊莎贝拉儿乎已经忘了曼弗雷德对她的追求。她为自己的感情所左右,断定玛蒂尔达问的是她逃离修道院的第二回逃跑。因为正是这次逃跑,才有了头天晚上发生的事情。于是,她就回答说:

"马狄利传话到修道院,说你的母亲去世了。"

"噢!"玛蒂尔达打断了她的话,"卞卡已经给我解释了这个错误传闻产生的原因。她见我晕了过去,就大声叫喊:'公主没气了!'恰好这时候马狄利像往常那样到城堡里来要求布施……"

伊莎贝拉对别的事情概无兴趣,只是问道:"你是怎么晕倒的?"

玛蒂尔达的脸又唰地红了,嗫嚅着说:"我父亲……当时坐在那儿审问一个犯人。"

"一个犯人?什么犯人?"伊莎贝拉急切地问。

"一个年轻的犯人。我相信……我想就是那个年轻人……"

"什么?塞奥多?"

"是他。我以前从来没有见过他。我不晓得他怎么会冒犯了我的父亲。不过既然他帮了你的忙,我很高兴我父亲宽恕了他。"

"帮了我的忙?他刺伤了我的父亲,差点要了他的命。你认为这算是帮了我的忙吗?虽然,就在昨天,我才幸运地见到了我的父亲,但我希望你不要以为我会违逆孝道,原谅那个鲁莽年轻人的胆大妄为。让我对一个胆敢伤害我父亲的人怀有感情,这是不可能的。玛蒂尔达,我打从心里憎恨他。如果你还对我怀有从小就起誓不变的友情,你也会憎恨一个已经给我们带来永久不幸的男人。"

玛蒂尔达垂下了头,说道:"亲爱的伊莎贝拉,不要怀疑我对你的友情。昨天我才见到那个年轻人,他对我来说几乎只能算是个陌生人。医生说过,你父亲的伤势已经脱离了危险。那你不该再对他怀有憎恨。我想,他并不知道你和侯爵的关系。"

　　"你还这么动情地为他辩解,可是你不想想,对你来说,他简直是一个陌生人啊!我绝不会弄错。不然,他就是在报答你的好心。"

　　"你说这话是什么意思?"

　　"没有什么意思。"伊莎贝拉后悔向玛蒂尔达暗示了塞奥多对她的喜爱,连忙转换了话题,问玛蒂尔达为什么曼弗雷德会把塞奥多看成幽灵。

　　"哎呀!你没有注意到吗,他长得和长廊里那幅阿方索的肖像十分相像?他还没披挂盔甲以前,我就让卞卡注意过这一点。他戴上了那顶头盔以后,简直就变得和那像中人一模一样了。"

　　"我没有留意过那些画像。我也很少像你这样留心地观察过他。啊!玛蒂尔达,你的想法太危险了。但是,作为一个朋友,我可要对你讲明白,他对我说过,他爱上了一个人——这个人不可能是你吧?因为你们两个到了昨天才第一回见面,不是吗?"

　　"当然,但是,亲爱的伊莎贝拉,你为什么从我的话里面断定……"她略微停了一下,接着又说,"他先见到的是你。我并不异想天开地认为自己的魅力能吸引那颗已经奉献给你的心。伊莎贝拉,不管我的命运如何,我都愿祝你幸福。"

　　"可爱的朋友,"伊莎贝拉道(她为人正直,一听到别人说了一句仁慈的话,就会受到感动),"我不得不承认,塞奥多爱的是你。我看到了这点,也相信这点。即使为我自己的幸福着想,也不会妨碍你们的感情。"

　　伊莎贝拉这番推心置腹的话,使玛蒂尔达感动得落下了眼泪。

一度引发她们俩冷漠之心的猜忌，很快就被天性中的真诚和坦率所取代了。她们都直言不讳地向对方叙述了塞奥多留给她们的印象。讲完了知心话以后，她们就极力谦让起来，双双执意要把爱塞奥多的权利让给对方。伊莎贝拉的良知使她记起塞奥多曾在她的面前表示过他对玛蒂尔达的爱慕，她决心征服自己的感情，把这个可人儿让给自己的朋友。

正在她们忙于友善地谦让的时候，希波利塔走进了屋子。她对伊莎贝拉说：

"你待玛蒂尔达太好了，你诚心诚意地关心我们家发生的一切不幸，因此我和玛蒂尔达没有什么事情是不可以对你说的。"

公主们屏息凝神地听着。

"你知道，小姐，"希波利塔接着说，"还有你，亲爱的玛蒂尔达，近两天发生的种种不祥事情显示，上帝有意把奥托兰多的军权从曼弗雷德手里，转移到法利德里克侯爵的手里去。我一直在考虑，要是我们两个相互竞争的家族能够联姻的话，也许可以避免我们家族的灭绝。我对曼弗雷德谈到了这个想法，要他为玛蒂尔达正式向法利德里克提出联姻的请求。"

"让我嫁给法利德里克侯爵？"玛蒂尔达喊道，"天哪！仁慈的母亲，您跟父亲谈过这件事情了吗？"

"谈过了，他平心静气地听着我的建议，打算在适当的时候向侯爵透露这件事情。"

"嘿，可怜的夫人！"伊莎贝拉大声说道，"您知道您在做什么吗？您这种不适当的好心会给您、我、玛蒂尔达带来怎样的灾难啊！"

"给我、你和我的孩子带来灾难？你说这话是什么意思？"

伊莎贝拉惊叫道："您有一颗纯洁的心灵，您看不见别人良心的败坏。曼弗雷德，您丈夫，那个心术不正的人……"

"别说了,小姐。你绝不能当着我的面,用不敬的口吻来议论曼弗雷德。他是我的君主和丈夫……"

"不会太久了,"伊莎贝拉说,"要是他那邪恶的企图能够得逞的话。"

"你讲这话真使我感到震惊。"希波利塔说,"你一向感情热烈,可是现在我才知道,你太放纵自己的感情了。曼弗雷德究竟做了什么事情,让你把他看作一个谋杀者和暗杀者?"

"您太善良了,也太轻信了。他的目的不是要您的命,而是要抛弃您,同您离婚。"

"他要同我离婚?"

"不错,为了达到他那邪恶的目的,他正在考虑……我实在难以启齿!"

"还有什么比你刚才讲的更加严重的事情呢?"玛蒂尔达问。

希波利塔沉默了,难过得说不出话来。她联想到了曼弗雷德先前说的那些暧昧不明的话,它们恰好印证了伊莎贝拉的话。

"敬爱的好夫人! 母亲!"伊莎贝拉情不自禁地跪倒在希波利塔的面前说道,"请您信任我,相信我。我宁可死一千次,也不愿伤害您,更不愿屈从于那可恶的……噢!"

"太过分了!"希波利塔说,"你怎么能够把他说得那么坏呢? 起来,亲爱的伊莎贝拉,我并不怀疑你的心地纯正。哦,玛蒂尔达,这种打击对你太大了。不要哭,我的孩子。不要抱怨,我不要你这样。别忘了,他毕竟是你父亲啊!"

"可是您也是我的母亲啊!"玛蒂尔达激动地说,"您是无辜的。噢,我不该……我不该抱怨吗?"

"你是不该抱怨,"希波利塔说,"来吧,一切都会好转的。曼弗雷德为你弟弟的死伤透了心,他并不知道他说了些什么,伊莎贝拉可能错怪他了。他的本意是好的，我的孩子。你并不知道详情，厄运当头，命运之手已经伸向……噢！但愿我能让你摆脱不幸……可以的。"她换了更坚定的口吻道："也许牺牲我自己可以救赎大家——我要亲自提出离婚——我自己如何无关紧要。我要隐居到附近的修道院里去，在为我的孩子、为殿下祈祷和流泪中度过我的余生。"

"您以好意对待这个世界，"伊莎贝拉说道，"而曼弗雷德以恶意对待这个世界……但是，夫人，我认为您的软弱决定不了我的命运。我发誓——听我说，天使们……"

"不要说了，我恳求你，"希波利塔高喊，"记住，你并非孤军奋战，你还有你的父亲……"

"我的父亲太真诚、太高尚了！"伊莎贝拉插嘴道，"他无法阻止那种邪恶的行为。但是，他能左右它吗？他阻止得了那种该诅咒的行为吗？和儿子订了婚，难道我就能再和做父亲的结婚吗？不能！夫人，暴力不能把我拖到曼弗雷德那张可恶的床上去。我讨厌他，我憎恨他！神圣的人类法律是不会让这种可怕的事情发生的。我的朋友，亲爱的玛蒂尔达，我会伤害你心爱的母亲，进而伤害你那颗温柔的心吗？噢，她也是我自己的母亲——我根本不知道还有什么别的母亲……"

"是的，她就是我们俩的母亲呀！"玛蒂尔达大声说，"我们对她的敬重难道有丝毫的保留吗？"

"可爱的孩子，"希波利塔极为感动地说，"你们的温柔体贴感动了我，可我还是不能让步。我们不能自作主张，上帝、父亲和丈夫才能为我们做主。在听到曼弗雷德和法利德里克所做的决定以前，你们要耐心地等待。如果侯爵接受了曼弗雷德联姻的请求，我知道玛蒂尔达会乐意服从的。上帝会干预和阻止她嫁给别人的。我的孩子，你是怎么想的呢？"

她看到女儿跪在自己的面前，无声的眼泪哗哗地宣泄而下，连忙说："可是，不，别回答我，女儿。我不愿听到一句惹你父亲不快的话。"

　　"啊！不要怀疑我的顺从！不要怀疑我对父母的顺从！可是，我最尊敬的母亲，难道我感受到这世上最温柔、最美好的感情后，还能对我最善良的母亲隐瞒我自己的想法吗？"

　　"你想说什么呢？"伊莎贝拉颤抖地问，"你再振作些。"

　　"不，伊莎贝拉。如果我灵魂深处藏有任何母亲所不容的想法，那么我就不配有这样一位无与伦比的母亲。可是，我已经冒犯了她。我未经她的允许，心里就已经接受了一个男人的感情。然而，现在我要放弃这种感情。我对天发誓，对母亲发誓……"

　　"我的孩子！我的孩子！你在讲些什么呀！命运又给我安排了什么新的灾难？你，一个男人的感情，在此不幸的时刻……"

　　"啊！我知道我有罪。我给母亲增加了痛苦。我恨自己。在这个世界上，母亲是我最亲的人了。好吧，我永远、永远不再见他！"

　　"伊莎贝拉，"希波利塔说，"不管这秘密是什么，你都一清二楚，讲吧！"

　　"什么？"玛蒂尔达喊道，"难道母亲不再爱我了吗？竟然不许我讲自己的罪过？啊，可悲的玛蒂尔达！"

　　"您太残酷了，"伊莎贝拉对希波利塔说，"您没有看见您女儿那颗善良的心在痛苦地颤抖吗？难道您就对此无动于衷吗？"

　　"说我并不怜悯我的孩子！"希波利塔说着就把玛蒂尔达紧紧地搂在怀里，"噢，我知道她是善良的。她具有一切美德，一切温柔和孝心。我真的原谅你，我的孩子，我唯一的希望！"

　　两个公主对希波利塔挑明了她们同时对塞奥多产生的爱慕之情，以及伊莎贝拉把他让给了玛蒂尔达的想法。希波利塔听后，责备她们过于轻率,并且对她们指出,两个父亲都不可能同意让自己的女继承人嫁给一个虽然出身高贵却一贫如洗的人。当她看出她们的感情都是刚刚萌生,心里宽慰了许多。她严厉地要求她们同他断绝来往。

玛蒂尔达连忙做出保证。而伊莎贝拉却想,为了促成她的朋友和塞奥多的结合,她尚不能下决心不再见他,所以没有作声。

"我要去修道院,"希波利塔说,"安排新的弥撒来消灾去祸。"

"母亲,"玛蒂尔达说,"您是想离开我们,去那儿寻求庇护,好让父亲追求他毁灭性的意图。好吧,我跪下来求求您不要……您忍心让我受法利德里克的蹂躏吗?我跟您一起去修道院吧!"

"别激动,孩子。我很快就会回来的。除非天意让我离开你或者对你有益,我是不会离开你的。"

"别骗我,"玛蒂尔达说,"只有由您主持婚礼,我才会嫁给法利德里克。天啊!往后我会变成什么样呢?"

"你为什么会这么想呢?我已经说过我要回来的啊!"

"啊!母亲,留下来,救救我吧!您眉头轻蹙对我的影响,远远超过曼弗雷德严厉的呵斥。我已心灰意懒,只有您才能使我恢复如初。"

"别说了,你千万不要消沉,玛蒂尔达。"

"我可以放弃塞奥多,可是我非得嫁给另一个人吗?让我和您一起出家吧!让我永远离开这个尘世吧!"

"你的命运得由你父亲来决定。即使天意要你和你父亲势不两立,我也不会对你失去温柔体贴的。再见了,孩子,我要为你祈祷去了。"

实际上希波利塔去修道院是想请教杰罗米神父,她是否应该同意离婚。她常常劝说曼弗雷德辞去王位。良心的敏感每时每刻都在加重她的心理负担。种种忧虑使她宁愿和丈夫分离也不愿陷入更加可怕的境遇之中。

　　前一天夜里离开城堡后,杰罗米神父疾言厉色地问塞奥多,为什么他要对曼弗雷德说自己的逃走神父也是同谋。塞奥多承认他那样说是为了避免曼弗雷德对玛蒂尔达产生怀疑,并且说杰罗米神圣的职业和声望,可使他免除曼弗雷德的惩罚。

　　杰罗米得知儿子爱上了玛蒂尔达,由衷地感到忧虑。他先让他留下来过夜,说第二天早晨要对他讲明他必须抑制这种感情的理由。

　　塞奥多和伊莎贝拉一样,认识自己的父亲没有多久,还不愿违拗自己的感情而屈从于父亲的意志。他对神父所说的理由毫无兴趣,更无意于听从。他对可爱的玛蒂尔达的爱情远远胜过了他对父亲的孝心。整整一夜,他沉醉在爱的梦幻之中。早祷过了许久,他才突然想起,神父曾经吩咐过他,要他做伴一起去阿方索的墓地。

　　"年轻人,"杰罗米看见他走过来时说,"我很不高兴看见你这样拖拖拉拉。父亲的吩咐对你难道就这样微不足道吗?"

　　塞奥多尴尬地解释说,他睡过了头,所以来迟了。

　　"你是在忙着做梦吧?梦见谁了呢?"神父严厉地问。

　　儿子的脸色唰地红了起来。

　　"喂,年轻人,你只顾自己,实在很不应该。你必须从心里根除这种有罪的情感。"

　　"有罪的情感?"塞奥多大声说,"罪恶能够和无邪的美丽、善良的朴实相提并论吗?"

　　"对注定要毁灭的东西怀有感情是有罪的。那暴君的家族到第三代、第四代必然要从这个世界上消失。"

　　"上帝会惩罚那些无辜的人吗?美丽的玛蒂尔达具有足够善良

的品性……"

"冷静一点吧！难道你这么快就把穷凶极恶的曼弗雷德对你的两次惩罚忘得一干二净了？"

"我没有忘记，先生。正是曼弗雷德好心的女儿，帮我摆脱了她父亲的惩罚。我可以忘却伤害，却忘不了恩情。"

"曼弗雷德家族对你伤害的严重程度，是你所想象不到的。看看这尊神圣的雕像吧！就在这块大理石墓碑下面，安放着仁慈的阿方索的骸骨。他是一位德才兼备的亲王，他是百姓的慈父，人类的欢乐之源。跪下，任性的孩子。等你听完我要讲的这个恐怖的故事以后，你心里就不会存有别的感情了。——阿方索，饱受伤害的亲王，让您那不满的魂魄威严地驻足在这忧虑不安的空中吧！当我痛心地讲述时……喂，谁在那儿？"

"一个极其不幸的女人。"希波利塔走了过来，加入对话，"仁慈的神父，你现在有空吗？咦，这年轻人为什么跪在这儿？你们为什么忧惧满面？为什么待在这座令人肃然起敬的坟前？"

"啊，你听见什么了吗？我们正在向上帝祈祷。"神父慌张地回答，"为我们这个不幸的地方消灾去难。和我们一起祈祷吧。你纯洁无瑕的心灵，可以求神免除近日发生的不祥之兆。"

"我热诚地祈求上帝改变这样的天罚。"虔诚的亲王夫人说，"你们知道，设法为我丈夫和无辜的孩子祈求幸福，已经成为我生命的全部。满足我的祈愿吧！上帝能够听到我为可怜的玛蒂尔达祈祷吗？神父，请你代我为她祈祷吧！"

"每个人都会在心里为她祈祷的。"塞奥多兴奋地说。

"住嘴！莽撞的年轻人！"杰罗米说，"您，好心的夫人，别和上天的神力抗衡吧！上帝可以赐予，也可以收回。为上帝的圣名祈祷，服从上帝的意志吧。"

"我会非常虔诚地听命的。但是，上帝会饶恕我那唯一的女儿吗？玛蒂尔达也得一起毁灭吗？啊！神父，我来——请你儿子离开一会好吗？这件事情我只能对你一个人讲。"

"上帝会满足你的愿望的，可敬的亲王夫人。"杰罗米蹙了一下眉头。

塞奥多走开了。

希波利塔开始对神父说，她跟曼弗雷德谈了联姻的想法，曼弗雷德表示赞同，已打算让温柔的玛蒂尔达嫁给法利德里克了。

对她的想法，杰罗米难掩自己的反感。他借口这种联姻不可能实现来搪塞。他说，法利德里克，阿方索最近的血亲，是来要求他的继承权的。他绝不会答应和篡夺他的权力的人联姻。

可是，当希波利塔说她并不反对离婚，并且问他对她默许的合法性有何看法时，神父困惑到了极点。神父赶忙抓住她征求他意见的机会，避开他对曼弗雷德向伊莎贝拉求婚一事的反感，面带吃惊的神情向希波利塔指出，默许离婚就是罪过。要是她仍然执迷不悟，他就宣判对她的惩罚，严厉地责令她要断然地拒绝这种离婚的要求，并且表示愤慨。

与此同时，曼弗雷德正小心翼翼地把自己的打算透露给法利德里克，提出双重联姻的要求。

虚弱的法利德里克早已倾心于玛蒂尔达的美貌，也兴致勃勃地倾听着曼弗雷德谈他的想法。他已将对曼弗雷德的敌意置诸脑后，因为他看得出，仅凭武力夺取王位，希望渺茫；而通过把自己的女儿嫁给曼弗雷德的方式实现他的愿望，则可以说是十拿九稳的。因此，他摆出了一副半推半就的架势，似乎只是出于礼节的缘故，才勉强同意了曼弗雷德的联姻建议。但是他又提出，除非希波利塔同意离婚，否则新的婚事不可能实现。

曼弗雷德说,离婚的事情包在他身上。事情进展得如此顺利,他真是大喜过望。

他迫不及待地想看到儿子满堂的景象,于是急匆匆地到了夫人的房间,决心逼她就范。听说夫人去了修道院,一时心急如焚。负罪感使他联想到伊莎贝拉已经把他的打算告诉了夫人,因此疑心她这次去修道院,是否意味着她在提出反对离婚的理由以前,不打算再回来了。他对杰罗米神父开始疑虑重重。他担心神父不仅会反对他的计划,而且还有可能敦促希波利塔下决心在修道院里寻求庇护。

他急欲阻止这一事态的发展,不愿让他们如愿以偿,又匆匆忙忙赶到修道院。当时,神父正苦口婆心劝亲王夫人绝不要同意离婚。

"夫人,"曼弗雷德问,"什么事把你吸引到这里来了?为什么你不在城堡里等候我从侯爵那里回来?"

"我来祈求上帝保佑你们磋商的婚事顺利进行。"希波利塔答道。

"我们磋商的那桩婚事无须神父来干预。在所有活着的男人里面,这个老叛逆是你唯一乐于与之商量的人吗?"

"亵渎神圣的亲王啊,"杰罗米说,"你这不是在上帝面前故意侮辱为他服务的仆人吗?可是,曼弗雷德,你丑恶的用心,众人皆知。上帝和这位夫人已经知道。不要皱眉蹙额,上帝鄙视你的恫吓,他的霹雳将会压倒你的愤怒。现在我就宣布上帝对你的诅咒。"

"大胆叛徒,"曼弗雷德怒斥道,竭力掩饰神父的这番话在他心里引起的恐惧,"你竟敢威胁你的合法亲王?"

"你不是合法的亲王。你根本不是亲王。去吧,同法利德里克讨论你的权力去吧。当讨论完的时候……"

"已经讨论完了,法利德里克已经决定娶玛蒂尔达。只要我没有男性后裔,他就同意对他应得的权力做某些让步。"

正说着，阿方索雕像的鼻子里突然流出三滴血，曼弗雷德的脸一下子变得煞白。亲王夫人扑通跪下。

"看！"神父说道，"这种神迹表明阿方索的血，绝不能同曼弗雷德的血融为一体。"

"通情达理的亲王，"希波利塔说，"我们顺从天意吧。你别以为你逆来顺受的妻子现在反叛了你的权威。除了丈夫和教会的意志以外，我就没有别的意志了。面对令人敬畏的审判，让我们顺从吧！我们的婚约能否解除并不取决于我们。如果教会同意解除我们的婚姻，那么我会服从的。我的来日屈指可数，悲伤的岁月终将消逝。我要在圣坛前为你和玛蒂尔达的平安祈祷，度过我的余生。"

"但是，那个时候尚未到来，你还不能待在这里。"曼弗雷德说，"你和我一起回到城堡里去，我要和你商量一个适当的离婚办法。这个爱管闲事的神父不能去城堡。我好客的家庭绝不再接待一个叛徒。我还要把阁下的后代驱逐出我的领地。我想，他不是个圣人，教会不会保护他吧？不管最终谁娶了伊莎贝拉，都不会是法肯纳罗神父那个贸然出现的儿子。"

"突然登上王位的人才是贸然出现的人呢！他们将会像草一样枯萎，地位也随之荡然无存。"神父反唇相讥。

曼弗雷德轻蔑地瞥了神父一眼，带着希波利塔离开了。当他走到教堂的门口时，他对一个随从低语了一会，让他隐蔽在修道院的附近，如果看到有什么人从城堡到这里来，立即向他禀报。

第五章

　　大地颠簸,致命的甲胄在后面铿锵作响,曼弗雷德身后的那垛堡墙就被一股巨大的力量推塌了。阿方索的形影无限扩大,矗立在废墟之中。

　　曼弗雷德反复思索了一番杰罗米神父的言行,确信他在暗中为伊莎贝拉和塞奥多的私通穿针引线。杰罗米刚才那放肆的样子,和他平时的恭顺胆怯简直判若两人,这使他忧心忡忡。他怀疑神父已经有了法利德里克的暗中支持。法利德里克的来临和塞奥多出人意料的露面,在时间上不谋而合,似乎有着某种关联。最使他惶惶不安的是塞奥多长得和画像上的阿方索十分相像;但是他又确信阿方索死后并无子女。但法利德里克又同意把伊莎贝拉嫁给他。——这些矛盾的现象使他的精神备受折磨。他看得出,只有两种方法可以使他摆脱眼前的困境。一是把王位让给法利德里克侯爵。可是骄傲、野心,以及对那个有可能把王位传给自己后代的古老预言的深信,都让他不作此想。另外一种办法就是极力促成他和伊莎贝拉的婚事。

　　经过对这些心烦意乱的想法的再三思索,当他同希波利塔默默回到城堡的时候,便对希波利塔谈起了那个使他焦躁不安的问题。他花言巧语,想诱使希波利塔同他离婚,甚至主动促成这件事。

　　实际上,他只需稍加劝说,她就会顺从他的愿望。她起先竭力劝他交出王位,后来发现自己的劝说只不过是白费唇舌。因此,她向他保证,只要良心允许,她对离婚绝无半点异议。但即便他所说的顾虑比其他顾虑更有理由,她也不会主动提出离婚。

希波利塔的顺从虽说有些勉强,却也足以增强曼弗雷德的希望。他相信,凭着他的权势和财富,很容易就能把他的求婚上诉至罗马教廷。他打算让法利德里克也去那里一趟。侯爵对玛蒂尔达一往情深,曼弗雷德希望利用女儿消除侯爵的若即若离,来掌握侯爵那种晦明不定的态度。

打发希波利塔回房后,他就去找侯爵。在穿过大厅时碰见了卞卡。他知道这个卞卡是两位年轻公主最信任的侍女,突然想到他可以从她那儿探听到一些有关伊莎贝拉和塞奥多的事,于是喊住了她,把她带到大厅凸肚窗边的幽暗处,用了许多花言巧语和许诺来笼络她,问她是否对伊莎贝拉的感情有所了解。

"我?老爷,不!——是的,老爷——可怜的小姐!她为她父亲的伤势急得要命,我对她说他会好的。殿下,您并不这样想吗?"

"我没问你她对她父亲的想法,而是问你所知道的有关她的秘密。喂,你是个好姑娘,告诉我,她喜欢上哪个年轻的小伙子了吗?——哈,你明白我的意思。"

"哎呀,我明白什么呀,殿下?不!我不明白!我告诉她有几种草药可以安眠镇静……"

"我问的不是她父亲,"亲王不耐烦地说,"我知道他会好起来的。"

"嘿,听殿下您这么说,我心里就踏实多了。我想最好还是别让小姐灰心丧气;可我发现他脸色苍白,显得……我记得年轻的菲尔狄德以前被那个威尼斯人刺伤时就是……"

"别扯了,"曼弗雷德打断了她的话,"唉,给你个戒指,也许它能使你思想集中。——不,不要鞠躬,我会给的恩惠还不止于此呢。来,说实话,伊莎贝拉心里到底在想些什么?"

"好吧,殿下,既然您用这样的办法,我就说——但是殿下,您能保密吗?如果您把秘密泄露出去——"

"不会,不会。"

"不会? 您得起个誓。殿下,向我的哈利达米起誓。如果我讲的话传了出去那可就……不过,真的就是真的嘛! 我觉得伊莎贝拉对小王子说不上有什么感情,虽然他是个讨人喜爱的那种温顺小伙子。我要是一个公主,我敢说——哎呀! 我得去侍候玛蒂尔达小姐了。我迟迟不去,她会为我担心的。"

"你给我站住! 你还没有满意地回答我的问题呢! 你为他们捎过口信或者信件什么的吗?"

"我? 天哪! 捎信! 那我就不是个好女人了。殿下,请相信,我尽管很穷,可是我很诚实。殿下没听说过马斯格利伯爵追求玛蒂尔达小姐时送了我什么吗?"

"我没工夫听你的事情,我并不怀疑你的诚实,但对任何事情毫不隐瞒是你的本分。告诉我,伊莎贝拉认识塞奥多多久了?"

"啊! 没有什么事情能瞒得过殿下! 可是我对这事一无所知。塞奥多,我敢说,是一个正派的年轻人。玛蒂尔达小姐说过,他活像阿方索。殿下,您没有注意到这点吗?"

"是的,是的。不,你这是在折磨我。他们在哪儿见的面? 什么时候?"

"谁? 我的玛蒂尔达小姐吗?"

"不,不,不是玛蒂尔达,是伊莎贝拉。伊莎贝拉初次和塞奥多相见是什么时候?"

"圣母玛利亚! 我怎么会知道?"

"你肯定知道。我一定要知道,一定!"

"上帝,殿下不是在妒忌塞奥多吧?"

"妒忌?不,不!我为什么要妒忌他?也许我是想要成全他们呢,要是我可以肯定伊莎贝拉并不反感他的话。"

"反感?不,我敢替她担保。"卞卡说,"他举止得体,好像在教堂里行走似的。我们谁都爱上了他,城堡里的每个人都会高兴让他当我们的亲王——我的意思是说,当上帝乐意召唤您去他那里之后。"

"当然!不过,你这不是又把话题扯远了吗?噢,那个该死的神父!——我必须抓紧时间了。卞卡,侍候伊莎贝拉去吧。可是我警告你,不许把我们刚才的谈话透露出去。弄清楚伊莎贝拉是怎么会爱上塞奥多的,告诉我一些好消息,那个戒指可是成对的!在楼梯拐角那里等我。我先去拜访侯爵,回来再同你接着谈。"

见了侯爵,曼弗雷德先和他寒暄了一会儿,然后请求他让身旁的两个侍从退下,说是有急事和他商量。侍从退出后,曼弗雷德的话题就巧妙地转向了玛蒂尔达。当他发现侯爵的想法和他不谋而合时,便暗示说,他难以参加他们的婚礼,除非……

他的话刚说了一半,卞卡就神色慌张、手忙脚乱地闯了进来,一副惊恐万状的样子。

"啊!殿下!殿下!"卞卡喊道,"我们都要完蛋了!它又来了,它又来了!"

"什么东西又来了?"曼弗雷德大吃一惊。

"啊!那双手!那个巨人!帮帮我吧!快把我吓死了!今晚我可不想在城堡里过夜了。可是我又能去哪儿呢?我的东西明天才能送来——早知道我就答应嫁给弗朗西斯科了!都是我的虚荣心在作怪。"

"究竟是什么东西把你吓成这个样子,小姑娘?"侯爵问,"这儿是安全的，你不必惊慌。"

"啊，老爷，您真是太好了！可是我不敢……不，求求你们让我离开这儿吧，我宁愿抛弃一切，也不愿在城堡里多待一个小时。"

"你简直发疯了！走开！"曼弗雷德说，"不要打断我们的谈话，我们正在商谈一些要事。侯爵，这个女孩子常常犯这样的毛病。跟我来，卞卡。"

"啊，天使！不！那东西肯定是来警告殿下的，可是为什么要在我的面前出现呢？我可是早晚都有祈祷的啊！唉，要是殿下当初相信迪埃古的话就好了。他在长廊那个房间里看到过那只手和那只脚的。杰罗米神父不止一次对我说，那预言就要在这几天里应验。'卞卡，'他说，'记住我的话。'"

"呸！简直一派胡言。"曼弗雷德勃然大怒，怒斥道，"滚开！留着这些疯话去吓唬你的同伴吧！"

"什么！我的殿下，"卞卡喊道，"您认为我什么都没看见吗？您自己到大楼梯口去看看吧——反正我是亲眼看见了的。"

"你看到了什么？告诉我，好姑娘，你看到了什么？"法利德里克问。

"侯爵，你怎么能听一个傻丫头胡言乱语？在她相信看到那些东西以前，有谁听说过鬼魂的事？"

"这不像是幻觉，"侯爵说，"她的恐惧是那么自然，印象是那么强烈，不像是幻觉。告诉我们，好姑娘，什么事情使你这么惊慌？"

"老爷，感谢您的仁慈。我想我的脸色一定十分苍白，等我缓过神来就好了。——刚刚，我听从殿下的吩咐去侍候伊莎贝拉小姐——"

"我并不想知道这事的细节。只不过，既然侯爵想知道，那么，卞卡，你就往下讲讲吧。但是，简单些。"

"上帝啊！殿下老是打断我的话。"卞卡说，"我吓得头发都直了。我得说，我一生中从来没有这样被惊吓过。好吧，正如我刚才对您说的，侯爵大人，当时，我正听从殿下的吩咐，到伊莎贝拉小姐的卧室去。她正在楼梯右边那间浅蓝色屋子里卧床休息。当我走到大楼梯那儿时——我正看着殿下送我的那件礼物——"

"真让人讨厌，"曼弗雷德说，"这丫头老是说不到重点。这和侯爵有什么关系——我给了你一个小东西，奖励的是你对我女儿的忠诚——我们要知道的是你看见了什么。"

"我想要告诉殿下的正是这个，如果您允许的话——就在我一边摩挲着那个戒指，一边走上楼梯之时，我敢说，我还没走出三步，就听见了盔甲咔嗒咔嗒的响声。整个世界似乎都在回响着这个可怕的声音，就像迪埃古在那个长廊房间里听到的那个巨人转身时的声响一样。"

"她讲的是什么意思，亲王？"侯爵问，"你的城堡里有巨人和鬼怪出没吗？"

"上帝啊！怎么，侯爵大人，您没有听说过长廊房间里闹鬼的事吗？"卞卡惊奇地问，"亲王竟然没有告诉您，真让我奇怪，也许您对那个预言也一无所知吧？"

"这些无聊的废话真让人难以容忍，"曼弗雷德打断了她，"让这个傻丫头退下吧，侯爵，我们还有更加重要的事情要商谈哩。"

"冒昧地说，"法利德里克说道，"这些话一点也不无聊。在树林里为我们引路的那把巨剑，你院子里的那顶头盔……难道这些都是这个可怜的丫头脑袋里的幻觉吗？"

"要是它能够使殿下高兴的话，那么我就讲了。杰奎斯说了：'在月亮升起以前，我们会看到某种奇怪的变动。'在我看来，这变动要是在明天发生，我是不会感到意外的。正如我刚才说的，当我听到甲胄咔嗒咔嗒作响的时候,我吓出了一身冷汗。我抬起头来一看——要是殿下相信我的话——我看到在大楼梯高处的扶手上有一只戴着护甲的大手。它是那么大,那么大——我想我就要晕过去了——我马不停蹄一路跑到了这里——我要是能够平安无事地离开这座城堡该有多好啊!马蒂尔达小姐昨天才告诉我,希波利塔夫人知道某些事情……"

"太放肆了!"曼弗雷德怒不可遏地喊道,"侯爵阁下,这太叫我疑虑不安了。她们肯定是串通一气,故意当着你的面来让我难堪的。这些仆人不是受那些妒忌我荣耀的人的唆使来散布这些奇谈怪论,又是什么呢?你要不就以男子汉的勇猛去追求你应得的权力,要不就照我提议的那样,通过我们的内部通婚消除宿怨。不过,请记住,一个贵族利用贪图小利的丫头是有失身份的。"

"我藐视你的诽谤,"法利德里克说,"在此以前,我从未见过这个姑娘,也没给过她任何戒指!——殿下!你的良心何在!你的内疚会谴责你对我的无端猜疑。把你的女儿留着吧,也不要对伊莎贝拉想入非非了。上帝的审判已经降临到你们家族的头上。他不许我同意这桩婚事。"

曼弗雷德一听到法利德里克这种强硬的口气立刻慌了神。他竭力想平息他的火气。打发卞卡离开后,他对侯爵变得毕恭毕敬起来,一个劲儿称赞马蒂尔达。

侯爵又动摇了。可是,他对马蒂尔达的情意毕竟刚萌发不久,还难以盖过他心头的顾虑。卞卡的话使他深深地感到,上帝已经表明了反对曼弗雷德的意向。曼弗雷德提出的联姻如能实现,势必削弱他要求得到的权力。奥托兰多的王位要比马蒂尔达更有诱惑力。不过,私心里,他也不愿断然放弃这桩婚事。为了争取时间,他问曼弗雷德,希波利塔是否真的同意离婚。

亲王看到并无别的障碍，真是又惊又喜。他让侯爵尽管放心，依靠他对自己妻子的影响力，离婚的事情一定会妥善解决的，侯爵也可以从她本人的口中得到确证。

他们正说着话，有人来报，说是宴会已经准备就绪。曼弗雷德携法利德里克来到大厅。公主们起身相迎。曼弗雷德让法利德里克坐在马蒂尔达身边，自己则坐在希波利塔和伊莎贝拉之间。希波利塔举止端庄大方，公主们则默默无言，郁郁寡欢。

曼弗雷德决心利用这个晚上余下的时间和侯爵再开诚布公地谈谈。席间他不断劝酒。时至深夜，一轮满月升到天空。他佯装开心取乐，再三劝法利德里克开怀畅饮。侯爵比曼弗雷德想象的更加警惕，借口先前失血过多而谢绝了曼弗雷德的频频劝酒。亲王却为了稳定自己紊乱的心绪，假装毫不在意，开怀畅饮，但也警醒着，没有喝醉。

深夜，宴会结束。曼弗雷德和法利德里克起身离开。法利德里克爽快地对曼弗雷德说，在他能够再来陪曼弗雷德以前，伊莎贝拉会陪曼弗雷德逗乐的。说罢，他借口身体不适，想要早点休息，就回房间去了。曼弗雷德欣然接受了侯爵的好意。这使伊莎贝拉痛苦异常，只得让他陪着回到她的房间。马蒂尔达则守候在母亲的身边，在城垛上，尽情地享受夜间清新凉爽的空气。

看到人们各自散去，法利德里克走出房间，去打听希波利塔是否独自待在她的房间里。一个仆人告诉他，这个时间，夫人一般是要去祈祷室的，也许他能够在那里见到她。宴席间，侯爵一直盯着马蒂尔达，心旌摇荡。现在他渴望知道希波利塔是否怀有曼弗雷德所保证的那种意愿。这一渴望使他忘却了那些一度引起他恐慌的种种不祥之兆。他悄悄地来到希波利塔房门前，怀着促使她默许离婚的决心，推门走了进去。因为他看得出，曼弗雷德那个不可更改的前提条件：

只有先让他得到了伊莎贝拉,自己才能够得到马蒂尔达。

亲王夫人的房内阒无人声,侯爵并不觉得意外。根据刚才仆人所说,他断定她此刻一定在祈祷室里。他穿过正屋,朝祈祷室走去。祈祷室的房门半掩半开。夜色幽暗朦胧,浓云密布。他轻轻地推开房门,只见有个人正跪在圣坛前面。他靠近看了看,觉得不像是个女人。这人身披黑色丧服,背对着他,正在专心致志地祈祷。侯爵刚要退出,这人站起身来,静思默想了一会儿,似乎并未觉察到他在房间里。侯爵希望这个祈祷者转过身来,好为自己的擅自闯入表示歉意。

"尊敬的神父,我是来找希波利塔夫人的。"侯爵说。

"希波利塔?"一个空洞的声音问道,"你来这城堡就是为了要找希波利塔吗?"

那人慢悠悠地转过身来:下巴尖削,眼窝空洞,裹着一条修士的头巾,竟是具骷髅!

"仁慈的天使,保佑我!"侯爵惊叫着后退。

"你理应得到他们的保佑。"骷髅说。

法利德里克跪下,恳求骷髅怜悯他。

"你不记得我了吗?"骷髅问,"那你总还记得朱帕森林吧?"

"您就是那个神圣的修士吗?"法利德里克声音颤抖地问,"我能为您的灵魂永息做些什么呢?"

"你已经沉溺于尘世的快乐了吗?难道你忘了那把埋在地下的剑和上帝镌刻在剑刃上的圣谕?"

"没有,我没有忘记。不过,请说,神灵,您给予我的使命是什么?还有什么事情要我去做吗?"

"忘掉马蒂尔达。"骷髅说完就消失得无影无踪。

法利德里克吓得连血都凝住了。他呆立了一会,然后,匍匐在圣坛前,祈求每个天使的宽恕,随即潸然泪下。可是马蒂尔达的倩影又突然在他眼前晃动了起来。他平躺在地上，心里充满了悔恨和感情的冲突纠葛。

他刚刚平息了这场冲突，希波利塔手持烛火，独自一人走了进来。她看到一个男人一动不动地躺在地上，以为他已经没气，惊叫了一声。

听到她的惊叫，法利德里克惊醒过来，一个挺身站了起来，满脸泪痕。他想从她面前冲出去，可是希波利塔拦住了他，以一种极其伤感的语调请他解释一下为何那样痛苦地躺在地上，又是为何如此心神不宁。

"唉，善良的夫人，"侯爵满怀痛苦，欲言又止。

"看在大慈大悲的上帝分上，侯爵，请你说说你这般激动的缘故吧！你为什么这样伤感，这样惊慌？你叫我名字时，为什么这般惊恐不安？上帝又为不幸的希波利塔安排了什么样的灾难？——你不想说？——看在所有慈悲的天使分上，我求你了，侯爵。"希波利塔朝他跪了下来，"说出藏在你心底的隐秘吧！我看得出你是同情我的。你饱尝了你所经受的那种剧烈痛苦——说吧，发发慈悲。你的隐秘和我的孩子有关吗？"

"我不能说。"法利德里克哀叹道，"唉！马蒂尔达！"突然离她而去。

侯爵就这样骤然离开了亲王夫人，匆匆回到自己的住处。在门口，碰见了曼弗雷德。他迎上前来搭讪。烈酒和爱情把亲王弄得红光满面。他来找侯爵，想邀侯爵一起寻欢作乐，消磨夜晚的时光。法利德里克对这样一个不合情绪的邀请感到恼火。他粗暴地把曼弗雷德往边上一推，走进了屋子，猛然带上了门，把曼弗雷德关在外面，从里面拴上门。

傲慢的亲王对侯爵这种反常的举动无法理解，因此大为恼火。

他悻悻地走开了,决意以牙还牙。经过院子时,那个奉命在修道院附近监视杰罗米和塞奥多的仆人急匆匆地赶来。他气喘吁吁地对他说,塞奥多和城堡里出来的一位小姐,眼下正在圣尼古拉斯教堂的阿方索墓前幽会。他说他一直尾随塞奥多到了那里,可是由于夜色幽暗朦胧,没有看清那个女人是谁。

曼弗雷德一听,勃然大怒。刚才他到过伊莎贝拉的房间,但由于他对她过于放纵自己的感情,而被她赶了出来。他断定,刚才她那么惶惶不安,肯定是因为她急于和塞奥多幽会。这种想法再加上侯爵对他的粗暴,使他暴跳如雷。他悄悄赶往大教堂,轻手轻脚地走进走廊。月光透过彩色玻璃洒落在地上,影影绰绰,斑驳陆离。借着月光,他潜入阿方索的墓地,果真听见有人在窃窃私语。首先清晰地传到他耳朵里的是:

"啊!这事由得了我吗?曼弗雷德绝不会让我们结婚的。"

"没错!我绝不会同意的!"暴君喊道。他拔出匕首,越过那个讲话人的肩膀,直刺她的胸口。

"啊!我要死了!"马蒂尔达呼喊了一声,倒了下去,"仁慈的上帝,带走我的灵魂吧!"

"你这个丧心病狂的家伙!你知道你干了什么吗?"塞奥多怒不可遏地扑向曼弗雷德,夺下了他手里的凶器。

"住手!住手!停住你这双不敬的手!"马蒂尔达大声说,"他是我的父亲!"

曼弗雷德如梦初醒,捶胸顿足。接着又双手猛拉,竭力想夺回塞奥多手里的那把匕首,以了结自己的性命。

塞奥多面对此情此景,简直无所适从。他克制住内心极度的悲伤,搀扶着马蒂尔达。他大声呼唤,几个神父闻声赶来帮忙。一个神父帮塞奥多设法为奄奄一息的公主止血,其余的人则防备着曼弗雷德自杀。

马蒂尔达听天由命地静静躺着，脸上流露出对塞奥多的感激之情。尽管她很虚弱，可是只要她能够讲话，总恳求人们宽慰她的父亲。

杰罗米神父一得知这不幸的消息，立刻赶到教堂来。他的神情似乎是在责备塞奥多，又转向曼弗雷德说：

"暴君！现在你看看吧！这个悲剧真是对你的报应。阿方索以血向上帝寻求报复。既然上天让你在它的圣坛前行刺渎神，那么你也会把自己的血流在阿方索墓前的地上。"

"你这个存心让人痛苦的神父，"马蒂尔达大声说，"想要加重一个做父亲的痛苦吗？上帝会保佑我父亲的，也会像我一样宽恕他的。父亲，宽厚的殿下，您能宽恕您的女儿吗？我来这里并不是为了见塞奥多。母亲让我来，只是为您和她向阿方索的亡灵求情。我发现他正在这个墓前祈祷。亲爱的父亲，为您的女儿祈福吧！说您宽恕了她。"

"宽恕你？我这个杀人的恶人！有资格得到原谅吗？我把你当成了伊莎贝拉，可是上帝却让我这双罪恶的手伸向了自己孩子的胸口。唉，马蒂尔达……我说不出口……你能宽恕我这种盲目的愤怒吗？"

"我能。我已经原谅您了。上帝可以做证！"马蒂尔达说，"趁我还活着，我要问一下，我母亲会怎么想呢？——您肯安慰她吗，父亲？您不会抛弃她吧？她确实爱您……啊！我不行了！把我抬回城堡里去。我能活到让母亲来为我合上眼睛吗？"

塞奥多和神父们劝她让他们把她抬到修道院里去，可是她执意要回城堡。他们只好按照她的心愿，把她放在担架上送回城堡。

塞奥多让她依偎在自己的怀抱中，满怀着爱的绝望，痛苦地俯身瞧着她,努力激发她对生命的渴望。杰罗米则在另一侧陪伴,拿起她胸前的十字架,用上帝的教谕来宽慰她,以便让她在走向永生的时刻有所准备。无辜的泪水湿润了她的脸庞。曼弗雷德悲痛欲绝,绝望地跟随在担架的后面。

马蒂尔达遇害的不幸消息早已传到了城堡,所以他们刚抵达那里,希波利塔就奔了出来。可是一见那列悲戚的队伍,巨大的悲痛就使她瞬间失去了知觉,昏倒在地上。伊莎贝拉几乎和之前她初见自己的父亲时同样悲伤。

马蒂尔达对自己的伤痛似乎毫无知觉,一心只牵挂着母亲的痛苦。等到母亲苏醒过来,她就叫担架停下,用她的眼睛寻找着她的父亲。父亲靠近担架,泣不成声。她握住父母的手,把它们紧紧地扣在一起,然后又把它们紧紧地压在自己的胸口。

看到女儿那哀婉的孝心,曼弗雷德痛彻心扉,猛然扑倒在地上,诅咒自己竟然还活在人世。伊莎贝拉担心,如此激动的情绪只会加重马蒂尔达的伤势,因此出面叫人把曼弗雷德扶回他的房间,又让人把马蒂尔达抬进最近的那个房间里去。

希波利塔比马蒂尔达也强不了多少。除了自己以外,周围的一切对她来说仿佛都已不复存在。医生检查马蒂尔达的伤口时,伊莎贝拉出于关心,也叫人把希波利塔送回房间。她一听便大声说道:

"让我离开?不!绝不!只要我活着,我就守在她的身旁;我要和她一同死去。"

马蒂尔达抬起目光寻找母亲的声音,可又默默地闭上了眼睛。她的脉搏微弱,双手冰凉,很快便毫无恢复的希望。

塞奥多志忑不安地跟着医生来到外间,听他们宣布马蒂尔达的不幸结果。

"既然马蒂尔达不能活着成为我的妻子,"塞奥多对父亲说,"那么至少在她死后要成为我的人。父亲,您不愿意成全我们吗?"

当时,神父正和侯爵与医生在一起。

"你昏头了吗?"杰罗米问,"这是办婚事的时候吗?"

"是的! 是的! 怎么不是!"塞奥多大声说,"啊! 也没有别的时候了!"

"年轻人,你太不听劝告了,"法利德里克说,"你想,我们在此性命关头会听你那天真的冲动摆布吗? 你有什么权力要求得到公主呢?"

"一个统治奥托兰多的亲王的权力。这位可敬的老人,我的父亲,已经对我说明了我的身世。"

"你这是痴人说梦吧?"侯爵说,"现在奥托兰多的亲王,除了我以外,就没有别的人了。曼弗雷德由于谋杀,由于亵渎神明的谋杀,已经丧失了奥托兰多的一切权力。"

"侯爵,"杰罗米神父带着一股告诫的口吻道,"他会对你讲明真相的。这桩秘事现在公之于众并非我所愿,而是命运使然。他在充满激情的时刻所讲的话,我可以进一步予以证实。你知道,侯爵,阿方索乘船去圣地的时候……"

"这是解释的时候吗?"塞奥多大声说,"父亲,来,为我和公主主持婚礼吧! 她将属于我……在别的任何事情上面,我都可以对您唯命是从。我的生命! 我心爱的马蒂尔达!"

说罢,塞奥多返身进了屋里。

"你不想属于我吗? 你不愿祝福你的……"塞奥多对马蒂尔达说。

伊莎贝拉示意他安静一些。她担心公主已经濒临生命的尽头。

"什么? 她死了? 这怎么可能?"塞奥多喊道。

他那痛彻心扉的呼喊又把马蒂尔达唤醒了。她睁开眼睛四处寻找她的母亲。

"我生命的灵魂！我在这里。"希波利塔哭喊道，"我不会离开你的！"

"啊！您太好了。"马蒂尔达说，"不要为我难过，母亲，我要去的是一个毫无痛苦的地方。……伊莎贝拉，你爱过我，你能替我关心我亲爱的母亲吗？我实在不行了！"

"天哪！孩子！孩子！"希波利塔泪如泉涌，"难道我不能让你多活一会儿吗？"

"不能，"马蒂尔达说，"让我升入天国吧！……我父亲在哪儿？原谅他，亲爱的母亲，原谅他伤了我，这是误会。啊！我忘了……亲爱的母亲，我发誓绝不再见塞奥多……也许就是他带来了这场灾难。可这是天意，您能原谅我吗？"

"唉，你就别再伤害我这颗极度痛苦的心了。"希波利塔说，"你从来就没有惹我生气过。——她昏过去了！救救她！救救她吧！"

"我还有话要说呢！"马蒂尔达挣扎着说道，"可是，不能了……伊莎贝拉……塞奥多……看在我的分上……啊！……"

她终于没能把她想说的话说完。

伊莎贝拉等女人把希波利塔从马蒂尔达的身上拉走。可是塞奥多死活不肯离开，并且威胁那些试图把他拉开的人。他在马蒂尔达那双冰冷的手上狂吻着，他说的每句话都充满了爱的绝望。

伊莎贝拉陪着悲痛欲绝的希波利塔回到房里去，行至院中，碰见曼弗雷德。他神思恍惚，急于再瞧一眼他的女儿，正朝着她所在的地方走去。那时，皓月当空。他盯着她们凄惨的脸色，试图从那上面看出他所担忧的事情。

"什么？她死了！"曼弗雷德慌乱地问。

远处，一声霹雳震撼了整个城堡。大地颠簸，致命的甲胄在后面铿锵作响。法利德里克和杰罗米预感到末日临近。杰罗米拉住塞奥多冲进了大院。刚到院中,曼弗雷德身后的那垛城墙就被一股巨大的力量推塌了。阿方索的身影无限扩大,矗立在废墟之中。

"看,塞奥多! 他是阿方索真正的继承人。"幻影说道。

话音刚落,又一声霹雳,那幻影庄严地升入天国。只见那儿云朵四散,圣尼古拉斯闪现其中,迎接阿方索。一道耀眼的火焰闪过,他们旋即自凡人的视野中消失。

瞻仰着这个景象的人全都匍匐在地,叩谢天意。

希波利塔最先打破了沉默。"老爷,"她对神色沮丧的曼弗雷德说,"从塞奥多身上,我看到了奥托兰多的真正亲王。他凭借着怎样的奇迹成了奥托兰多的君主,我不知道。可是对我来说,这就足够了。上天宣告了我们的命运。我能把我余下的苟活的时光,用来祈求上帝平息对我们更加严厉的愤怒吗? 上帝废黜了我们,我们能否退居到您为我们提供的静修之地——神圣的修道院里去?"

"你是无罪的,"曼弗雷德说道,"可是你是个不幸的女人,而你的不幸完全因我的罪孽所造成。我的心终究会接受你的诚恳要求。啊! 本来会……可是现在不行了……你吃惊了……让我最后公正地审判我自己吧! 承担一切羞辱是我所能够奉献给上帝的最大快乐。我的行为招致了这种审判,让我独自一个人向上帝忏悔吧! 可是,唉! 有什么办法能够救赎篡位和杀女之大罪呢? 那可是在一个不可亵渎的神圣之地杀了一个孩子啊! ——把这一切记录下来吧! 先生们,这血的记录完全可以警戒后世的暴君啊!

"如你们所知,阿方索死在圣地——你们可能会打断我的话说,他死得不明不白——千真万确——为什么曼弗雷德还要把这杯苦酒喝得一干二净呢? 瑞卡多,我的祖父,是阿方索的管家——为我的祖先所犯下的罪过,我想出家做修士,可是现在说这些都无用了——阿方索被毒死了。一个伪造的遗嘱宣布瑞卡多是他的继承人。罪孽胁迫着他，可是他并没有失去康拉德，也没有失去马蒂尔达，而我却为了篡位的罪过付出了全部的代价。后来，一场暴风雨袭击了他。他被过去的罪恶纠缠于心，向圣尼古拉斯起誓，如果他能活着回到奥托兰多，将建一座教堂和两座修道院。那圣人领受了他的献祭，并且托梦给他说，在奥托兰多的合法主人长大到城堡困不住他以前，瑞卡多的后代将统治着奥托兰多。只要瑞卡多还有一个直系子孙存在，他的后人就可以继续统治奥托兰多。天哪！天哪！现在除了我以外，既没有男孩也没有女孩，这就是他不幸种族的全部后代！我说完了。这三天的痛苦说明了其余的一切。我不清楚这年轻人如何成为阿方索的继承人，可是我——我也不怀疑他拥有这里的君权。我现在就把它交出来。不过我并没有听说阿方索有继承人，但我也用不着求问天意了。在我被瑞卡多召去以前，贫穷和祈祷将会填补我余下的悲哀的时光。"

"其余的事情应该由我来讲，"杰罗米说，"阿方索乘船去圣地时，被一场暴风雨刮到了西西里海岸。载着瑞卡多和队伍的另一条船——爵爷，想必你听说过——同阿方索的船失散了。"

"一点不错，"曼弗雷德说，"不过你现在送给我的这个称号已经超出了一个被黜者应有的称号。好吧，是这样。往下说吧。"

杰罗米脸红了。他接着说："阿方索因风急浪险，不能航行，在西西里岛滞留了三个月。这期间，他迷恋上了一个美丽的少女维多利亚。他虔诚信教，并没有引诱她做淫乱之事。后来，他们结为伉俪。但他想，在这里结婚有悖于他信守的骑士纹章上的誓言，因而他决定在东征归来后才公布他们的婚事。他留给维多利亚一个遗腹子。阿方索走后，她生下了一个女儿。在分娩的阵痛中，她听说丈夫不幸身亡，以及瑞卡多继承了王位。一个没有亲朋、孤独无助的女人能做些什么呢？她的身份即便证明了又能有什么作用呢？可是，我有阿方索亲笔为她书写的身份证明。"

"用不着，"曼弗雷德说，"近几天发生的恐怖之事和我们亲眼看见的奇迹胜过一千多张身份证明。马蒂尔达的死和我的被驱逐……"

"别激动，老爷，"希波利塔说，"这位圣人并不想重提那些伤心的事情。杰罗米，你接着往下说吧。"

"那些无关紧要的事情我就不必多说了。他们的女儿成年后嫁给了我。维多利亚死后，这桩秘密就一直锁在我的心底。往后的事情，塞奥多刚才都已经说过了。"

神父结束了他的叙述。那些郁郁不乐的人回到奥托兰多城堡里，在那些尚未倒塌的屋子里住了下来。

第二天早晨，曼弗雷德签署了退位文告。希波利塔心里宽慰了许多。他们穿上教衣，进了城堡附近的修道院。法利德里克为女儿向新的亲王提亲。希波利塔也出于她对伊莎贝拉的关心，协力促成这桩婚事；但是，塞奥多沉溺于悲伤之中，尚未考虑新的婚事。直到后来，他才逐渐感到，只有和伊莎贝拉在一起，他才能够忘却笼罩在他心头的那份忧郁，才能体会到什么是幸福、幸运和欢乐。

英国老男爵

克莱拉·里夫 著

高万隆 译

序　言

　　这部小说的种类，虽然说不上新，却也脱离了常规。感到有必要向读者就某些情况做一些说明。这些说明将阐明故事的构思，并希望引导读者对面前的作品形成一种有益和正确的判断。

　　这部小说是《奥托兰多城堡》的文学产儿。它根据相同的构思而写。它的设计将古代传奇故事和现代小说最具吸引力和最有趣的情境结合起来，同时又设想了自己的人物和风格，使之既不同于古代传奇故事，也不同于现代小说。"哥特式故事"这一称谓使之彰显了自己的特色。它是描绘哥特式时代和风尚的一幅画。虚构的故事一直为所有时代和国家的读者带来快乐。它有时以粗野的口头传统被述说，有时以更文明的语气被记述。然而某些学者习惯不分青红皂白地责难一部作品，我敢肯定，它以这种形式出现，他们会装模作样地鄙视它，而它若以另一种形式出现，他们却能接受它。

　　例如，一个人喜欢甚至崇拜古代史诗，却鄙视和咒骂古代罗曼史；而实际上，后者只不过是以散文形式出现的史诗而已。

　　历史既呈现现实生活中的人性，也常常呈现一种令人忧郁的往事追溯！罗曼史展示的只是那幅图画的温馨一面。它显示愉悦的特征，而将污点掩蔽起来。人类对能满足其虚荣的东西自然会感到欢喜。虚荣,如同人类内心所有其他激情,也许能够转换成有助于良益目的的东西。

我承认,哥特式故事也许会被滥用,变成败坏人类道德风尚的一种工具。诗歌也许会如此,戏剧也许会如此,所有种类的文艺作品也许都会如此。这种情形只证明了最近由哲学家们弄得很时髦的一句俗话:"世间万事都有两面性。"

浪漫传奇的任务,首先是要激发读者的兴趣;其次,要导向某种有益的或者至少是无辜的结局。获得这两点的作家会感到快乐,就像理查森!还不算太不幸,也不太值得肯定的是,他只获得了后一点,为读者增加了娱乐性。这在一定程度上启发了我的构思。我要引导读者往回走,直到看到了《奥托兰多城堡》。如前所述,这部作品试图将古代浪漫传奇和现代小说的各种优点和魅力结合起来。为了获得这一目的,需要足够程度的奇异来激发读者的兴趣,需要足够程度的现实生活风格让作品读起来可信,也需要足够程度的悲惨让作品抓住读者的心。

我们所说的这部作品在这两点上都很出色,不过就第一点来说,有点冗余。作品开头部分强烈地吸引了读者,故事处理非常巧妙,人物描写极其坚实,措辞用语优美雅致。尽管有着诸多优点,可作品还是分散了读者的注意力。原因显而易见,情节过于夸张,从而毁掉了作品应有的效果。如果让故事保持在可能性的边缘之内,艺术效果就会得以保留,那些情节就能够激发或抓住读者的注意力。

举例来说,我们可以构思和允许一个鬼魂的出现,甚至也可以省去一把魔剑和一顶头盔,然而,它们必须保持在可信的范围之内。一把剑大到需要一百个人来举起它;一顶头盔竟然能从大院穿过,进入一座拱形大厅,而且大到能够让人穿过;一幅画竟然能够走出画框;一个骷髅鬼魂竟然头上戴着隐士的头巾……正当你的期待被激发到最高点时,这些描写一下子把你拉了下来,无可置疑地摧毁了读者的想象力,浇灭了他们的兴趣,引起了他们的嘲笑。看到这部作品的魅力被消解,我既惊讶又烦恼。我多么希望这种魅力能持续到作品的结束啊!有几位这部作品的读者已向我表达了他们的失望。美比比皆是,以至于我们无法容忍瑕疵。然而,我们还是希望这部作品处处完美无缺。

我在悉心阅读这部不同凡响的作品的过程中,似乎觉得,有可能借助同这部小说相同的构思来另写一部作品。在这部新作品中,避免上述缺点,而保留其情节的一致性,就如同绘画那样。

不过,随后我开始担心,自己会碰到某些译者和莎士比亚模仿者曾碰到过的情形:情节的一致性倒是保留了,可其精神却蒸发了。尽管如此,我还是大胆尝试了一下。在睿智的朋友圈子里,我给他们读了作品的开头部分。受到他们的嘉许后,我继续往下写,直至笔辍。

英国老男爵：一个哥特式故事

当英格兰国王亨利六世尚未成人之时，声名显赫的贝德福德公爵约翰是法兰西的摄政王，英明的格洛斯特公爵汉弗莱则是英格兰的摄政者。

那时，一位名叫菲利普·哈克雷的真正骑士回到了自己的故乡英格兰。他曾为英勇善战的国王亨利五世效力，赢得了荣耀。人们敬重他的基督教品德，并不亚于敬重他的骑士精神。亨利五世去世后，菲利普爵士又为希腊皇帝效力，在抗击撒拉逊人入侵中所表现出来的英勇气概，又使他声名大震。在一次交战中，他俘获了一个名叫米·扎迪斯基的出身高贵的人。这名俘虏具有希腊血统，却是由一个撒拉逊官员抚养成人的。菲利普让这个俘虏皈依了基督教。此后，这个希腊人对菲利普爵士一直心存感激，信守友情，甘愿追随他的恩人。经过三十年的戎马生涯，菲利普爵士决意返回故土，在那里安度余生，致力于信仰和慈善，以期有一个更好的来世。

这位高贵的骑士小时候就同出身高贵、德高望重的洛弗尔勋爵唯一的儿子成了密友。菲利普爵士在国外期间常常写信给这位朋友，每次都会收到他的回信。他从这位朋友的最后一封信中得知，老洛弗尔勋爵去世了，小洛弗尔结婚了。自那以后，菲利普爵士再也没有了他朋友的音信。他想,这并不是由于他朋友的疏忽和遗忘,而是由通信困难造成的。这种通信困难,对所有远离家乡、出门闯荡的人来说,是再寻常不过的事了。返乡途中,菲利普爵士打算在了解自家情况后就去洛弗尔城堡打听他朋友的情况。他在肯特登陆,他的随从就是他的那位希腊朋友和两个忠实的仆人,其中一个仆人因捍卫主人而受伤致残。

菲利普爵士去了位于约克郡的自家庄园。他发现,他的母亲和姐姐已经死了,庄园现由摄政王任命的官员掌管。他得先证明自己是该庄园的真正主人和自己的身份(由他家的几个老仆人来证明)后,一切才能归属于他。最后,他收回了自己的庄园,安了家,让那些老仆人照原样各就其位,而让随他回来的人在庄园里担任更高的职位。然后,他将庄园留给朋友照管,自己只带一个仆人就动身去了位于英格兰西部的洛弗尔城堡。

一路上安然无事,可到了第二天傍晚,仆人病了,疲惫不堪,难以前行。仆人滞留客栈,病情越来越严重,第二天便咽了气。失去仆人,孤独一人在一个陌生之地,菲利普爵士十分忧虑。可是,他鼓起勇气,安排并亲自参加了仆人的葬礼。面对仆人的坟墓,他流下了同情的眼泪。然后,他独自一人继续他的旅程。

他朋友的庄园不远了。他开始向每一个路人询问洛弗尔勋爵是否住在他先祖的城堡里。

第一个路人回答说,不知道。

第二个路人回答说,不清楚。

第三个路人回答说,从未听说过这么一个人。

菲利普爵士感到蹊跷:像洛弗尔勋爵这样显赫的人物,其先祖所居住的地方,附近一带的人竟然一无所知。他沉思起人类幸福的不确定性。"这个世界,"他说,"对于一个依赖它的智者来说,什么也不是。我举目无亲,失去了大多数朋友,甚至是否还有什么留存下来,也无法确定。不过,我还是得感谢我得到的祝福。我会努力补偿我所失去的一切。要是我的朋友还活着,他会分享我的财产,他的孩子也会享有它。反过来,我将会分享他的安逸生活。不过,也许我的朋友遇到了麻烦,使他厌了这个世界;也许他掩埋了他那温柔可人的妻子或前程似锦的子女,厌倦了公众生活,退隐到了修道院。至少我要知道他毫无音讯的原因是什么。"

距离洛弗尔城堡不到一英里了,菲利普爵士来到一村舍要水喝。

户主是一个农民,将水拿来,并问他是否愿意下车歇一会儿。

菲利普爵士欣然答应。他打算在进城堡前再打听一下。他将先前问过其他人的问题,又问了那个人。

"您想要打听的是哪一个洛弗尔勋爵?"那个人问。

"我认识的那个人叫亚瑟。"菲利普爵士说。

"嗯,"农民说,"我想,他是洛弗尔勋爵理查德唯一幸存的儿子,对吗?"

"太对啦,朋友,就是他。"

"唉,爵士,"那人说,"他死了! 他也就比他父亲多活了那么一会儿罢了。"

"你说他死了?! 这是多久的事了?"

"要是我没记错的话,大约有十五个年头了吧。"

菲利普爵士长叹了一声。

"唉!"他说,"朋友们都先我而去,我却活了下来。不过,请你告诉我,他是怎么死的?"

"我会尽我所知告诉您的。您听了别难过。我听说,他离开怀孕的妻子,跟随国王去平息威尔士人的叛乱。因此,发生了一场大战。国王打败了叛军。最初传报,将官无一人伤亡,但是几天后,信使带来了完全不同的消息:有几位将官受伤,亚瑟·洛弗尔勋爵阵亡。噩耗传来,我们都悲痛万分,因为他是一位高贵的人,一位慷慨的主人,是所有附近一带居民的欢乐之源。"

"确实,"菲利普爵士说,"他很有亲和力。他是我亲密和高贵的朋友。对于他的死,我感到十分难过。不过,他那不幸的妻子怎么样了?"

"唉,我说了,您别难过。由于失去丈夫,她悲伤而死。不过,她的死被保密了一段时间。直到几周后,我们才确切地获知她的死讯。"

"服从天意吧!"菲利普爵士说,"不过,谁继承了爵位和房地产?"

"继承人名叫瓦尔特·洛弗尔,是死者的亲戚。"

"我以前见过他,"菲利普爵士说,"不过,这些事情发生时,他在哪儿?"

"在洛弗尔城堡,爵士。他来城堡看望勋爵夫人,并待在那里等待勋爵从威尔士回来。勋爵的死讯传来后,瓦尔特勋爵尽其所能安慰勋爵夫人。有人说,他要娶她。然而,她听不进安慰,结果还是郁结于心,伤心而死。"

"那么,瓦尔特·洛弗尔勋爵现在住在洛弗尔城堡吗?"

"没有,爵士。"

"那么现在谁住在那里?"

"菲兹-欧文男爵大人。"

"瓦尔特爵士怎么放弃了祖传的城堡?"

"是这样,爵士,他让他的妹妹嫁给了这位勋爵,然后,又把城堡卖给了勋爵,自己离开了此地。他在北部的乡间建造了一栋房宅。那个地方很远呢,我想,人们说,那个地方叫诺森伯兰郡。"

"这太奇怪了!"菲利普爵士说。

"是呀，大人；不过，我知道的就这些了。"

"谢谢你告诉我这些，朋友。我漫无目的地长途跋涉，碰到的尽是一些意外之事。这真的就是一种朝圣之旅啊！请告诉我去下一个修道院的最近的路吧。"

"尊贵的爵士，"农民说，"下一个修道院距离这里足足有五英里远呢。天这么晚了，路也不好走啊。我只是一个穷人，恐怕我的招待无法让您满意。不过，要是您肯光临寒舍，我非常乐意为您效劳。"

"真诚的朋友，我由衷地感谢你，"菲利普爵士说，"你的好心和好客让许多出身高贵的人感到羞愧。我接受你的好意，不过，请告诉我怎么称呼你？"

"约翰·怀亚特，爵士。我这个人虽然穷，但很诚实，虽然身负罪孽，却笃信基督。"

"这座茅舍是谁的？"

"它是属于菲兹-欧文男爵的。"

"你的家庭情况怎样？"

"我的老婆、两个儿子和一个女儿。他们都会为能够伺候您感到荣幸的。您下马时，让我来为您扶住马镫。"

他是这么说的，也是这么做的。他帮客人下了马，带他进了自己的家，让妻子招待他，然后将马牵到用作马厩的破棚里。

菲利普爵士感到身心疲惫，很高兴能有个地方休息一下。他看到约翰·怀亚特友好相待，尽随己愿，便记于心中。

约翰很快回来了，身后跟着一个十八岁左右的小伙子。

"快去，约翰，"父亲说，"记着，照我说的去说。"

"我会的，父亲，"小伙子回答道。说罢，他就跑开了，就像兔子穿越田野，须臾不见了踪影。

"朋友，"菲利普爵士说，"我希望你不要为了款待我让你儿子忙前跑后。我是个军人,习惯了吃苦,食宿不讲究。要是不那么做,你的友善会让这些最普通的食物更有味道。"

怀亚特说:"我打心眼儿里想尽我所能招待您,让您感觉不到同以前有什么不同。但是,由于我无法做到这一点,所以等我儿子回来后,我会告诉您我让他做什么去了。"

他们聊起天来,谈的都是一般的话题,如他的农场伙计和捐贡。尽管由于彼此所受教育不同,一方怀有一种优越感,而另一方则怀有一种谦卑感。后者对前者表现了适度的尊敬,而前者对后者也没有什么强求。约半小时后,小约翰回来了。

"不够快呀。"父亲说。

"无法再快了。"儿子说。

"那么,说说看,你是怎么个快法?"

"要我都说吗?"小约翰问。

"都说出来,"父亲说,"不要有任何隐瞒。"

小约翰站在那里,手里拿着帽子,讲了起来……

"我拼命快跑直奔城堡。巧了,我先是碰见了小主人埃德蒙。照你所说,我告诉他:一位高贵的爵士从异国他乡经过长途旅行来到这里,要见他的朋友亚瑟勋爵。他由于多年居住国外,并不晓得亚瑟勋爵去世,他的城堡已落入他人之手。听说此事后,他非常悲伤和失望,想借宿一晚休息一下,然后再动身回家。他很乐意在我们家住一宿,可是我父亲想,要是不把这位陌生人的旅程和意图,尤其是让他在我们家过夜的事告知大人的话,大人会生他的气的,因为照他的身份,既不能留宿他,也不能招待他。"

小约翰讲到这里打住了。父亲喊道:"好小伙子!这事你办得太好了。说说他是怎么回答的。"

小约翰继续讲道:"埃德蒙主人让人给我拿来一些啤酒,去见了大人通报此事。过了一会儿,他回来了,对我说:'小约翰,去告诉那位高贵的陌生人,菲兹-欧文男爵欢迎他的到来,希望他安心休息,就说,虽然亚瑟勋爵已经不在了,他的城堡也落入他人之手,可是他的朋友来此总是受欢迎的。我的主人诚邀他在逗留这片封地期间住在城堡。'听罢,我马上离开了,急忙赶回来告知此事。"

对于怀亚特的这种表示敬意的做法,菲利普有点不满。他说:"在让孩子去向男爵通报我来此地之前,你本该让我知道你的意图。我宁愿同你们住在一起。对于我给你带来的不便,我打算做一些补偿。"

"请不要客气,爵士,"农民说,"就像我一样,您不要太客气。我希望您不要见怪。我让孩子去城堡,只是因为我没有能力也不配款待您这么高贵的客人。"

"我很遗憾你这么高看我,"菲利普爵士说,"我是一个信基督耶稣的士兵。我认他为我的主人,接受穷人的邀请,为他的门徒洗脚。我们不必多说了。我决意在你家过夜了。明天,我将拜访男爵,感谢他热心的邀请。"

"既然您肯屈就寒舍,那将是荣幸之至。约翰,跑回去将此通报大人。"

"不必了,"菲利普爵士说,"现在天快黑了。"

"没关系,"小约翰说,"就是蒙着眼睛,我也能走到那里。"

菲利普爵士于是让小约翰以自己的名义捎信给男爵,他会在明天上午去拜访男爵以表敬意。小约翰又飞跑了回去,很快又赶了回来,还带来了男爵的话:他明天将在城堡恭候。菲利普爵士送给小约翰一个金子做的天使,褒奖他的快捷和能力。

他同怀亚特一家一起吃晚饭。晚餐有刚下的鸡蛋和一片片熏肉,味道好极了。他们赞美造物主的恩赐,对于菲利普的祝福,即使少许,他们也自认承受不起。他们有两间上房,让菲利普爵士睡其中的一间,他们一家则睡另一间。母亲和女儿睡床,父亲和两个儿子睡在干净的草堆上。菲利普爵士睡的是好床,可比起他平时的卧榻来还是要寒酸多了。不过,这位善良的骑士在怀亚特的茅舍里睡得那么香,就像睡在宫中一样。

入眠后,许多奇怪的、不连贯的梦浮现在他的脑海。他感觉自己收到了来自朋友亚瑟·洛弗尔勋爵的信,请他去他的城堡。勋爵站在城堡门口迎接他。他想拥抱勋爵,却不能。勋爵说:"虽然我死了十五年了,可我仍是这里的主人。没有我的允许,谁也进不了城堡的门。我很清楚,是我邀请了您,欢迎您的光临。我的宅邸的希望就靠您了。"说罢,他请菲利普爵士随他而行,穿过许多房间。然后,他沉了下去。菲利普爵士觉得,自己仍然跟随着他,最后来到一个幽暗的、可怕的洞穴。在洞中,勋爵消失不见了,他却看到一套满是血迹的盔甲。这套盔甲是他朋友的。他仿佛听到从下面传来悲吟。很快,他被一只无形的手推开,来到一片荒野。荒野上,人们正围着一块场地,为两斗士交手做准备。号角响了。一个人的喊声比号角声还大:"忍耐一下!时间不到,不准披露。耐心等待天意吧。"然后,他被用车送回自己的宅邸,走进一间不常进的房间。他又见到了他的朋友。勋爵活着,风华正茂,正如他们初次相见时那样。

这一梦境惊醒了他。阳光照射在窗帘上,显然天已大亮。他坐了起来,努力回想自己身在何处。睡梦中那栩栩如生的影像一直在他脑海里游动,而理智则努力驱散它们。他所听到的故事自然会引起这些想法。它们在他睡梦中伴随着他。每一个梦都与他那已故的朋友有关。阳光让他目眩,鸟儿对着他吟唱,转移了他的注意力。一条壁藤从窗户探进来,香气扑鼻。他站了起来,向天祷告,然后小心翼翼地走下狭窄的楼梯,出了房门。他看见老怀亚特的妻子和女儿在忙早晨的活,一个挤牛奶,一个喂家禽。他要了早餐,一点牛奶,一片黑面包。

他一个人在田野上散步,因为老怀亚特和他的两个儿子像往常那样出去干活了。一个女人来叫他回去,说是菲兹-欧文男爵的一个仆人正等着他,要带他去城堡。

他向怀亚特的妻子告别,并说他在离开这片封地之前还会再来看她的。她女儿牵住马,他骑上去,便同那个仆人出发了。路上,他向那仆人打听了男爵一家的情况。

"你侍候男爵多久了?"

"十年了。"

"你的主人还不错吧?"

"是的,爵士。他也是一个好丈夫,好父亲。"

"他的家人呢?"

"三个儿子和一个女儿。"

"他们多大了?"

"长子十七岁,次子十六岁,其他几个孩子小儿岁。不过除了他们外,大人还带大了几个孩子,其中两个是他的外甥。家里有一个博学的文人教他们语言。说到他们的身体训练,没有人比得上他们。弓箭手教他们射箭,马术师教他们马术,剑术师教他们剑术,舞师教他们跳舞。此外,他们还摔跤、跑步,开展各种运动。看到他们,真让人高兴。我的主人认为,他们所受的教育是无与伦比的。"

"真的不错,"菲利普爵士说,"他是尽到好父亲的职责了,我对他钦佩之至。这些年轻人发展前景还不错吧?"

"是的,爵士,"仆人回答说,"这些年轻人,我主人的儿子们,前途不可限量。不过,他们之中有一个特别突出,尽管他只是一个穷劳力的儿子。"

"他叫什么？"

"埃德蒙·特怀福德，是我们村里一个佃农的儿子。毫无疑问，他是一个好小伙子，光彩夺目，性情又那么可爱，没有人嫉妒他的好运气。"

"他有什么好运气？"

"是这样，爵士。两年前，我的主人，在他的儿子要求下，把埃德蒙带到了自己的家，让埃德蒙同其他自己的孩子一样受教育。年轻的王子们都喜爱他，威廉小主人尤其喜欢他，他们年龄差不多。有人猜想，他将陪同这些年轻的王子去参战。我主人的打算是，尽快让他们去征战。"

"你对我说的，"菲利普爵士说，"更增添了我对你主人的敬意。他是一位出色的父亲和主人。他默默地寻求美德，突显她，褒奖她。——我由衷地尊敬他。"

他们就这样一路交谈着，最后看到了城堡。在城堡附近的一片地里，几个年轻人手持弓箭，正朝一个靶标射箭。

"瞧，那些就是我们城堡的年轻人，正在训练。"

菲利普爵士驻马观看。他听见两三个人在喊："埃德蒙是胜者！他赢了！"

"我一定——"菲利普爵士说，"要见见这个埃德蒙。"

他跳下马，将缰绳交给仆人，走进那块场地。年轻人迎了过来，向他致意。他对贸然打扰他们表示歉意，而后问哪一位是胜者。听他讲话的人向另一个年轻人打招呼。那个人走上前来，鞠躬致意。当他走近时，菲利普爵士盯着他，目不转睛。他似乎并没注意到这个年轻人的致意。最后，他似乎突然想起什么，问道："你叫什么名字，年轻人？"

"埃德蒙·特怀福德，"小伙子回答，"我有幸侍候菲兹-欧文勋爵的儿子们。"

"请问,高贵的爵士,"首先向菲利普爵士致意的年轻人说,"您是否正是我父亲等候的那个外地来的人呢?"

"是的,"他回答道,"我正要去向他表达我的敬意呢。"

"请原谅我们不能陪伴您了,爵士。我们的训练还没结束呢。"

"亲爱的年轻人,"菲利普爵士说,"没必要歉疚。请问尊姓大名?我想知道是谁对我这么彬彬有礼。"

"我叫威廉·菲兹-欧文。那一位是我的长兄罗伯特,另一位是我的亲戚理查德·温洛克。"

"太好了,谢谢你,小伙子。不再打搅你们了。你家的仆人还牵着我的马呢。"

"再会,爵士,"威廉说,"希望晚餐时见到您。"

年轻人们又回到训练场。菲利普爵士骑上马,朝城堡奔去。进了城堡,他深深叹了一口气,伤感地回想起往事。

男爵满怀敬意和谦恭地招待了菲利普爵士,并简要讲述了他尚未入主城堡之前亚瑟·洛弗尔一家发生的事。他讲起前领主亚瑟·洛弗尔,充满敬意,也讲述目前的情形,言语之间充满了兄弟之情。

菲利普爵士也简单回顾了一番自己在国外的冒险经历,讲述了自回家后所看到的令人不快的一切。他悲叹自己失去了所有的朋友,包括在路上去世的那个忠实的仆人。他说,本可以安心地放弃这个尘俗世界,隐居修道院,可是心里还有放不下的事。一些完全依靠他的人需要他留在这个尘俗世界,需要他的帮扶。此外,他觉得自己也许能够帮助更多的人。

男爵赞同他的想法,继续留在这个世界的人,比退出这个世界并将财产捐给教会的人,对人会有更多的帮助。因为教会的人并不总是能够很好地利用这笔财产。

接着，菲利普爵士转变话题，祝贺男爵拥有一个充满希望的家庭。他称赞他们家人的言谈举止，也热情赞扬了男爵对他们的教育所给予的关照。男爵愉快地听着这位正直之人的真诚褒奖，欣享着身为父亲的实实在在的幸福感。

接着菲利普爵士又问起埃德蒙的情况，埃德蒙的模样太招人喜欢了，给他留下了深刻印象。

"那个孩子，"男爵说，"是附近一带一个佃户的儿子。他身上不同寻常的优点，他那温文尔雅的举止，在他所属的阶层中真是出类拔萃。从小，他就引起了所有认识他的人的关注和好感。他到处受人喜爱，但在他父亲家却是例外。在那里，他身上的优点仿佛是他的罪过。他那个农民父亲讨厌他，待他非常严厉，后来还威胁要将他赶出家门。过去，他常常为我的人跑腿办事。最后，他们设法让我去注意他。我的儿子们都渴望我能将他接纳为我们家庭的一员。大约两年前，我让他来到了这里，本打算让他做我孩子们的仆人，可是他那卓越的天赋和秉性让我对他另眼相看。或许，我的态度会招致许多人的非议，会说我太优待他了，待他就像我自己的孩子。但他身上的优点一定会证明我对他的偏爱是有道理的，不然就会受到责难。不管怎样，我给孩子们找到一个忠实可靠的优秀的仆人，也为我们家庭找到一个有用的朋友。"

菲利普爵士热情地赞扬了主人的慷慨好客，愿与他一起善待那个出色的小伙子。这个小伙子显示出来的各种各样的品质，着实让他喜欢，愿与之相处。

晚餐时，年轻人们出现在男爵和客人面前。菲利普爵士亲自同埃德蒙交谈，问了他许多问题，埃德蒙回答得既谦恭又得体。菲利普爵士越发喜欢他了。

晚餐后，年轻人随教师去学习了。菲利普爵士坐了一会儿，陷入沉思。几分钟后，男爵问他："埃德蒙很有打算，可要是这些打算实现不了该如何呢？"

"你会让它实现的，"他回答道，"因为你有这个权力。我在想，我们失去了许多幸福，我们应该珍惜余下的幸福，甚至设法取得其他幸福。大人，我对那个被您称为埃德蒙·特怀福德的年轻人太喜爱了。我没有子女也没有亲戚申领我的财产，更没有人分享我的感情。您的勋爵身份要求您慷慨大度。我则能够提供什么给这个年轻有为的小伙子而不得罪任何人。您愿意把他给我吗？"

"这孩子的运气真好，"男爵说，"很快就会获得您的恩惠。"

"大人，"骑士说，"我要向您坦承，首先让我动心的是他同我过去的一个朋友长得非常相似，就连言谈举止也非常相像。说他的禀赋与众不同，丝毫不言过其实。如果您愿意将他让与我，那么我将收养他做我的儿子，把他引荐到我的社交圈。您说呢？"

"爵士，"男爵说，"您的恩惠太高尚了。我是这个年轻人的好友，是不会阻碍他的前程的。说真的，我也想让他成为我的孩子，但我做起来有点难，就像让我把他让给您一样。您的慷慨不受其他关系的制约，因此能让他享有他应该得到的更高的地位。我只有一个条件，那就是让这个孩子自己选择，因为我是不会强迫他违心地离开我的关照的。"

"您说得对，"菲利普爵士说，"我不会有其他要求。"

"那么，就这么定了，"男爵说，"让我们派人把埃德蒙叫到这里来。"

一个仆人被派去叫他了。埃德蒙马上赶了回来。主人对他说：

"埃德蒙，你要感谢这位爵士。这位爵士看到你同他的一个朋友相像，欣赏你的举止，对你产生了浓厚的感情，以致他渴望你能加入他的家庭。我无法像这位爵士那样让你生活得更好。要是你不反对,那么当这位爵士离开这里时,你就跟他走吧。"

主人讲述他的提议时,埃德蒙的表情不时变化着,柔顺、感激和悲伤,但最后是忧伤的表情。他彬彬有礼地向男爵和菲利普爵士鞠了一躬,犹豫了一下,这样说:

"对于这位爵士高尚而慷慨的恩典,我真是感激不尽。对于他的善意,我真是难以形容我的感激之意。我不过是一个农家子弟,只是由于主人好意地谈起我,我才为这位爵士所知。这一非同寻常的恩赐真的让我永怀感恩之情。我的主人,我的一切都因您而获得,即使有这位爵士的褒奖。是您让我变得有出息了,在此之前,没有人像您这么做。您的儿子是我最好最亲的恩人,是他们把我介绍给您。我的心爱上了这个地方和这个家,难以改变。我最大的愿望就是终生为您效劳。但是,如果您在我身上发现了难以宽恕的错误,想让我离开您的家,如果您把我推荐给这位爵士只是为了摆脱我,那么我会顺从您的心愿的,即使您让我去死,我也会这么做的。"

他一边说着,一边落泪。男爵和菲利普爵士大受感动,当话音落下时,他们也在抹眼泪。

"亲爱的孩子,"男爵说,"你的柔情和感激让我感动不已。我知道,你从未做过会让我嫌弃你的错事。我把你推荐给菲利普爵士,只是想让你过得更好,因为菲利普爵士既能够也乐意提供给你更好的生活条件。不过,要是你宁愿留下来为我效力,我是不会和你分开的。"

埃德蒙跪在男爵面前,抱住他的腿。"我的主人,我现在是您的仆人,将来还是您的仆人,这是我最大的心愿。我只恳求您让我是生是死都为您效劳。"

"您看,菲利普爵士,"男爵说,"这孩子铁了心了,我怎么好同他分手?"

"我不再强求了,"菲利普爵士说,"我明白了,这事不可能了。不过,这让我更加敬重你们了。这个年轻人是出于感激之情自愿留下,而阁下则由于心地善良和真正的慷慨而不愿让他离去。天主保佑你们。"

"啊,爵士,"埃德蒙说,握着菲利普爵士的手,"请相信我对您的感激之情。我会永远铭记您的恩典,祈祷上天恩赐您。菲利普·哈克雷爵士的名字将永远镌刻在我的心上,在那里紧挨着我的主人及其家人的名字。"

菲利普爵士将他扶了起来,而后拥抱着他说:"如果你需要朋友的话,那就不要忘记我。请让我来保护你。只要你将来还值得我的保护。"

埃德蒙深深地鞠了一躬,含着充满感性和感激的泪水,退了出去。

他走后,菲利普爵士说:"我在想,虽然这个年轻人目前不想要我的帮助,但是将来他也许需要我的友谊。我是不会感到奇怪的,若将来某一天,他的这些罕见的禀赋引起他人的嫉妒,把他视为敌人,那么他也许会失去您的宠爱,倒不是由于你们或他自己的问题。"

"感谢您的提醒,"男爵说,"我想,这种提醒没有必要;不过,要是我同埃德蒙分手的话,那么您也不会接纳他的。"

"感谢阁下对我的以礼相待,"骑士说,"向您及您的家人致以我最美好的祝福。请允许我告辞了。"

"您不在城堡过夜吗?"男爵回应道,"您可是受欢迎的贵客啊。"

"感谢您的好意和好客,可是这座城堡会让我回想起让人伤感的往事。我是怀着沉重的心情来到这里的。我待在这里,心情会更沉重。我会满怀敬意地记着您,阁下。我祈祷天主保佑您,日增福佑!"

又举行了某些仪式后,菲利普爵士离开了城堡,返回老怀亚特的家。路上,他沉思人事的沉浮兴衰,思索着他耳闻目睹的变化。

回到怀亚特的村舍,他看到怀亚特一家人都在,便告诉他们,他打算在这里再住一个晚上。他们听了,高兴极了。昨晚的交谈,使他们成了熟人,因此,怀亚特一家很高兴他继续住在这里。菲利普爵士告诉怀亚特,路上他不幸失去了仆人,希望他能再为他物色一个仆人,以便回家后能侍候他。

小约翰恳切地看着父亲,父亲表示了许可。

"我倒是在这些孩子中间看中了一个,"怀亚特说,"能为您效劳,真是荣幸。不过,我担心他年龄还小。"

小约翰显示出不耐烦的样子,禁不住自己说了起来:

"爵士,我以一颗诚实的心保证,我乐意去。尽管我做事还有点笨手笨脚,可如果他能让我试试的话,我很乐意学着做,让我高贵的主人欢心。"

"说得好,"菲利普爵士说,"我已注意到了你的资质。要是你愿意为我效劳,我会很高兴。要是你父亲不反对的话,我就带你走。"

"反对?爵士!"老人说,"让他为如此高贵之人效力,我荣幸得很哪。我毫无保留地把他交给您了,阁下,让他做他该做的事吧。"

"好极了,"菲利普爵士说,"你不会感到失望的。我将全身心地照料这孩子。"

这项交易就这么敲定了。菲利普爵士为小约翰买了一匹马。次日早晨他们就出发了。骑士给这对善良的夫妇留了一大笔钱,离开时,还说了许多祝福和祈祷的话。

来到他忠实的仆人下葬的地方,他做了弥撒,祈愿他灵魂安息,然后沿好路一路前行,最后平安回到了家。家人看他归来,满心欢喜。他吩咐他的新仆人陪伴在他身边。然后,他去附近一带走访,寻求施善的对象。看到人们虽然穷困但仍不失美德时,他便欣悦地去帮助他们。他不惜时间侍奉造物主,颂扬他对创造物所施与的恩惠。他常常反思自己去西方途中碰到的大大小小的事,详细地记录下来。

......①

菲利普·哈克雷爵士早先曾说过,埃德蒙的优异禀赋早晚有一天会遭人妒忌,把他当成敌人。大约此时,他的预言开始得到了证实。

他的恩主的儿子和亲戚开始寻机挑他的毛病,贬低他。男爵的长子和继承人,同次子威廉曾为了埃德蒙发生过几次争吵。威廉喜爱埃德蒙,每当他哥哥和亲戚们怠慢埃德蒙,他都会站在埃德蒙一边,来对付他们的恶意的嘲讽。

理查德·温洛克和约翰·马克汉姆是菲兹-欧文男爵的外甥。他们同其他远亲对埃德蒙的优异禀赋早就心怀嫉恨,处心积虑地削弱他在男爵及其家人心目中的地位,逐渐使罗伯特对埃德蒙心怀不满,并发展为一种心理定式,几乎就是反感和厌恶。

由于另一种情况的发生,温洛克的不满加剧了。他热恋上了男爵唯一的女儿爱玛,他的这种热恋与日俱增,使他目光变得敏锐。他看见或臆想自己看到了她对埃德蒙暗送秋波。埃德蒙偶然服侍了她一次,便引起了她对埃德蒙的感激和关注。经过不断观察,她看到,埃德蒙不仅人好而且德才兼备,或许正因如此,她对他的敬重演变为一种内在的感情。她不愿正视这种情感,认为这只不过是因感激和友谊而产生的敬意罢了。

圣诞节到了,男爵全家去威尔士走亲访友。途中遇到一条河,爱玛骑着马跟在表兄温洛克后面越水过河。没料到,爱玛的马绊倒了,

---

① 根据原稿,故事进行到此,间隔了四年。这一省略似乎是作者有意为之。随后的描写仿佛出自不同的手笔,人物更具现代性。

爱玛跌入水中。埃德蒙迅疾下马,飞奔过去,很快将她从水中救出。其他人并不晓得发生过这件事。

从这时起,温洛克就处心积虑地在爱玛面前诋毁埃德蒙。爱玛出于公正和感激之心,觉得应该替埃德蒙说话,反驳对埃德蒙心怀敌意之人的恶意诽谤。一天,她问温洛克为何特意要在她面前通过诋毁埃德蒙而抬高自己。她可是对埃德蒙满怀感激之情啊。他几乎回答不了,脸一下子阴沉下来,充满了怨恨。爱玛为埃德蒙说的每一句话都像一直扎在伤口上的毒箭,这伤口一天比一天红肿。有时,他会在其他场合,假装替埃德蒙所谓的毛病开脱,目的是陷埃德蒙于不义。利用这些手段,温洛克和马克汉姆让罗伯特和他们的亲戚们轻信:无论他们说什么,威廉执意要同他们作对。

这一年的秋天,埃德蒙满十八岁了。男爵宣布,他打算来年春天让这座城堡中的年轻人去法国学军事,彰显他们的勇气和能力。

他们将对埃德蒙的恶意掩饰得很巧妙,男爵全无察觉,却引起了仆人们的窃窃私语。一般来说,他们会密切关注主人们的一言一行。所有的仆人都喜爱埃德蒙,埃德蒙也的确讨人喜欢。这是因为主人们很少在意下人。然而要是谁在这个家里表现得太优秀,那么通常会遭到妒忌和不满。埃德蒙对仆人们很客气,但并不熟悉他们。

这些仆人中有一个名叫约瑟夫·豪维尔的老人,以前服侍过老洛弗尔勋爵理查德及他的儿子。小勋爵死后,瓦尔特爵士将城堡卖给了他的妹夫菲兹-欧文男爵。约瑟夫·豪维尔是唯一留在这座城堡里的老仆人。他照看城堡,又将它交给了城堡的新主人,新主人又把他留在身边。他沉默寡言,但很有头脑,从不过问他人之事,走路安静,自己该做的事总是做得非常得体。他渴望辞职不干而不是彰显自己。他仿佛只想安分地做一个仆人,从不奢望获得更高的地位。这个老人关注着埃德蒙,尽管看起来他在心无旁骛地做事情。有时,他会深深地叹息和流泪,可他又在竭力避免让人瞧见。

一天,约瑟夫用手背擦眼泪被埃德蒙瞧见了,埃德蒙看到老人的温情很是诧异:"老朋友,你为啥这么情真意切地看着我?"

"因为我爱您,埃德蒙主人,因为我希望您好。"他回答道。

"谢谢您,"埃德蒙说,"我无法报答您的爱,我只有诚恳做事来回报了。"

"谢谢您,先生,"老人说,"这正如我所愿。不过我可承受不起啊。"

"别这么说,"埃德蒙说,"即使我有更好的方式感谢您,我也不会言之太多。我生来少言寡语。"

说着,他握住了约瑟夫的手。约瑟夫马上把手抽了回来,掩饰自己的感情,说:"天主保佑您,主人,愿您能够获得您失去的那份财富!我不禁在想,您出生时的地位要高于您现在的地位。"

"您知道,恰恰相反——"埃德蒙说。可是约瑟夫从他的视野中消失不见了。

陌生人的注意和评论、人们的感情,加之造就他优秀品质的内在意识,都在埃德蒙的心里燃起了抱负之焰,然而他在审视这一切,反思自己卑下的出身和依附人的地位。他朴实自敛,但温文尔雅,对所有的人都彬彬有礼。对那些爱他的人,他坦诚相待;对那些恨他的人,他谨慎谦恭;对身边人的困苦,他通常是慷慨相助,同情有加。他出身寒微,但对恩主和地位优于他的人并不奴颜婢膝。

有一次,当埃德蒙理直气壮地据理反驳对自己的一项恶意指责时,年轻的主人罗伯特斥责埃德蒙对他的亲戚态度傲慢。埃德蒙不卑不亢地否定了他的指责。罗伯特严厉地回应道:"你怎么竟敢反驳我的表兄弟们?你是想说他们说谎吗?"

"我不想再说什么了,"埃德蒙说,"不过我会用自己的行动来表明的，最终你是不会相信他们所说的。"

罗伯特傲慢地命令他闭嘴，要他明白自己的身份，不要处处同地位比他优越的人比高低。

他们对埃德蒙的怨恨因出行巴黎多少有些缓和下来。罗伯特出发前要去宫中参加骑士受封仪式。男爵想让埃德蒙做他的扈从，这让对埃德蒙怀恨在心的人大为不快。他们劝罗伯特选自己的家丁托马斯·豪森做扈从。他们让这个家丁做埃德蒙的竞争对手，让他在各种场合公开羞辱埃德蒙。小主人罗伯特走这一步棋的目的就是蔑视那些看好埃德蒙的人。在他看来，豪森是个不辨是非、不知好歹的家伙。

埃德蒙恳请主人让他做小主人威廉的随从。他说："我的保护人册封骑士时——我毫不怀疑他总有一天会被册封为骑士的，他曾许诺过让我做他的扈从。"男爵答应了埃德蒙的请求。他无须再在他人手下受苦受气了，而可以全心全意地为敬爱的小主人威廉效力了。威廉在人前将埃德蒙当作家丁，而私下里却把他当作朋友和兄弟。

埃德蒙的仇人们阴谋聚会，商量该采取何种方式来发泄对埃德蒙的愤恨。他们商定，在抵达法国之前，他们要冷待埃德蒙，不理睬他；到达法国后，设法让人怀疑他的勇气，将他置于绝境，以便彻底摆脱他。

大约此时，贝德福德大公驾崩。这对英格兰民族来说，真是一个无法挽回的损失。然后，约克公爵继位，当了法国的摄政王，当时法国大部分地区都在反叛法国皇太子查尔斯。此后，频频事发。城镇失陷而后又被收复。两国的年轻人有一个接着一个的机会来展示他们的勇气和才能。

特别值得一提，菲兹-欧文男爵家的年轻人引起了摄政王的注意。罗伯特同其他几位年轻人受封骑士。他们不放过任何机会展示自己的精神气度和活动能力,以显得与众不同。这些年轻人每天忙于军事训练和频繁的军事演练。他们之所以如此,意图就是引起人们对他们的关注。

埃德蒙的敌人无所不用其极地欲置他于危险境地,可是他们的图谋只起到了反效果,反而增添了埃德蒙的荣誉。埃德蒙常常表现得如此出类拔萃,让罗伯特爵士开始对埃德蒙刮目相看起来。尽管他们一伙人对埃德蒙不间断地实施羞辱,阴谋对付他,却毫无效果。

……①

他们在罗伯特爵士的营帐里密会。温洛克首先说道:"你们看,我的朋友们,我们所有贬抑埃德蒙的努力都变成了对他的褒奖,增强了他的自豪感。我们必须有所行动,否则对他的赞誉就会赶在我们之前传回家,而由我们替他付了旅费。我们似乎只变成了他荣耀的陪衬。我要不惜一切代价报复他。"

"别再说了,温洛克,"罗伯特爵士说,"虽然我觉得埃德蒙性情高傲,徒有虚名,虽然我会同你们一起想方设法贬抑他,让他有自知之明,可我无法容忍任何人为此目的使用卑鄙的手段。埃德蒙是勇敢的。利用不正当手段来实施报复,这不应该是我们英国人所为。倘若有人使用这种卑鄙手段,我会是将此恶行交付审判的第一个人。倘若有人再提此事,我就会告知我弟弟威廉,他会将你们卑鄙的意图告知埃德蒙。"

当密会结束时,温洛克抗议道,他只不过想杀一杀埃德蒙的威

---

① 此处,因年久潮湿,手稿受损。虽然有的句子清晰可辨,但尚不足以接续故事线索。这里提到了几处这些年轻人所从事的军事行动。埃德蒙因在军事演练中的英勇无畏,以及在演练结束时表现出的温和、仁慈和谦逊而受到所有观众的瞩目,也受到摄政王的嘉奖。随后发生之事写得很清楚,但是随后几页的开始部分缺失了。不过我们仍可通过残留部分推想到开头部分。

风,让他知道自己的身份罢了。罗伯特爵士离开不久,他们又继续密谋起来。

托马斯·豪森说:"明天夜间,有一队人马护送粮食去鲁昂以缓解那里的粮荒,我安排一些人途中进行抢劫。我会设法让埃德蒙参与抢劫的。等到他实施抢劫时,我和我的人撤离,让他一个人面对敌人。我相信,他们会把他解决掉的。你们就不会再为他而烦恼了。"

"就这么定了,"温洛克说,"不过此事不要让我那两个表兄知道,就我们知道就行了。要是他们想参加抢劫,那么我就劝他们不要参与。托马斯,如果你这一计划能成功,那么我会永远感激你的。"

"我也会感激你的。"马克汉姆说。所有的人也都这么说。

第二天,抢粮之事被当众提了出来。豪森,正如他说的那样,故意鼓动埃德蒙参加此次行动。几个年轻人表示愿意参加。其他人中,罗伯特爵士和他的弟弟威廉也表示想参加。温洛克劝他们不要去,极力渲染此次行动的危险性。

最后,罗伯特爵士抱怨牙痛,只好待在营帐中,让埃德蒙侍候他。为了展示自己的勇气,也为了让主人的勇气不受影响,埃德蒙对主人说:"尊敬的爵士,今夜我无法陪伴您了,这很是让我担心。我知道,您将会经受无人陪伴的寂寞。不过,我还是恳求您的恩准,让我使用您的盔甲和装备,我保证不会玷污它们。"

"不行,埃德蒙,我不能同意。谢谢你的好心请求,对于你的好意,我会铭记在心。不过。我不能坐享别人的荣耀。你唤起了我的责任感。我要与你同行,同你竞争荣耀。威廉也会这么做的。"

几小时后,他们准备出发了。温洛克和马克汉姆以及他们的随从发现,他们卷入了一次他们无意参加的为荣耀而采取的行动。他们心情沉重,但还是出发了,加入前行的队伍。

他们在恐怖的黑夜中,在潮湿的路上,悄悄地前行。正是在他们预料的地方碰到了粮食护卫队,随后发生了激烈的交战。有一段时间,似乎没有了胜利的把握。可是月亮从他们背后升起,这使他们具有了优势。他们看到了敌人的部署,顺势而攻。埃德蒙一马当先,擒住了法方头领,挥刀立斩。威廉也逼上前去,助朋友一臂之力。罗伯特爵士也随之冲上前去保护兄弟。温洛克和马克汉姆则羞愧不安地跟在后面。

托马斯·豪森及其同伙后撤。法国人看到了,便趁势而逃。埃德蒙冲到前面挡住了他们的去路。年轻的贵族们都紧随其后。他们突破了那小股人马,挡住了运粮车。运粮指挥官鼓励属下继续前行,但很快败局已定。英国人满载夺来的粮食凯旋。

埃德蒙作为首功者觐见了摄政王。没有人敢出言诋毁他,甚至恶意和嫉妒也缄默不语了。

"过来,年轻人,"摄政王说,"我可以授予你骑士荣誉,这是你理应获得的。"

温洛克再也忍不住了,说:"骑士荣誉属于有教养的人,不能授予一个农民。"

"你说什么,爵士?"摄政王回问道,"这个年轻人是农民?"

"是的,"温洛克回答道,"让他自己说是不是个农民。"

埃德蒙谦恭地鞠了一躬说:"是真的,我是个农民。这荣誉让我难以承受。我只愿恪守我的本分。"

约克公爵对出身的自豪感不亚于那些活着或死了的人。他将拔出的剑随即又插回剑鞘。他说:"虽然我无法照我的意思授你骑士身份,不过我要当众宣布,在这次参与行动的勇士当中,你是最棒的一位。"

托马斯·豪森及其同伙回来后声名狼藉,因为他们在行动中临阵退缩而受到大家的指责。豪森身体受了伤,可是由于他所出的恶招起到了相反结果,他的心伤更重。他无法在埃德蒙面前抬起头来。埃德蒙对他们的恶意毫无察觉,反而多方安慰他们。他从他们的角度开解统领豪森,将他们的行为归咎于不可避免的偶然。他还私下去看望他们,将分给自己的战利品的一部分送给了他们。通过自己的勇敢和谦恭,他设法赢得了那些仇恨、嫉妒和诽谤他的人的心。

然而,怨恨是由嫉妒优秀品质而生,这些品质显示得越多,怨恨就生出来越多。

……

温洛克及其同伙对埃德蒙含沙射影的诋毁,影响了那些欣赏埃德蒙的贵族子弟对他的提升。在这些贵族子弟面前,温洛克等人总是巧妙地提及埃德蒙的低贱出身,说他自以为是绅士,非常傲慢。

……①

看到自己的计划产生了效果,温洛克满心欢喜。

冬季到来之际,他们被召回。男爵很高兴地派人叫他们回来,因为自他夫人去世后,他无法忍受没有子女在身边。

……②

自从法国回来,对埃德蒙心怀怨恨的人使出浑身解数来破坏男爵对埃德蒙的好感,试图将埃德蒙清除出他们的家。他们编造了许多埃德蒙在法国期间做的事来诋毁他,因为他们知道,男爵并不清楚埃德蒙在法国时的情况。不过,当男爵询问他的两个儿子时,他发现,他们所说的并不真实。罗伯特爵士尽管不喜欢埃德蒙,却不屑这

---

① 手稿到此有几页字迹模糊难辨。其中提到了菲兹-欧文夫人的死,但不明死因。

② 手稿到此又因磨损许多文字无法辨识。最后,字迹变得越来越清晰,文稿的后面部分完整无损。

种欺骗式的诋毁;而威廉在说起埃德蒙时,则充满了兄弟般的热情。男爵看出他的亲属讨厌埃德蒙,可是他心地善良,无法识破他们的卑鄙用心。俗话说,水滴石穿。他们在男爵面前不断地诋毁还是产生了效果,男爵对埃德蒙的态度开始变得冷淡起来。如果埃德蒙的举止具有男子汉的气派,则被误解为傲慢自大;他要是举止慷慨大方,则被视为过于随意,不够谨慎;他要是举止谦卑,则被视为虚伪,是在掩饰他的野心。

埃德蒙默默忍受着别人对他的愤恨。虽然他在心里强烈地感受到这些不满,可他不愿以让对方难堪来证明自己的清白。他这种默默忍受的态度也许最终也难让人看出他那温和的性情。然而,天命通过表面偶然的情境加以干预,引导着他不知不觉地蹈入其命运的危机。

奥斯沃德神父是埃德蒙的启蒙教师,对埃德蒙怀有深厚的感情,对他的心思一清二楚。他看穿了那些人在男爵面前诋毁埃德蒙所使用的卑鄙伎俩,关注他们的阴谋诡计,并尽其所能去挫败他们的阴谋。

善良的奥斯沃德过去常常同埃德蒙一起散步。他们谈论各种各样的话题。埃德蒙伤感地对他说起了自己不幸的处境,尤其是他目前面临的境况。神父良言相劝,宽慰他那颗沉郁的心,肯定了他以忍耐和坚毅承受不可避免的邪恶侵害的决心,肯定了他对自己问心无愧的坚信,也肯定了他对未来必获永久恩典的坚定信念。

一天,他们在城堡附近的树林里散步。埃德蒙问神父:"那些为建筑而砍伐的树木和烧砖到底是用来做什么的?"

奥斯沃德说:"你没听人说主人要在城堡的西边盖一栋新房子吗?"

埃德蒙说:"城堡的东边有一栋房子从未有人住过,主人为何还要耗资再建一栋呢?"

神父说:"那栋房子,你想必注意到过,总是关闭的。"

埃德蒙说:"我倒是注意到了,可从未打听过此事。"

奥斯沃德说:"比起其他你这个年龄的人,你是好奇不足,谨慎有余。"

"您激发了我的好奇心,"埃德蒙说,"如果这种好奇心没有什么不妥当,那就请您满足我的好奇心吧。"

"现在就我们两个人,"奥斯沃德说,"我相信你会守口如瓶的。让我把这个谜说给你听。你想必知道,这栋房子过去是已故主人亚瑟·洛弗尔勋爵结婚前居住的。他父亲活着的时候,他结婚了,他父亲将自己住的城堡给了他,而自己退位后住在这里。但是儿子不答应,他选择在这里就寝而不去其他地方就寝。婚后约三个月,他父亲,也就是老勋爵,死于热病。婚后约十二个月,他应诏跟随国王亨利四世远征威尔士。无论到何处,都伴有许多随从。他离开已怀有身孕的妻子。妻子非常关心他的安全,渴望他的归来。

"国王惩罚了那些叛乱者,取得了胜利。亚瑟·洛弗尔勋爵每天都被盼着回家。各种各样的消息传来。一则消息说他安然无恙,可不久又传来一则坏消息,说他在作战中被杀。他的亲戚瓦尔特·洛弗尔爵士来访,安慰勋爵夫人。瓦尔特·洛弗尔爵士本打算来城堡恭迎洛弗尔勋爵凯旋,可是却给勋爵夫人带来了洛弗尔勋爵阵亡的消息。

"她在亲戚面前昏了过去。不过,当她苏醒后,显示出超强的坚定。她说,以基督徒的坚忍承受这可怕的打击,是她的责任,对她身上的孩子来说,尤其如此,因为这个孩子是她亲爱的丈夫的最后根苗,也是这座高贵城堡的毋庸置疑的继承人。有这么几天,她似乎是忍耐和认命的典范,可是突然间,她放弃了忍耐和认命,爆发出激情和狂野的呐喊。她说,她的夫君遭人卑鄙谋杀,他的鬼魂出现在她面前,披露了他的命运。她呼求天地,为她复仇。她说,她会不停地向那复仇和正义之王——天主诉求。

"这时,瓦尔特爵士对仆人说,洛弗尔夫人因伤心勋爵的死而发狂。这让他更加敬重她了。如果她能够恢复,他本人愿宽慰她,娶她为妻。同时,让她待在这栋房子里。不到一个月,不幸的勋爵夫人就死了。死后,她被葬在村里的圣奥斯汀教堂的地下家族墓室里。瓦尔特爵士拥有了这座城堡及其他房地产,承袭了洛弗尔勋爵的封号。

"此后不久,据说城堡闹鬼了。有几个仆人说看见了亚瑟·洛弗尔勋爵和他夫人的鬼魂。无论是谁,只要走进这栋房子便会被一些不同寻常的动静和奇异的影像吓得心惊胆战。最后,这栋房子被彻底关闭了,禁止仆人进入这栋房子,也禁止谈论与这栋房子有关的事。然而,传言并未停止,仍在私下里谈论。新洛弗尔勋爵瓦尔特每天夜里都被搞得不得安宁。他无法安眠,最后厌倦了这座城堡和他祖先的财产,将它们卖给了他的妹夫菲兹-欧文勋爵,然后离开了这片封地。现在是菲兹-欧文勋爵享有这座城堡。"

"您说的这一切,我以前从未听说过,"埃德蒙说,"可是,神父,请告诉我,勋爵夫人怀疑勋爵被谋杀有什么根据吗?"

"唉!"奥斯沃德说,"只有天主知道了。当时,我心里有一些奇怪的想法。我有自己的看法,但不会说出来,即便是对你,也不会说的。我不想伤害那些也许是无辜的人。我将自己的想法交付给天主了。毫无疑问,天主将在最佳的时机,以最佳的方式,惩罚这罪孽。不过,我今天对你说的,你权当没听见。"

"感谢您表达了自己的看法和确信,"埃德蒙说,"我向您保证,我不会滥用您的看法和确信,我也无意打听不该披露的秘密。我完全赞同您的判断,也大体上同意您的结论:天主会在适当的时间,以自己的方式,表明人的无辜和清白。要是没有这种信任,我的处境将难以维系。我真诚努力不辜负善良之人的器重和喜爱。我努力做到举止得体,以免冒犯他人。但是,我明白,要做到这一切,谈何容易,为此,我内心痛苦极了。"

"我看出来了,非常忧虑,"奥斯沃德说,"我为你所说所做的一切遭到误解。为了帮你,我失去了我的影响力。但是,我绝不会姑息不公正的行为,也绝不会与人串通一气压制无辜。亲爱的孩子,信任天主吧。天主能从黑暗中获得光明,也能从邪恶中获得善良。"

"我希望如此,也信赖天主,"埃德蒙说,"但是,神父,要是我的敌人占了上风,要是我的主人听信了他们对我的诋毁,我被羞辱地逐出这个城堡,那么我该怎么办?我只能凭靠我的人格了。要是失去了人格,我也就失去了一切。我明白,他们所寻求的就是毁灭我。"

"相信主人会主持公道的,"奥斯沃德回答,"他了解你的美德。他们对你的恶意,他也不是不知道。"

"我知道主人是公道的,对此我并不怀疑,"埃德蒙说,"可是让主人摆脱这一烦扰,让主人家摆脱麻烦,这不更好吗?我很高兴自己能够有所作为,但是没有主人的引荐,我什么也做不了。我的情形就是这样。我担心,我要是要求离开主人,会被说成是忘恩负义的卑鄙行为。此外,一想到离开这座城堡,我的心就感到难过,就会说,离开城堡,我不会开心的。可是我想,我宁可回归快活的农民生活,也不愿待在城堡中遭受他人的蔑视。"

"再耐心等待吧,我的孩子,"奥斯沃德说,"我会想法帮你的,也会将你的委屈说给主人听的,且不会引起主人的不快。也许这样会消除问题的症结。你的行为无可指责,以后仍需坚持。请相信我说的,天主将会保护你的无辜,挫败敌人的不良意图。我们回去吧。"

这次交谈后约一个星期,埃德蒙又一次漫步田野,思考自己的艰难处境。不知不觉几个小时过去了,他没注意到天色已晚。那时,他听见有人一遍又一遍地在叫他的名字。他瞧见了他的朋友威廉在高声招呼他。他不顾一切地朝他跑去,然后静静地站了一会儿,平息气喘。

"怎么了,爵士?"埃德蒙问道,"从您的神情看,一定有重要的事。"

威廉神情关切,动情地握住埃德蒙的手说:

"亲爱的埃德蒙,你必须跟我一起直接回家。你的宿敌已联手我父亲要毁掉你。我哥哥罗伯特已公开说,他认为,不把你从我们家清除出去,我们家就不得安宁。他对父亲说,他希望我父亲放弃你而不要同他的亲戚闹翻。"

"不过,他们指控我什么呢?"埃德蒙问。

"我不清楚,"威廉回答道,"他们搞得很神秘。他们说,某些指控非常重要,不过他们是不会让我知道的。不管怎样,我父亲已告诉他们必须当着你的面提出指控,他会让你当众回答这些指控。这不,我一直在找你,就是要告诉你这件事。你也许要准备一下为自己辩护。"

埃德蒙说:"您对我的这番好意,天主会奖赏您的。我心里清楚,他们决意要尽其所能毁掉我。我将不得不离开城堡。可是我该怎么办呢?您一定不要为您对我的好心和偏爱感到不安。"

"我知道,肯定不会的,"威廉说,"在这里,我向你发誓,就像《圣经》里的约拿单对大卫那样。我祈求上天保佑我,我对你的友谊是牢不可破、不可亵渎的!"

"我不会辜负这么伟大的祈愿的。"埃德蒙说。

"我了解你的优秀和荣耀,"威廉接着说,"对你的美德,我毫不怀疑。我坚信,天主会为你做出特别安排的。我期待着发生某种不可预见的大事,将你提升到你理当属于的阶层和地位。因此,请答应我,无论你的命运如何,都不要改变我们之间的友谊。"

"啊,我的朋友,我的主人!我发誓,我保证,用我的心保证!"

他跪了下来,双手扣合,抬起眼睛。威廉也在他身边跪了下来。他们呼唤天主见证他们的友谊,恳请天主的庇佑。然后,他们站起来,相互拥抱,真情的泪水浸湿了他们的面颊。

心情平静后,埃德蒙提醒他的朋友不要由于对他的好意而惹家人不快。

"我听天由命,"埃德蒙说,"我耐心等待上天的处置。如果我离开城堡,我会想法让您知道我的命运和运气的。"

"我希望,"威廉说,"事情也许会缓解的。不过,先不要采取任何行动,待时机出现时再行动。"

这一对年轻人就这样说着说着来到了城堡。男爵坐在大厅里的一张高椅子上,椅子前面放着一个踏脚板,男爵的表情就像法官那样庄重和尊严。奥斯沃德神父站在他的前面,正在为自己和埃德蒙申明理由。围站在男爵椅子边的是他的长子和亲戚及仆人总管。稍远处站着的是老仆人约瑟夫,他正引颈倾听。

威廉走近男爵。"父亲大人,我找到了埃德蒙,将他带来为自己辩护。"

"你做得不错,"男爵说,"埃德蒙,来这里。有人指控你行为不检点——因为若称之为犯罪,我觉得不妥当。我决意要在你和你的指控者之间主持公道。因此,我要听听你的说法,也要听听他们的说法,因为在没有听证之前,没有人会被宣布有罪的。"

"大人,"埃德蒙说,仍然那么谦恭和无畏,"我要求对我的指控进行审理。如果发现我犯有任何有损于我恩主的罪,那么就请对我实施严厉的惩罚。然而,如果对我的这些指控无法证明的话,我相信这些指控是无中生有的,那么我知道您的仁慈,丝毫不怀疑您会对我,也会对其他人主持公道。如果这事的发生是由于不满我的人的诬陷的话,如果由于他们的诡计使您认为我有罪,那么我将服从您的判决,向其他法庭申诉。"

"看看,"温洛克说,"这家伙多么自信!他已经假定,如果大人说他有罪,那么大人一定错了。然后,这个谦恭的家伙将向其他法庭申诉。他要向谁的法庭申诉?我希望他对此做出解释。"

"我会马上解释的,"埃德蒙说,"但不是被迫的。我的意思是向天主申诉,因为他最了解我的无辜。"

"说得对,"男爵说,"他的话并没有冒犯什么人。人类只会根据外表来判断,但是天主知道人心。你们每一个人都要牢记这一点:你们不可以提出虚假的指控,也不可以通过掩盖真相来证明自己的正确。埃德蒙,有人告诉我,奥斯沃德和你在几次交谈中擅自议论我和我的家人;我也听说,你指责我荒谬,因为城堡东面明明有空房闲置,而我还要在城堡西面再建一栋房子。奥斯沃德说,那栋房子关闭了是因为里面闹鬼,那里曾发生过令人惊骇的谋杀案,尤其特别关注洛弗尔勋爵的家事,说他不可能知道其中的真相,他要是知道,真相会很容易披露的。此外,你也抱怨自己在这里遭受了不公正对待,提到你想离开城堡,去别处寻求机会。对所有这些说法,我要依次查实。现在,我希望你,埃德蒙,根据你的回忆,讲述上个星期一你和奥斯沃德在树林里的谈话详情。"

"仁慈的天主呀!"埃德蒙说,"有人对如此无辜的交谈竟做出这样的解释,这可能吗?"

"那么,就告诉我吧,"男爵说,"谈话的详情。"

"我会的,主人,尽我记忆所能吧。"于是,他讲述了他们在林中谈话的大部分细节,但是说到洛弗尔勋爵家事时,则尽可能简略带过了。奥斯沃德的面部表情放松了，因为在埃德蒙没来之前他也是这么叙述的。

男爵招呼他的长子。

"罗伯特爵士，你听见双方说的了吧。我已分别问过他们，他们并不晓得对方的回答，可他们的叙述是一致的，几乎一字不差。"

"我承认是这样的，"罗伯特爵士说，"但是他们这样议论我们的家事也太胆大妄为了吧。如果我舅父瓦尔特·洛弗尔勋爵得知此事，他会严厉惩罚他们的。若是考虑到他的尊严，我应该对此事表示不满，并提议对他们加以惩戒。"

这时，温洛克突然激动起来，信誓旦旦说，他的指控绝无虚假。

"安静一下，狄克，"男爵说，"我自己会判断的。"

然后，他对罗伯特爵士说："我很少听说奥斯沃德所讲述的有关亚瑟·洛弗尔勋爵和他夫人的事。我想，最好不要去管这些故事，让它们自生自灭好了。我初到此地时，的确不经意听说过东房闹鬼的事。我兄弟也劝我关闭那栋房子，就当它不存在。不过，现在所言让我产生了一个想法，以后可以利用那栋房子。我为埃德蒙想到了一个惩罚措施，这个措施将会封住那些指控者的嘴。我希望这会让每个人对他产生信任。埃德蒙，你愿意为我冒这个险吗？"

"主人，冒什么险？"埃德蒙问，"为了表达我对您的感激和忠诚，我甘愿去冒任何险。说到我的胆量，如果对主人血亲的尊重不会束缚我的手脚的话，那么我会证明给你们看的，让那些对我心怀恶意的指控者无言以对。当我身处冒险之时，我祈求，无论以何种方式，都为主人证明一切。"

"说得好，"男爵大声说道，"说到怨恨你的人，我在考虑如何能够让他们同你分开。这事以后再说。我要试一试埃德蒙的胆量。他要在东房里睡三个晚上，也许他可以证明那里是不是闹鬼。然后，我要把那栋房子整理出来,让我长子居住。这样一来,会省去我一笔开销,也算是明了我的意图。埃德蒙,你同意吗?"

"完全同意,大人。"埃德蒙说,"我从未有意冒犯天主或他人,因此,我没有什么好怕的。"

"勇敢的孩子!"勋爵说,"我信任你,你也要信任你对我的依靠。今夜,你就睡在那栋房子里,明天我会同你私下讨论此事。奥斯沃德,请跟我来,我有事和你谈。其余的人都回去忙你们自己的事去吧,晚餐时,我们再见。"

埃德蒙回到自己的房间去了,大厅里只剩了奥斯沃德和男爵两个人。奥斯沃德为埃德蒙和自己辩护,并据其所知,揭露对他心怀不满的人的怨恨和诡计。男爵对亚瑟·洛弗尔勋爵及其夫人过早死亡之事非常关注,提醒奥斯沃德在谈服侍他们的情况时要小心谨慎,还说,对于那些人的阴谋诡计,他本人完全被蒙在鼓里。奥斯沃德请求男爵原谅他同埃德蒙谈起这件事,解释说他们是无意中说到这个话题的,只私下里对埃德蒙说起,别人并不知道。

男爵传唤年轻人们共进晚餐,可他们拒绝与埃德蒙同桌共餐。因此,埃德蒙只得在管家住的地方就餐。餐后,男爵试图调解他的亲戚同埃德蒙的关系,可发现白费功夫。他看出来了,他们的用心非常明显,就是要由他们来审判埃德蒙。他也觉得,要让一方原谅另一方,那是不可能的。男爵命令他们分住不同的地方。大儿子是那些不满埃德蒙的人当中最通情达理的一位,男爵让他陪伴自己,让他的亲戚待在自己的住所,并派了一个仆人观察他们的一举一动。威廉则由奥斯沃德陪伴。

男爵吩咐老约瑟夫侍候埃德蒙,服侍他进晚餐,晚上九时带他去闹鬼的房子。埃德蒙希望能给他一盏灯,并让他佩剑,以防他的敌人会设法惊吓他。男爵认为他的要求合情合理,应允了他。

找那栋房子的门钥匙费了好大周折，最后还是埃德蒙在杂物室里一包生锈的钥匙中找到了它。男爵让人将晚饭送到那些年轻人的鸽子房间。埃德蒙没吃东西，要求带他到那栋闹鬼的房子里。许多仆人陪他来到那栋房子的门口，希望他成功，并为他祈祷，仿佛他要奔赴刑场似的。

　　费了好大的力气才把门锁打开。约瑟夫将一盏灯递给埃德蒙，愿他度过一个平安之夜。他也极其愉快地祝福了所有的人。然后，他打发他们回去了，自己拿着钥匙走进了门。

　　他打量了房间四周。家具，因多年无人照料已朽败，散落在地。床遭蛾子蚕食，上面到处是耗子。它们在那里建起了窝巢，不受干扰地繁衍了一代又一代。被褥潮湿得很，因为雨水透过屋顶渗透到了屋里。于是，他决定和衣而睡。

　　房间另一面有两扇门，钥匙还在门上。他毫无睡意，便想去查看一下。他试着打开其中一把锁，不费力气便打开了这扇门。他走进了一个大餐厅，里面的家具同样朽败不堪。在这些家具中，有一个大壁橱，里面放着几本书，悬挂着盾形徽章和洛弗尔家族的宗谱及联姻记录。他在这里消遣了一会儿，然后回到自己的寝室。

　　他又想到了另一扇门，想看一看这扇门通向哪里。钥匙锈在了锁里，阻碍了他的意愿。他把灯放在地上，使尽了全身的力气打开了那扇门。

　　就在那时，一阵风吹灭了灯，他完全置身于黑暗之中。他听见一种空洞的沙沙声，就像一个人穿过狭窄的通道发出的声音。这时，恐惧涌上了他的心头。也就在那时，他也想起了自己所遭遇的困境，心里感到难过。他停顿了一会儿，仿佛突然想起了什么，大声喊道："我怕什么？我又没有有意冒犯天主和其他人。那么，我为何要怀疑天主的庇佑呢？可还没有祈求天主的帮助。那么，我就期待吧！"说着，他跪了下来,虔心祈祷,把自己完全交给天主的旨意。祈祷着,勇气又回来了,恢复了他平时的自信。他再次朝声音传来的那扇门走去。他想,在前面的楼梯上,他好像看到了一缕闪烁不定的灯光。他说:"要是这栋房子闹鬼的话,那么我就努力发现其中的原因。要是幽灵显形的话,我就同它对话。"

他正要走下楼梯,突然听到几声敲门声。敲门声来自他刚进屋的那个门。

他转身往回走,门敲得很猛。恐惧再次袭来。他压住恐惧,大胆地喊道:"谁在门外?"

门外传来声音:"是我,约瑟夫,你的朋友。"

"有什么事吗?"埃德蒙问。

"我拿了一些木柴烧火。"约瑟夫说。

"太谢谢你了,"埃德蒙说,"不过,我的灯灭了,我得找到门在哪儿。"

摸索了一阵子,他找到了,把门打开。他很高兴看到是他的朋友约瑟夫,一只手拿着灯,另一只手拿着一壶啤酒,肩上扛着捆柴。

好心的老人说:"我给你带来了一些东西,好让你保持良好的精神状态。晚上太冷。我知道,这间房子需要空气,此外,我想,你目前也需要一点帮忙。"

"好朋友,我根本不值得你对我这么好,我也无法回报你。"埃德蒙说。

"亲爱的,你是值得我这么做的。我想,我要活着看到你打败你的敌人,粉碎他们的阴谋,也让你的朋友们感到,他们的帮忙没有白费。"

"唉!"埃德蒙叹道,"我看希望渺茫啊!"

"我知道,"约瑟夫说,"但说不清是什么东西让我相信,你生来就是为成就大事业的。我看到，事情正在朝美好的结局发展。振作起来，主人。我的心因你而狂跳！"

"你让我笑了。"埃德蒙说。

"很高兴看到你笑。愿你一生笑口常开！"

"感谢你的真情，"埃德蒙回答道，"你太偏爱我了。不过，你最好还是先去睡觉吧。要是有人知道你来这里看我，这对你我都不利。"

"好吧，我现在就去睡觉。不过，要是天主乐意的话，明天晚上，当所有的家人入睡后，我会再来这里，告诉你一些你从未听说过的事情。"

"好。不过，请告诉我，那扇门通向哪里？"

"沿着这条道走到楼梯，下了楼梯便是下层房间。那里同样有一扇门通往餐厅。"

"楼下是什么样的房间？"埃德蒙问。

"同上面的房间一模一样，"约瑟夫回答。

"太好了。那么，我祝你晚安，明天我们再谈。"

"好吧，明天晚上，就在这里，亲爱的主人。"

"你为什么叫我主人？我根本不是你的主人，也不可能是你的主人。"

"只有天主知道了，"善良的老人说，"晚安，天主保佑您！"

"晚安，我信赖的朋友！"

约瑟夫走了，埃德蒙转身走到另一扇门前，试了几次想打开这扇门未果，手倒变得麻木和疲惫，最后不得不放弃了。他用灯火点着了炉火，把灯盏放在桌子上，拉开一扇窗的窗帘，让天光透进来。然后，他祈求神明保佑，扑倒在床上，不一会儿就睡着了，直到东方的阳光透过敞开的那扇窗户问候他，他才醒来。

他完全醒来后，极力回想他的梦。他似乎听到有人从楼梯走上来。他瞥了一眼,那扇门开了,走进来的是一个武士,手牵着一个女人。这个女人年轻漂亮,可是脸色苍白,毫无血色。男的全身盔甲,头盔拉得很低。他们走到床前,拉开帐幕。好像那个男人问:"这是我们的孩子吗?"那个女人回答道:"是的。时候到了,该让他知道这一切了。"然后,他们分开,各站在床的一边。他们把手放在他的头上,给他庄严的祝福。他努力想起身,问候他们,可是他们阻止了他。那女人说:"静静地睡吧,我的埃德蒙!真正拥有这栋房子的人正在保护你。继续睡吧。你是一个家族的美好希望,而过去曾认为这个家族没了希望!"说罢,他们退去,从他们进来的那扇门走了出去。他听到了他们走下楼梯的声音。之后,他作为死者最近的亲属参加了一个葬礼。他目睹了整个葬礼过程,听到了葬礼仪式主持人的声音。接着,他突然从这个悲哀的场景被带走,带到了一个完全不同的场景,一个由他主持的盛宴。他听见人们祝贺他成为丈夫和父亲。他的朋友威廉就坐在他的身旁。他的幸福快乐无与伦比。随后不断出现的念想都是愉快的。他的思绪一刻也闲不下来,直到早晨的阳光将他唤醒。

他对自己的梦记忆犹新,思索着所有这一切预示着什么。"难道我不是埃德蒙·特怀福德,而是某位让众人对其命运感兴趣的重要人物吗?简直是瞎想!肯定是受我的朋友威廉和老约瑟夫的偏爱暗示所致。"

他正这么想着,有仆人敲门对他说,六点多了,一小时后,男爵等他吃早餐。他立刻起床了,敬谢神明的庇护,神清气爽地走出卧室。他先在花园里散步,直到早餐开始。然后,他陪男爵吃早餐。

"早安,埃德蒙!"男爵说,"在新的地方你休息得如何?"

"休息得好极了,大人。"埃德蒙回答道。

"听你这么说,我很高兴,"男爵说,"可是约瑟夫告诉我,那里的卧具太差,这我并不知道。"

"没关系,"埃德蒙说,"即使卧具很差,不用它们,我也能度过三个晚上。"

"很好,"男爵说,"你很勇敢。我很满意。余下的两个晚上就免了。"

"不用,大人,请不要免除。没有人有理由怀疑我的勇气。无论如何,我已下决心度过余下的夜晚。"

"要是你愿意,也可以。"男爵说,"我觉得,你很了不起。以后,在某些重要的事情上,我要听听你的意见。"

"我的生命是属于您的,我的效力也是为您的。大人,有什么事,您尽管吩咐好了。"

"请传奥斯沃德进来,"勋爵说,"我要让他做我的顾问。"

奥斯沃德来了。男爵让仆人们退下,然后说了下面的话:

"埃德蒙,我最初把你带到我家,是应我儿子和亲戚们的要求。我亲眼看到了你的良好行为举止。你不应该失去他们的尊敬。但是,在过去几年中,我注意到,除了我儿子威廉,所有的人都坚决反对你。我看出了他们的卑鄙,也明了他们的动机。可是,他们毕竟是我的亲人。我宁愿用爱而不是用恐吓管他们。我喜欢你的美德,也看重你的美德,因此我不能抛弃你来纵容他们。我儿子威廉因对你的感情而疏远了其他人。这让我更加器重他。我考虑,无论对他还是对你,从道义上来说,我都应该要帮你一下。可是,我无法照自己的意愿去做,即使是在自己的家里。如果你留在这里,我只能看到我家事的混乱,可我又不能让你难堪地离开这里。我在想,以何种方式能对你有利,让你能够体面地离开这座城堡。在这件事上,我想听听你们俩的建议。要是埃德蒙能告诉我,怎么做才能既无损于他的荣誉也不会对我造成不利,那么我非常乐意照他说的去做。让他说说看,奥斯沃德在我们之间权衡一下。"

说到这里,男爵停住了。埃德蒙感叹不已,哽咽难言,一下子跪在男爵面前,以手拭泪道:"啊,高贵宽宏的恩主,您屈就同我这样的人商谈您的家事,您那最友善可亲的儿子为了我而招致了他的兄弟和亲戚的敌意,我怎么承受得了?我不该打搅这个高贵之家的平静。啊,大人,直接把我打发走吧!我要是不尽力恢复您的快乐,我怎么还有颜面活着?您让我接受了贵族教育,我相信自己是不会玷辱我所接受的教育的。如果您能举荐我,让我做一个有用的人吧。否则我恐怕不是发财致富的料。"

男爵抹了一下眼泪说:"我想举荐你,孩子,可是该怎么做呢?"

"大人,"埃德蒙说,"我愿对您开诚布公。我曾在军伍中光荣服役过。我倒是喜欢过士兵的生活。"

"你有这样的想法,我很高兴,"男爵说,"我派你去法国,把你举荐给摄政王。摄政王本人也知道你。由于我的缘故,也由于你自己的功劳,他会赏识你的。"

"大人,您的好意真是让我感动得不知说什么好了。我这个人属于您,我一生都将全心全意为您效力。"

"不过,"男爵说,"要到来年春天才能安排你的事。"

"这事还有时间去想,"奥斯沃德说,"我很高兴,你们商定了此事,祝贺你们。"

男爵结束了谈话,让埃德蒙随他去看他的马。他让奥斯沃德将他们所议之事告知他的儿子威廉,并让他设法劝那些年轻人晚餐时来见埃德蒙和威廉。

男爵带埃德蒙来到他的住所,看他不久前买的几匹马。他们仔细察看了这些高贵的良马的漂亮之处和缺陷。埃德蒙说,男爵马厩里的马中,他最喜欢那匹名叫"卡拉道客"的马。

男爵说:"那么,我就把这匹马送给你了,你骑着它去碰运气吧。"

埃德蒙对男爵送他这份礼物再次表示感谢,并表示为了男爵,他将视它为掌上明珠。

"不过,我还不想同你分手。我要先让这些傲慢无礼的孩子知道我的想法,要他们公正地对待你。"

"您已经这么做了,"埃德蒙说,"我不会让您的亲人因为我的缘故再受羞辱了。我想,一切由您来决断吧,我越早离开越好。"

他们正说着,奥斯沃德来了。他说,那些少爷说什么也不愿同埃德蒙同桌共餐。

"那好吧,"男爵说,"他们敢于抗命,我会设法惩罚他们的。我要让他们明白,我是这里的主人。埃德蒙和你——奥斯沃德,就在我这里的楼上过上一天。威廉将和我单独就餐。我将把我的决定告诉他。我的儿子罗伯特及其共谋者将被禁闭在大客厅里。埃德蒙,照自己所愿,在那栋闹鬼的房子里度过今明两个夜晚吧。这样的安排既是为了埃德蒙,也是为了我自己。因为倘若我现在的安排有违我先前的命令,那么会让他们抓着对我们不满的口实。"

然后,他把奥斯沃德叫到一旁,吩咐他不要让埃德蒙走出他的视野,因为要是让那些固执的家伙乘虚而入,其后果不堪设想。说罢,男爵走回马厩,埃德蒙和奥斯沃德回到屋里。

他们聊了很久,可说是无话不谈。其间,埃德蒙将头天晚上自己和约瑟夫之间发生的事,以及由此产生的好奇心,告诉了奥斯沃德,并想在随后度过的夜晚来满足他的好奇心。

"我希望,"奥斯沃德说,"你允许我加入你们。"

"那怎么能行?"埃德蒙说,"也许,我们正受到监视。要是被发现,你该如何解释为什么去那里?此外,如果让人知道了,肯定会说我是个胆小鬼。虽然我隐忍了许久,可我不想再忍受下去了。"

"不要担心，"奥斯沃德回答道，"这事我会找约瑟夫说的。晚祷结束，人们入睡后，我悄悄地溜出自己的卧室来找你。我非常关注你的事。除非你同意让我同你在一起，否则我是不会安心的。我会照你所说保守秘密的。"

"不要多说了，"埃德蒙说，"我没有理由不信任您，神父。我连有能力自己决定的某些事情都不让您涉足，岂不是太无情无义了吗？不过，倘若那栋房子真的闹鬼，您有足够决心去冒险破解这个谜吗？"

"我希望如此，"奥斯沃德说，"不过你相信那里闹鬼有什么根据吗？"

"有啊，"埃德蒙说，"不过除了您外，我没有对任何人说过这件事。今晚，如果上天允许的话，我打算查看所有的房间。尽管我已设想好了，可是坦率地说，有您做伴，更坚定了我的想法。在这件事上，我对您毫无保留。但是，我要求您务必保密。"

奥斯沃德发誓保密，表示不经许可，绝不泄露有关那栋房子的秘密。他们俩虔诚地期待着夜晚的到来。

下午，威廉获准来看他的朋友。他们的会面非常感人。威廉悲叹埃德蒙不得不离开城堡。他们的分手看上去那么庄重，仿佛他们预感到他们再相见不知要等到何年何月了。

"你会发现，今夜你会休息得比昨晚好，一切都照父亲大人的吩咐做的。"威廉说。

"我时时刻刻都能感受到大人的好意。"埃德蒙说。

他们来到了那栋房子，看到卧室已燃起了炉火，桌子上放着冷肉和一壶浓啤酒。

"请坐下吃晚餐吧，主人，"约瑟夫说，"我得去服侍大人了。不过，一旦所有的家人睡着了，我会再来看你的。"

"去吧，"埃德蒙说，"不过，先去见见奥斯沃德。他有事要对你说。你可以信任他，因为我对他总是坦诚相待的。"

"好吧，既然您说了，我就去见见他。我会尽快回来的。"说罢，约瑟夫离开了。埃德蒙坐下来吃晚餐。

吃了一点点心后，埃德蒙跪下来热切地祈祷，愿将自己交由天主处置："我什么都不是。我只恳请您，啊，天主，照您的意愿造就我。倘若您想让我回归先前的低微身份，我会高兴地服从。倘若您高兴提拔我，我会仰视您，将您看作荣誉和尊严的唯一源泉。"他祈祷着，感到自己的心胸在扩展，超越了他先前的体验。所有游走于心头的恐惧都消散了，心里充满了神圣的爱和信心。他似乎超越了这个尘俗世界和所有世俗的追求。他继续沉浸于精神奉献，直到听到敲门声他才站起来。

他的两个朋友没穿鞋，踮着脚来看他。埃德蒙请他们进了屋。

"来帮你，孩子！"修士说，"你看起来很开心啊。"

"是的，神父，"埃德蒙说，"我把自己的一切交付给天主了。我发现自己的心更坚定了，简直难以形容。"

"赞美天主！"奥斯沃德说，"我相信，你生来就是不平凡的，我的孩子。"

"什么呀！您也在怂恿我的追求？"埃德蒙说，"这事真是太奇怪了！请坐，我的朋友。约瑟夫，请告诉我您昨晚许诺要讲述的那些事吧。"

他们拉椅子过来，围坐在火炉旁。约瑟夫开始讲述起来：

"你们都已听说了亚瑟·洛弗尔勋爵突然死亡的事，或许你们也听说了此后这栋房子就开始闹鬼的事。那天，大人对你们俩的询问让许多事浮现在我的脑海里。当时，你说，有人怀疑，洛弗尔勋爵死得蹊跷。我信任你们，想告诉你们我所知道的事。有一个人被怀疑谋杀了洛弗尔勋爵，你们认为这个谋杀者是谁？"

"你一定要说出来，"奥斯沃德说。

"嗯，就是现在的洛弗尔勋爵。"约瑟夫说。

"你说的正是我想说的，"奥斯沃德说，"不过，需要证据。"

"我会有的。"约瑟夫说。

"自从通报勋爵死讯后，新的勋爵和一些仆人之间就有着奇怪的私议。大量的私人事务就在这栋房子里处理。不久，就传出勋爵夫人精神错乱。可是她那生动的神情似乎表明她并没有发疯。她说，已故勋爵的鬼魂出现在她面前，揭露了谋杀的真相。除了我之外，不准任何仆人去看她。新勋爵瓦尔特爵士竟然在此时向她求爱，催促她嫁给他。她的一个女侍偶然听见她说，她宁可死，也不会嫁给那个致她夫君死亡的人。此后不久，我们得知，勋爵夫人死了。新勋爵公开为她举行了隆重的葬礼。"

"是这样的，"奥斯沃德说，"当时我是新手，在一旁帮忙。"

"嗯，"约瑟夫说，"现在就讲讲我在这个故事中的角色。葬礼结束后，在回家的路上，赶上了农夫罗杰。他说：'对葬礼你有何感想？''我能有何感想，'我说，'不过，我们失去了我们知道的最好的主人和夫人，不是吗？''天知道他们是活着还是死了，'罗杰说，'除非我活见鬼了，就在他们说她死的那天夜里，我却看到勋爵夫人还活着。'我努力让他相信，他看错了，可他却发誓说，就在他们说她死的那天晚上，他看见她从花园的门走进了田野。她走走停停，就像一个痛苦中的人，然后继续前行，直到从他的视线中消失。现在可以肯定，她已经分娩了，应该每天都卧床休息。他们并没有佯称她死于难产。我只是思索我所听到的，可是我没吐露一个字。罗杰对另外一个仆人讲了这件事，结果被叫去说明怎么回事，故事被压了下来。那个傻瓜说，他们教他说，他看到的是她的鬼魂。请注意，从这时起，他们就开始说，这栋房子闹鬼了，不只此，最后新的勋爵无法在他自己的房间安睡,结果他将城堡卖给了他的妹夫,匆匆离开了这片封地。他带走了大多数仆人,罗杰就在其中。至于我,他们认为我对此事一无所知,于是让我留了下来。可是我一不瞎二不聋,我能听见,也能看见,我只是什么也不说罢了。"

"这个故事有点神秘啊。"奥斯沃德说。

"是有点神秘,"埃德蒙说,"不过,约瑟夫,你为什么觉得这事与我特别有关系呢?"

"嗯,亲爱的,"约瑟夫说,"我必须告诉你,尽管在此之前我从未对人说起过。这个年轻人长得同我那敬爱的主人太像了。他那温文尔雅的举止,他那慷慨宽宏的心胸,他那高贵不俗的品质,在他出生和成长的阶层中是非常罕见的。他的声音——你也许会笑我太富于想象力了,可是我无法不这样想,他就是我主人的儿子。"

听了这些话,埃德蒙脸变了色,身体在颤抖。他双手合十放在胸前,默默地看着上天。他记起了自己做过的梦,这个梦已深入他的心。他将这一切归于高高在上的观察者。

"天意的体现是奇妙的,"奥斯沃德说,"倘若果真如此,那么天主会在适当的时机让一切真相大白。"

随后,沉默了一会儿。就在这时,突然从他们脚下传来一声巨响,将他们从沉思中唤醒过来。那响声好像是武器的碰撞声,似乎什么东西猛地坠落在地。

他们惊了一下。埃德蒙站了起来,神情充满了坚定和无畏。

"它在召唤我,"他说,"我必须服从召唤。"

他拿起一盏灯,朝他头天夜里就打开过的那扇门走去。奥斯沃德手握念珠紧随其后,约瑟夫两腿颤抖着跟在最后。那门一推就开了,他们屏息静气地走下楼梯。

下面的房间同上面的房间一模一样,有两个大客厅,一个大储藏室。在房间里，他们只看到了两幅画，画面朝墙。约瑟夫鼓足勇气将它们翻转过来。他说："画上的肖像就是勋爵和勋爵夫人。神父，瞧瞧这张脸，你看像谁？"

"我觉得，"奥斯沃德说，"像埃德蒙！"

"这么像我，我也感到惊讶。"埃德蒙说，"我们继续吧。我觉得非凡的勇气正在激励着我。来吧，我们打开储藏室的门。"

奥斯沃德马上阻止了他。

"小心，"他说，"不要让开门的风把灯吹灭了。让我来开这扇门。"

他试了一下，没打开。约瑟夫也试了一下，毫无效果。埃德蒙把灯递给约瑟夫，自己走到门前。他用钥匙试了一下，不一会儿，门就开了。

埃德蒙说："看来只有我能冒这个险了。很简单啊——把灯拿来。"

奥斯沃德反复念诵着主祷文，埃德蒙和约瑟夫也跟着念诵起来。然后，他们走进了储藏室。

首先映入他们眼帘的是一副仿佛坠落下来的盔甲。

"看！"埃德蒙说，"刚才在上面听到的响声就是这副盔甲坠落造成的。"

他们捡起盔甲，一件一件察看着。胸甲里面有血迹。

"看这里！"埃德蒙说，"这血迹，你们怎么看？"

"这副盔甲是勋爵的，"约瑟夫说，"我太熟悉这副盔甲了——储藏室里也有血迹！"

他们走上前去，脚踢到了什么东西。是一个戒指，上面刻有洛弗尔家族的徽章。

"这是勋爵的戒指，"约瑟夫说，"我见他戴过。我把它交给你，就算是物归原主了。我真诚地相信,你就是他的儿子。"

"只有天主知道了,"埃德蒙说,"要是上天允许的话,我现在就想知道谁是我的父亲。"

他一边说着,一边转过身去,看到储藏室的一面板墙往上拱起。仔细查看,他们发现整个地板都松了。一张桌子放在那里遮住了地板,一般人不注意的话,是看不到地板的情形的。

"我感觉,"奥斯沃德说,"就要有大的发现了。"

"天主保佑我们!"埃德蒙说,"我坚信,这副甲胄的主人就埋葬在我们的脚下。"

话音刚落,便听到一声阴沉而空洞的呻吟声,仿佛从下面传来。接着是一片肃静,三个人的脸上都呈现出恐惧的神情。

又传来三次呻吟声。

奥斯沃德打手势让他们跪下。他大声祈祷,上天会引导他们如何去做,也祈祷死者的灵魂能够安息。

祈祷后,他站起来,而埃德蒙继续跪在那里——他庄严地承诺要全力发现这个谜,为埋葬在那里的死者报仇。然后,他站了起来。"现在我们继续探究是没有用的。只有获准我这么做时,我才会揭开这个地方的秘密。我相信时机快到了。"

"我信,"奥斯沃德说,"你生来就是上天的工具,由你来把见不得人的行为曝光。我们是你的人,只要告诉我们做什么就行了。我们非常乐意服从你的指令。"

"我只要求你们保持沉默,"埃德蒙说,"等我叫你们出来做证。到那时,你们一定要把你们知道的和你们怀疑的一切讲出来。"

"啊,我也许可以活着看到那一天了。我要活得更久!"约瑟夫说。

"来吧,我们回到上面,再商量一下下一步如何行动。"埃德蒙说。

说罢,埃德蒙走出储藏室,奥斯沃德和约瑟夫跟在后面。他把门锁了,将钥匙拔出。"我保管钥匙,"他说,"直到我有权力使用这把钥匙,以免有人想刺探这间储藏室的秘密。钥匙以后就带在身上,以便提醒我要做的事。"

　　他们通过楼梯又回到了上面,来到了卧室。此刻,万籁俱寂,没有任何动静打扰他们。埃德蒙说:"说我是洛弗尔勋爵的儿子,这怎么可能? 可是发生的情况似乎表明这一说法不无道理,可我有什么理由相信这一说法呢?"

　　"对此,我感到困惑不解。"奥斯沃德说,"像洛弗尔勋爵这么善良的人似乎不可能会同他的仆人——一个农民的妻子有染,更何况他刚刚同他深爱的夫人完婚不久呢。"

　　"先停一下!"约瑟夫说,"勋爵不可能做这种事。如果埃德蒙主人是勋爵的儿子的话,那么他也是勋爵夫人的儿子。"

　　"这怎么可能?"埃德蒙说。

　　"我说不清楚,"约瑟夫说,"不过,有一个人能够说明她是不是你的母亲。我指的是玛格丽·特怀福德。她自称是你的母亲。"

　　"你我真是不谋而合啊,"埃德蒙说,"你说这话之前,我就已经决定去见她谈这件事了。我要恳请大人的准许,今天就去找她。"

　　奥斯沃德说:"好! 不过询问时要谨慎。"

　　埃德蒙说:"您要是能陪我去就更好了。她会觉得应该回答您的问题,反而不会太在意这件事。您的询问会更谨慎的。"

　　"我非常高兴这么做,"他说,"我会恳请大人同意我们俩一起去。"

　　"这事就这么定了,"约瑟夫说,"我可没有耐心等待结果。我想,不管我内心同意还是不同意,我都会身不由己地随你们去的。"

　　"和你一样,我也没有耐心,"奥斯沃德说,"我们现在要保持沉默，一句话，一个表情，都不能表露出我们知道什么秘密的事情。"

他们商议着，不知不觉已是黎明时分。埃德蒙看到天亮了，请他的朋友悄悄离去。

他们走了，只留下埃德蒙独自一人在回想。想来想去，毫无睡意。他扑倒在床上，琢磨着该如何行动。考虑了很多方案，可又都否决了。不管怎样，他已下决心离开菲兹-欧文男爵家了。对他来说，这可是第一次出现的机会。

仆人来传唤他同男爵共进早餐。早餐时，他沉默不语，显得心不在焉。男爵注意到了，劝他振作起来，并询问他昨天夜里过得如何。

"我在想我的处境，大人。我在考虑我下一步的行动计划。"奥斯沃德做了个暗示，要求男爵准许他陪同埃德蒙一起去看他的母亲，将埃德蒙不久就要出国的打算告诉她。男爵毫不犹豫地答应了，可是似乎对埃德蒙的离去还有点依依不舍。

他们没有多耽搁便出发了。埃德蒙急忙赶往特怀福德家，所经过的每一块地在他看来都很漫长。

"控制一下你的热情，孩子，"奥斯沃德说，"静静你的心。在获知结果之前，先恢复你正常的心绪。"

玛格丽在门口迎接他们，问埃德蒙："是什么风把你吹回这里来了？"

他回答道："我来看望父母有什么好惊讶的？"

她说："想想自你离家后所受的待遇，怎么会不惊讶？安德鲁不在家，我可以说了，很高兴看到你。天主保佑你，看你长得多好啊！我们很久没见了，不过，这不是我的过错。为了你，我不知挨了多少责骂。现在我敢拥抱我亲爱的孩子了。"

埃德蒙走上前去，热情地拥抱了她。他们流泪了，彼此感情不言自明。

埃德蒙问："为什么父亲不准你拥抱自己的孩子？我究竟做了什么让他这么讨厌我？"

"没什么，亲爱的孩子！你一直是一个心地善良的好孩子，值得所有人的爱。"

埃德蒙说："父亲毫无来由地不喜欢头生的儿子，这事非同寻常啊。"

奥斯沃德说："的确如此。不同寻常，有悖常情啊。我的意思是，这几乎是不可能发生的事。可是，我相信这是实情，我相信这个仇恨和虐待埃德蒙的男人不可能是他的父亲。"他一边说着，一边仔细地观察玛格丽的表情。她的脸色明显改变了。他说："来，我们坐下谈。玛格丽，请回答我的问话。"

"圣母玛利亚！"玛格丽说，"神父，您是什么意思啊？您怀疑什么呢？"

"我怀疑，"他说，"埃德蒙不是你丈夫安德鲁的儿子。"

"天主保佑我吧！"她说，"您到底怀疑什么？"

"不要回避我的问题，太太！我是受命来这里向你核实此事的。"

玛格丽浑身颤抖地说："天哪，要是安德鲁在家就好了！"

"他不在家更好，"奥斯沃德说，"你就是我们要核实的人。"

"啊，神父，"她说，"您认为，这事怪我吗？我做什么了？"

"埃德蒙，"奥斯沃德说，"你自己来问她吧。"

埃德蒙一下子跪在她的脚前，抱住她的腿。"啊，母亲！我的心属于您，看在上帝的分上，告诉我！告诉我谁是我的父亲？"

"伟大的天主！"她说，"我该怎么办啊？"

"玛格丽，"奥斯沃德说，"说出真相吧。不然有人会迫使你说出来的，让你有这个年轻人的那个人会让你招供的。"

"谁？我吗？"她问道，"我有了他？不！神父。我没有犯过通奸罪。主啊,他知道我是无辜的。事实上,我是不配做这个可爱的年轻人的母亲的。"

"你不是他的母亲,那么,安德鲁也不是他的父亲了?"

"哎呀,我该怎么办?"玛格丽说,"安德鲁会杀了我的!"

"不会的,他杀不了你,"埃德蒙说,"为这个发现,你会受到保护,还会受到奖励的。"

"好了,"奥斯沃德说,"把事情的真相一五一十地说出来吧。我将保护你不受伤害,免遭责难。你也许是让埃德蒙时来运转的人。不管情形如何,他肯定都会报答你的。可是,如果你就是缄口不言,那么你似乎将享受不到这一发现带来的任何好处。此外,不久,对你的核实将会采取不同方式,到那时,你将不得不交代你知道的一切,且没有人会为此感谢你。"

"唉,"她说,"上次,我同埃德蒙讲话,安德鲁就打了我,还对我说,要是我再同埃德蒙讲话,就打断我的骨头。"

"那么,他知道这事了?"奥斯沃德问。

"他知道! 主保佑您。这都是他自己做的。"

"那么,就说说吧,"奥斯沃德说,"别担心,安德鲁不会知道的。等他知道时,他已没有权力惩罚你了。"

"说来话长,"她说,"一两句话说不清啊。"

"那就慢慢说,"他说,"坐下来马上开始讲吧。"

"我的命运就取决于您所说的了,"埃德蒙说,"我的心受不了悬念! 要是您疼爱我,那么现在就说出来吧,趁我们还有气力提问题。"

他坐在那里,心情激动不安。他的言谈举止都透露了他的内心情感。

"我要说的,"她说,"不过我必须回想所有情形。你想必知道,年轻人,你只有二十一岁。"

"他哪天出生的?"奥斯沃德问。

"他的生日是前天,"她说,"9月21日。"

"这是一个好日子。"他说。

"是的,真的是一个好日子,"埃德蒙说,"啊,那天晚上! 那栋房子!"

"安静一些,"奥斯沃德说,"玛格丽,开始说吧。"

"我这就说。"她说,"就在二十一年前的一天,我失去了头生子。快到分娩时,我身体因过度前伸而伤着了,我那可怜的孩子就这么死了。我独自坐在那里,非常忧郁。安德鲁收工回来说:'看,玛格丽,我捡了一个孩子,刚好弥补你的失子之痛。'他递给我一个襁褓,可以肯定,里面是一个婴儿,一个刚刚出生的不幸的婴儿,被一条精美的围巾包裹着,外层是一件昂贵的斗篷,天鹅绒制成,斗篷边锈着金色花边。'在哪里发现的?'我问道。'在步行桥上,'他回答,'就在那块黏土地的下面。这是一个大户人家的孩子。过了今天,我们再打听吧。这个孩子也许会给我们带来好运。好好待他,把他当作自己孩子带大。'那个可怜的婴儿身体冰凉,不停地哭着,可怜巴巴地看着我,我太喜欢他了。再说,当时我的奶水太多,巴不得能缓释一下,于是我就把这孩子抱在胸前喂奶。自那以后,我就爱上了这个孩子,就像我自己生的孩子一样。不管他是不是还能做我的儿子,我都会这样爱他的。"

"有关埃德蒙的身世,你就知道这些吗?"奥斯沃德问。

"不,并不是全部,"玛格丽说,"不过,请瞧瞧外面,看一下安德鲁是不是回来了,不然,我的麻烦可就惹大了。"

"他还没回来,"奥斯沃德说,"接着说,我恳求你了。"

"我对你说过了,这事发生在21日。第二天,安德鲁很早就同邻居罗宾·鲁斯一起外出干活去了。他们走了也就一个多小时,又回来了,似乎非常惶恐。安德鲁说:'罗宾,去邻居斯代尔斯家借一把锄头来。''怎么回事啊?'我问。'事大了!'安德鲁说,'我们也许会被绞死的,也许就像先前许多无辜的人那样被绞死。''告诉我到底怎么回事。'我说。'我会告诉你的,'他说,'不过,你要是把这件事说出去,倒霉的就是你了。''我绝不会说出去的。'我说。他让我以所有圣徒的名义发誓,然后他对我说:前天晚上,他和罗宾经过那个步行桥,发现了那个孩子。他们瞧见水面上漂着什么东西,于是便跟随过去。一个木桩挡住了那个漂浮物。走近一看,发现是一具女尸。'毫无疑问,玛格丽,'他说,'是我带回家的那个孩子的母亲。'"

"仁慈的主啊!"埃德蒙说,"我难道就是那个不幸的母亲的孩子吗?"

"冷静一点,"奥斯沃德说,"接着往下说,好心的太太,时间宽裕得很呢。"

"好的,"她继续说道,"安德鲁对我说,他们把那具尸体从河里拖了上来。看那死者的昂贵穿戴,一定是个贵夫人。'我推想,'他说,'这位可怜的夫人照看她的孩子后去找人帮忙,夜色太暗,不小心滑倒,坠入河中淹死了。'

"'仁慈的主啊!'罗宾说,'我们怎么处理这具尸体?弄不好我们有可能被当作凶犯呢。我们非得动它吗?'安德鲁说:'唉,无论如何我们得处理一下。最聪明的做法是把尸体埋掉。'罗宾吓得不知所措。不过最后他们还是同意把尸体抬到树林,在那里掩埋掉。所以,他们回家来拿锄头和铁锹。我说:'嗯,安德鲁,你打算将你说的那些昂贵的衣服一起埋掉吗?''怎么,'安德鲁说,'扒掉死者的衣服,这既是一种罪孽,也是一种差辱。''是这样。'我说,'不过,我给你一条被单,把尸体裹起来。你可以把她身上漂亮的外衣和贵重的物品拿走,但不要拿取她的内衣。''说得对,小娘们!'他说,'那就照你说的去做。'于是,我取来一条被单。刚好罗宾赶了回来,他们便一起离开了。

"直到中午,他们才回来。然后,他们坐了下来,一起吃了点东西。安德鲁说:'现在我们可以安心坐下来吃东西了。'罗宾说:'是呀,我们也可以安心睡觉了,我们没做什么伤天害理的事。'我说:'当然没做了。不过,没有按照基督徒的礼仪安葬那位可怜的夫人,我总觉得于心不安。'安德鲁说:'不必自寻烦恼了。对她,我们已经尽其所能了。不管它了,现在让我们看看袋子里都装了些什么。'他们打开布袋,拿出一条精美的长裙和一双昂贵的鞋,还有一条带有金坠子的项链和一对耳环。安德鲁朝我眨了眨眼,说:'我要这些东西,其他的你拿走。'罗宾说,他很知足了。说罢,他便离开了。他走后,安德鲁说:'过来,你这个蠢货。把这些东西拿走,好好保管,就像保护好自己的眼珠那样。要是有一天,小主人被发现,这些东西会让我们发财的。'"

"那些东西还在吗?"奥斯沃德问。

"还在,"她回答道,"安德鲁早就想把它们卖掉,都让我推三阻四地给挡住了。"

"赞美主啊!"埃德蒙说。

"安静一点,"奥斯沃德说,"我们抓紧时间,接着说吧。"

玛格丽说:"没有太多的东西要说的了。我们每天都打听那孩子的情况,毫无结果,没有人失踪。"

"没有人注意到死亡的时间吗?"奥斯沃德问。

"什么,哦,注意到了。"玛格丽说,"寡居的洛弗尔夫人也是那一个星期死的,死的原因一样。安德鲁参加了葬礼,带回家一块标牌,我把它保存到现在。"

"太好了。接着说。"

"我丈夫起初对这个孩子还不错，可是后来自己也有了两三个孩子，发现养自家的孩子都有困难，便开始发牢骚说，养别人的孩子不容易。我爱这个孩子，就像爱我亲生的孩子一样。我常常宽慰安德鲁，让他怀有希望，他迟早会因为这个麻烦而获得回报的。但是，最后他失去了耐心，不再抱有任何幻想。

　　"埃德蒙长大了，可体弱多病，干不了重活。这也是我丈夫难以容忍他的一个原因。'这孩子要是能够自己谋生，我倒不介意。可是现在我得负担一切花费啊。'一位上了年纪的朝圣者来到我们这里。他是一位学者，也曾当过兵。他教埃德蒙阅读，后来又给他讲述战争、骑士、君主和伟人之类的历史。埃德蒙太喜欢听他讲了，对别的失去了兴趣。

　　"毫无疑问，埃德蒙是一个令人愉快的人。他讲述古老的故事，吟唱古老的歌曲，人们每天夜晚听他讲故事唱歌。可是，埃德蒙越来越喜欢阅读，干活则越来越少。他帮邻居干杂活。他是一个彬彬有礼的小伙子，引起了人们的注意。有一次，安德鲁看到他独自一人在阅读，便对他说，要是他再找不到事做来养家糊口，那么他很快就会被赶出这个家门。毫无疑问，他会这么做的，幸亏菲兹-欧文勋爵很快雇用了他。"

　　"很好，玛格丽，"奥斯沃德说，"你讲述得非常好。为埃德蒙的缘故，我很高兴。你做得不错。不过，现在我问你，你能保守秘密吗？"

　　"神父，我让您不快了吗？我想，我已经把秘密泄露给您了。"

　　"我的意思是，你能对你丈夫保守这个秘密吗？"

　　"能呀，"她说，"肯定能。我哪敢告诉他啊。"

　　"你的保证不错了，"他说，"可是还不够。你必须面对这本《圣经》发誓，在我要你说出这个秘密之前，你绝不把我们三人说过的事泄露出去。可以肯定，你很快会为此事被传唤的。埃德蒙的身世就要真相大白了。他的父母地位显赫。当他拥有了自己的财富时,他将有权力让你们也富有的。"

"圣母玛利亚! 您对我说的是真的吗? 听了您说的,我真是喜出望外。为了这一天,我已经祈祷很久了。"

她按照要求发了誓,奥斯沃德说一句,她说一句。

"现在,"他说,"去把你提到的那个纪念品拿来。"

玛格丽走开了。埃德蒙久受压抑的激情爆发出来了,泪流满面,感慨万端。他跪下,双手合十,感谢上天让他有了这个发现。奥斯沃德恳求他冷静,不要让玛格丽看出他的激动,误解了他们的努力。她很快回来了,手里拿着项链和耳环。它们由贵重的珍珠制成。项链配有一个首饰盒,盒上刻有洛弗尔的字样。

奥斯沃德说:"这的确是一个重要的证据。保管好它,埃德蒙,这是你的证据。"

"他非得拿走它吗?"她问道。

"当然了,"奥斯沃德回答道,"没有这个证据,我们什么也做不了。不过,要是安德鲁要它,你一定要设法推阻他几天。以后,他会明白的。"

玛格丽勉强同意将首饰交出。又谈了一会儿,他们便同她告别了。

埃德蒙深情地拥抱了玛格丽:"您对我这么好,我太感激您了! 坦率地说,对您的丈夫,我从没有过太多的敬意,可是对您,我始终怀有一种儿子般的感情。我相信,当传您做证时,您会为我提供证据的。我希望,有一天我尽我所能报答您的好意。到那时,我将认您做我的养母,您将会一直受到这样的待遇。"

玛格丽哭了。"是主的恩赐!"她说,"我祈祷主保佑你。再见,我亲爱的孩子!"

奥斯沃德担心会有人来,要他们分手。他们返回了城堡。玛格丽站在家门口眺望着海边,看看是否有人来。

　　"埃德蒙,"奥斯沃德说,"祝贺你是勋爵和勋爵夫人的儿子。证据是牢靠的,无可辩驳。"

　　"对我们来说是这样,"埃德蒙说,"可是对其他人,我们该如何让它们也成为无可辩驳的证据呢? 我们该如何看待洛弗尔夫人的葬礼呢?"

　　"就像一部小说,"奥斯沃德说,"这是现勋爵的作品,就是为了确保他的称号和财富。"

　　"我们该采用何种手段来废黜他呢?"埃德蒙说,"像我这样贫穷的年轻人同他争斗谈何容易!"

　　"我不怀疑这一点,"奥斯沃德说,"但是天主到目前为止一直在引导着你,他会完成自己的计划的。对我来说,我只能惊讶和羡慕!"

　　"那么我想听听您的建议,"埃德蒙说,"因为主以自然的方式帮助我们。"

　　"在我看来,第一步你必须同某一个大人物交朋友。这个大人物地位很高,足以支持你的努力,将此事交由权威审核。"

　　埃德蒙开始搜肠刮肚地思索。他突然喊道:"有了! 我有一个朋友! 一位有权势的朋友。是上天派来保护我的。可是我早就把他忘了。"

　　"谁有可能是?"奥斯沃德问。

　　"除了仁慈的菲利普·哈克雷爵士,还能是谁? 我是他选定的朋友。从今往后,我要称他为父亲了。"

　　"对呀,真的是这样啊,"奥斯沃德说,"这是我在此之前亲眼所见的新证据。天助你,将会完成他的意愿。"

　　"我也这么想,"埃德蒙说,"依靠主的指引,我们已经确定了我未来的行动。我把我未来的行动计划告诉您。首先,我要离开城堡。大人今天已经送了我一匹马。我打算今夜就骑马不辞而别。我去找菲利普·哈克雷爵士,将跪在他的面前,讲述我的离奇故事,恳求他的保护。我要同他商议采用哪种方式能把谋杀者绳之以法。我将照他指点去做任何事。"

"这事比你预想的好多了,"奥斯沃德说,"不过请让我对你的计划做一点补充。你打算夜深人静的时候离开,我和约瑟夫都是赞成你这么做的,因为你的离开会留下一个谜。你在这时从那栋闹鬼的房子里消失了,这会让所有的人感到惶恐不安。他们会感到困惑不解,徒劳无益地去解释这个谜。他们将不敢去打探那个地方的秘密。"

"说得好。我同意您的补充,"埃德蒙回答,"同样也设想一下,有一封密信掉落在大人必走的路上或以后寄给他。这封信当然是我们设计的,吓唬他们不理那栋房子。"

"好,我将关注此事,"奥斯沃德说,"我将向你保证,他们目前绝不会搬到那里去住。"

"可是我该怎么告别我的好友威廉呢? 难道也不辞而别吗?"

"我也考虑过了,"奥斯沃德说,"我会设法让他知道这件事的,但又想不明白,让他感到惊奇而又保持沉默的。"

"你怎么做呢?"埃德蒙问。

"以后我再告诉你,"奥斯沃德说,"老约瑟夫来看我们了。"

约瑟夫真的来了,照他的年纪来说,算是最快的速度了。他刚好听到了什么,便问有什么新的消息。他们讲述了在特怀福德家的经过。他全神贯注地倾听他们的叙述。当说到关键之处时,约瑟夫大呼:"我早就相信,迟早会证明这一切的! 感谢主啊! 承认埃德蒙是年轻的勋爵的,我可是头一个人。无论活着还是死了,我都要做他忠实的仆人!"说着,约瑟夫就要下跪,埃德蒙阻止了他,热烈拥抱了他。

"我的朋友!我的好友!"埃德蒙说,"我怎么能让您这样年纪的人给我下跪呢!您可是我最好、最真诚的朋友啊。我将永远感激您对我的公正无私的感情。如果上天恢复我的权力,我最先关心的事之一就是让您安享晚年。"约瑟夫哭了起来,激动得说不出话来。

奥斯沃德等了一会儿,待他们情绪平静后,把埃德蒙离开城堡的计划告诉了约瑟夫。

约瑟夫擦了一下眼睛,说:"我想到了一件可以让我亲爱的主人既高兴又有用的事。菲利普·哈克雷的仆人小约翰·怀亚特眼下正在探望他父亲。听说,他很快就要回去。路上,你可以与他同行,也可让他做你的向导。"

"这真是件让人高兴的事,"埃德蒙说,"可是我如何能知道他何时离开呢?"

"嗯,我去找他问一下,然后给您回话。"

"好的,"埃德蒙说,"真让我对您感激不尽。"

"不过,埃德蒙,"奥斯沃德说,"我觉得最好先不要让小约翰·怀亚特知道与他同行的人是谁。让约瑟夫只告诉他,一位先生要去拜访他的主人。要是可能的话,劝他今晚就动身。"

"好的,我的好朋友,"埃德蒙说,"也告诉他,就说这个人有非常重要的事对他的主人说,请他无论如何不要拖延行程。"

"我会照您的吩咐去做的,放心吧,"约瑟夫说,"我将会尽快向您通报一切顺利的消息。不过,没有向导,您千万不要动身。"

"放心吧,我不会的,"埃德蒙说,"尽管我可以独行,可以不需要他人陪伴,也不害怕任何危险。"

他们谈着这些事,不知不觉地,城堡就在眼前了。约瑟夫离开他们,去办吩咐他所做的事了,埃德蒙则去与男爵共餐。男爵注意到埃德蒙变得沉默不语,说话谨慎。双方的谈话显得沉闷无趣。晚餐刚结束,埃德蒙便告辞去了自己的住处。他整理了一下行李,匆匆为离开做准备。

然后,他来到花园,脑子在急速运转,思考他处境的特殊性和他未来的不确定性。想着心事,他双手抱臂,眼睛下垂,在原地走来走去,没有觉察到有两个女人正站在远处观察他,一个是爱玛小姐,一个是她的女仆。爱玛小姐已经订婚了。最后,埃德蒙抬起眼睛,看到了她们。他静静地站在那里,拿不准是前进还是后撤。

她们向他走来。走近了他,美丽的爱玛说:

"你看上去心事重重,埃德蒙,我担心,有些新的烦恼,我一无所知。我可以尽我所能减轻你的烦恼啊。告诉我,我猜得对不对?"

他站在那里,仍旧迟疑不决。他吞吞吐吐地回答道:"啊,小姐,……我……我很伤心,也很担心,成为这个高贵家庭的不和睦的原因。我太感激这个家了,除了消除引起不和的原因外,我看不出还有什么办法能够减轻这些烦恼。"

"你是指你自己吗?"她问。

"当然了,小姐。我正考虑离开呢。"

"但是,"她说,"你就是离开这里,也消除不了不和的原因。"

"怎么讲,小姐?"

"因为造成不和的原因并不是你,而是那些要你离开的人。"

"爱玛小姐!"

"你怎么还看不出来呀,埃德蒙?你应该很清楚,正是那个讨厌的温洛克造成了我们之间的不和。温洛克是你的敌人,也是我讨厌的人。要是不把他除掉,那我们之间的不和就会越演越烈。"

"爱玛小姐,对这个话题,我不该多嘴。温洛克先生是您的亲戚,他并不是我的朋友,为此,我不应该说他的不是,你也不应该从我这里听到对他的非议。如果他曾对我不好过，那么大人，您的父亲，对我的善待则抵消了这一切。大人是英明和仁爱的化身，是他让我证明了自己的无辜和清白。他恢复了对我的信任，这可是上天给我的最佳奖励了。您那可亲的哥哥威廉非常看重我。他对我的器重对我来说无疑是珍贵的。您，与众不同的女性，也让我有了这样的希望：您也看重我，对我有良好的印象。所有这一切难道还不能抵消温洛克对我的恶意吗？"

"埃德蒙，我对你的看法是坚实牢靠的，并非基于昨天的事件，而是基于长期的了解和经验，基于你整个的言行和品格。"

"感谢您这么看重我，小姐！您始终这样看我，这让我激动不已，觉得不该辜负您的好意。我虽然即将远离这个地方，可是回忆您的好意将会让我的心感到温馨不已。"

"那么，你为什么要离开我们呢，埃德蒙？留下来，粉碎你的敌人的阴谋吧。再说，我也会为你祈愿并助你一臂之力啊。"

"请原谅，小姐。我不能这么做，即便我有这个能力。温洛克先生爱着您，小姐。您对他的厌恶，如果让他很痛苦，那么这对他来说已经算是一种严厉的惩罚了。说到其他人，他们的恶意也许让我感到不幸。不过，如果我不配有快乐的话，这也许是由我自己的不是造成的。"

"那么，你认为反对温洛克是一种不值得的行为吗？非常好，先生。那么，我想，你是希望他成功了？你是希望我嫁给他了？"

"我，小姐！"埃德蒙困惑地说，"让我对如此重要的事发表意见，我算什么？您的问题让我感到困扰。愿您幸福快乐！愿您心想事成！"

他叹了一口气，转身离去。她叫他回来。他浑身颤抖，沉默不语。

看到埃德蒙的困惑神态,她仿佛很开心。她不顾他的感受再次问道:"告诉我,埃德蒙,你真愿意看到我答应温洛克的求爱吗? 我要你回答我的问题。"

　　突然间,他恢复了自己的语气和勇气,朝前走去,身子挺立,神情坚毅,语气坚定:"既然爱玛小姐非要我回答,既然她公开宣称讨厌温洛克,既然她不耻下问想了解我的想法,那么我就告诉她,我的想法和愿望。"

　　现在轮到美丽的爱玛浑身发抖了。她面颊绯红,目光朝下,为自己刚才讲的口无遮拦的话感到羞惭。

　　埃德蒙继续说道:"我最热切的愿望是,请美丽的爱玛先守护好自己的情感,直到我的一个朋友敞开心扉恳求它。他的最大心愿就是,先配得上这份情感,而后获得这份情感。"

　　"你的朋友,埃德蒙?"爱玛小姐说。她皱紧了眉头,流露出不屑的眼神。

　　埃德蒙继续说道:"我的朋友因情境所限,目前还不能以适当的方式要求爱玛小姐的垂青。不过,他一旦解决了悬而未决的问题,便会公开宣布自己的意愿。如果他失败了,那么他将会谴责自己,永不再言。"

　　爱玛小姐不知该如何理解埃德蒙的这段表白。她希望,她担心,她沉思。埃德蒙的话激起了她的强烈好奇心,没有满意的回答就无法满足这种好奇心。稍停片刻,她追问道:"埃德蒙,你这位朋友的地位和财产如何?"

　　埃德蒙笑了起来,不过他控制住了自己的情绪,回答道:"他出身高贵,可他的地位和财产则不确定。"

　　她的脸色沉了下来,叹了一口气。埃德蒙接着说:"一个地位不高的人怎么可能渴望得到爱玛小姐的垂青? 她的高贵出身,她的美貌和品德,她的尊严,让所有地位不高和品德不佳的人敬而远之。他们可以爱慕她,也可以敬仰她,却不敢奢望靠她太近,以免他们会因这种奢望而受到惩罚。"

"是这样吗? 埃德蒙,"她忽然说,"你的这位朋友委托你说他想要说的话,是这样吗?"

"是的,小姐。"

"那么,我必须告诉你,我觉得,他很自信,你也很自信啊。"

"对不起,小姐。"

"告诉他,我将照父亲说的去做,把我的感情献给那个男人。"

"说得很好,小姐。大人如此爱你,我敢肯定,他是不会违拗你的意愿的。"

"你怎么知道,埃德蒙? 告诉他——希望获得我喜爱的那个人,必须向父亲大人提请这件事。"

"这正是我那位朋友的意愿,也是他的决心,只要他能够得体地向大人提出。我代他接受您的这项要求。"

"你说我的要求吗? 我很惊讶你这么自信! 不要再说你的朋友了。不过,也许你一直是在替温洛克说话。在我看来,都是一个人。要是这样,就别再说了。"

"我惹您不快了,是吗,小姐?"

"没关系,埃德蒙。"

"有关系的。"

"我对你真的感到惊讶,埃德蒙。"

"我对自己的唐突感到惊讶,请原谅我。"

"这没什么。再见了,先生。"

"不要生气地离开我,小姐。这让我受不了。也许我会很快再见到您的。"埃德蒙看上去很苦恼。

她转过身来说:"我真的原谅你了,埃德蒙。我关心的是你,而你似乎只关心别人而不关心你自己。"她叹息道:"再见了!"

埃德蒙温柔地注视着她。他走近她,只是触摸了一下她的手,他的心都提到了嗓子眼。可他想到了自己的处境,马上控制了自己的感情,向后退了一步,发出深沉的叹息,深深地鞠了一躬,便匆匆离开了爱玛。

爱玛转身朝另一个方向走去。

埃德蒙先回家来,而后上楼回到了自己的寝室。他一下子跪倒在地,不断为他恩主的每一位家庭成员祈福。当提及迷人的爱玛的名字时,他不知不觉地哭了起来。他马上就要突然离开她了,也许是永远离开她。然后,他努力平定自己的心绪,再次为男爵祈愿,愿他度过一个美好的夜晚。他回到自己的寝室,直到有人传唤他再去那栋闹鬼的屋子。

他准备好行装走了下来,走得很快,怕人瞧见。他照惯例做了祈祷。很快,便听到奥斯沃德的敲门声。他们一起就所关心的问题进行了商议。后来,约瑟夫来了,带来了埃德蒙的其他行李,也为他行前带来了一些点心。埃德蒙答应将他的处境和成功的消息尽可能早地通知他们。午夜十二点,他们听见了头天夜里在底层听到过的呻吟声。不过,他们多少熟悉了这种呻吟声,所以并未受到太大的影响。奥斯沃德双手合十,为逝者的灵魂祈祷,也为埃德蒙祈祷,祈求主对他的保佑。然后,他站起来,拥抱了埃德蒙。埃德蒙也依依不舍地告别了他的朋友约瑟夫。随后,他们蹑手蹑脚地穿过一条长廊,又蹑手蹑脚地走下楼梯。他们屏息静气地穿过寂静的大厅,生怕被人听见。在打开一扇折叠门时遇到了一点困难,不过最后还是打开了。到了外面的大门时又遭遇了险情,不过最后他们还是将埃德蒙安然地带到了马厩。在马厩里,他们再一次拥抱了他,祈愿他成功。

然后，他骑马朝怀亚特家奔去。在门口，他高声招呼了一声，屋内传来回应声。不一会儿，小约翰走了出来。

"哎呀，是您吗，埃德蒙主人？"

"嘘！"埃德蒙说，"不要说出我是谁。我要办的是私事，不希望让别人知道。"

"您先走一步，我很快就会赶上您的。"

小约翰真的是说到做到。他随埃德蒙一起朝北奔去。

与此同时，奥斯沃德和约瑟夫悄悄地返回了城堡。他们神不知鬼不觉地回到了各自的住处。

大约黎明时分，奥斯沃德打算分发信件给那些收信者。在经过一番筹划后，他决定采取大胆的步骤。倘若被发现，那么他会编造一些理由。在最新成功的激励下，他踮着脚尖走进了小主人威廉的寝室，将一封信放在了他的枕头上，而后悄无声息地又走了出去。他满心欢喜，又试图走进男爵的房间，但是发现房门从里面反锁了。此计划受挫后，他把信和那把闹鬼房子的门钥匙放在餐厅里的餐桌上，然后耐心等待男爵下来吃早餐。不久，他看到男爵走进餐厅。他躲在一边，等待传唤。男爵坐下正要吃早餐，看见一封信就放在他的面前。他打开信，读后大吃一惊。信的内容如下：

> 闹鬼房的监护人致菲兹-欧文男爵。我把我负责掌管的钥匙交给您，直到真正的拥有者到来的那一天。这位拥有者将会发现我的冤屈，并为我复仇。然后，那施罪者将遭受痛苦！不过，不要惊扰其他无辜的人吧。同时，不要让任何人打探我房子的秘密，以免他们因鲁莽而遭受不幸。

男爵被这封信惊呆了。他拿起那把钥匙，仔细查看，然后又把它放下,拿起那封信。他思绪非常混乱,接下来他不知该做什么或者该说什么。最后,他把身边的仆人叫了过来。他问的第一个问题是——

"埃德蒙在哪儿?"

他们说不上来。

"去叫他了吗?"

"叫了,大人,但是没人回应。钥匙不在门上。"

"约瑟夫在哪儿?"

"去马厩了。"

"奥斯沃德神父在哪儿?"

"在他的书房。"

"去找他,让他来这里。"

男爵又读了一遍信。奥斯沃德来了。

他神情镇定,准备好回答所有的询问。他走进屋来,注意观察男爵的表情。男爵满脸怒色,一看到奥斯沃德,便气吁吁地说:

"拿着这把钥匙,读一读这封信!"

他照男爵说的做了,耸了耸肩膀,一言未发。

"神父,"男爵问,"对这封信,你是如何看的呢?"

"太不可思议了。"

"信的内容让人惶恐不安。埃德蒙在哪儿?"

"不知道。"

"没人看见他吗?"

"就我所知,没有人看到他。"

"把我的儿子们、亲戚和仆人都叫来。"

仆人们走了进来。

"你们当中有谁见过埃德蒙或听到过埃德蒙的消息吗?"

"没有。"仆人们回答。

"神父,去楼上叫我的儿子们和亲戚马上过来见我。"

奥斯沃德退下,先去了威廉的房间。

"亲爱的,您必须马上去见大人。他有重要的事告诉您。"

"我也有重要的事禀报父亲大人呢。你看,这是在我的枕头上发现的!"

"请先读给我听,然后再给别人看。大人已经是恐慌不安了,我不想有什么再增加他的惊愕。"

威廉读了那封信,而奥斯沃德看上去仿佛对信的内容毫不知情。信中写道:

> 无论您听到了什么或看到了什么,都请念及我们的友谊。农民埃德蒙不复存在了,但是一个希望感激和报答菲兹-欧文爵士慷慨的关照和保护的人仍还活着,一个希望回报敬爱的威廉的承诺之情的人仍还活着,一个希望在平等的基础上求得友谊的人仍还活着。

"这是什么意思?"威廉问。

"难以说清楚。"奥斯沃德回答。

"你能告诉我引起恐慌的原因吗?"

"我无法告诉您。不过,大人要马上见您,请快点下去,我还得上去叫您的兄弟和亲戚呢。没有人知道想什么或信什么。"

年轻的主人威廉下楼去了。奥斯沃德去了那些不满分子那里。他刚迈进他们住所的外门,便听到温洛克的喊叫:"朋友,过来。现在又有了新的计划!"

"先生们,"奥斯沃德说,"大人要你们马上去餐厅见他。"

"什么？我想，是见你的宠儿埃德蒙吧？"温洛克说。

"不是的，先生。"

"那么，是什么事？"罗伯特爵士问。

"发生了极不寻常的事，先生们。埃德蒙失踪了，他从那栋闹鬼的房子里消失不见了。那栋房子的钥匙莫名其妙地传到了大人的手中，还有一封出自陌生人手笔的信。大人又惊又忧，希望听听你们的看法和建议。"

"请告诉他，"罗伯特说，"我们马上就去见他。"

奥斯沃德离开时，听见温洛克说："埃德蒙总算不在了，管他怎么消失或去哪里呢！"

另一个人说："我倒希望鬼帮我去掉这块绊脚石。"听了这个说法，其他人大笑起来。

他们随着奥斯沃德下了楼，看见男爵正和威廉议论那把钥匙和那封信。男爵把钥匙和信递给了罗伯特。他看着它们，感到惊讶和困惑。

男爵对他说："这不是一件很奇怪的事吗？罗伯特，先把你的怨气搁置一边，满怀敬意和感情地对待你的父亲，因为父亲对你的亲情应该得到你的尊敬和感情。现在，对于这桩令人惊恐的事谈谈你的看法。"

"父亲大人，"罗伯特说，"和您一样，我也感到困惑。我没有什么看法。让我的表兄弟们看看这封信，听听他们的看法。"

他们依次读了那封信，同样感到惊讶不已。当信传到温洛克手中时，他停顿了一下，沉思了一会儿。最后，他说道：

"的确，让我感到惊讶、更加关注的是，看到大人被一个巧妙的把戏所愚弄。如果大人同意的话，我会设法戳穿这个把戏来证明有关的一切。"

"照你说的去做吧，狄克，"男爵说，"我会为此感谢你的。"

"这封信，"他说，"我想，是埃德蒙或他的一位有心计的朋友所为，目的是掩饰他们破坏这个家族和平的某种计划。为了那个无赖，这个计划常常受到干扰。"

"但是，这个计划会有什么结果呢?"男爵问。

"嗯，该计划的一部分是要掩盖埃德蒙离开的事实，这一点再清楚不过了。至于其他部分，我只能猜测了——也许，他被藏在那栋房子里的某个地方，他会在夜间从那里突然出现，抢劫或谋害我们，至少会引起这个家庭的恐慌不安。"

男爵笑了起来。"你说得也太离谱了，太离谱了，你以前也是这么做的。你总是对那个穷小伙子怀有成见，每次提到他，你都要发火。他把自己关在那里为什么呢? 是为了挨饿吗?"

"挨饿? 不，不是的! 在这个城堡里，他有朋友(瞧了一下奥斯沃德)。他们会提供给他所需要的东西。那些人总是夸张他的美德，而对他的缺点则轻描淡写地带过。他们会在他需要之时助他一臂之力，说不定他们还是他的同谋呢。"

奥斯沃德耸了耸肩膀，没有吱声。

"这是你的奇异幻想，狄克，"男爵说，"不过我还是乐意查个究竟。首先，弄清楚你意指什么;其次，要满足所有人的疑问，你在这里所说的究竟是真还是假。他们以后也许会了解你是何等精明的。现在我们一起去查看一下那栋房子，让约瑟夫到那里等我们。"

奥斯沃德要去叫约瑟夫，可是温洛克阻止了他:"你不能去，神父。你必须同我在一起。我们需要你的恐怖的想法。约瑟夫将不能同你密商。"

"你什么意思啊?"奥斯沃德说，"你是要暗示大人反对我或约瑟夫吗? 将来总有一天人们会知道究竟是谁搅乱了这个家庭的平静。

我在等待那一天的到来，用不着我说什么。"

约瑟夫来了。当告诉他要去什么地方时，他紧紧盯着奥斯沃德看，这让温洛克看到了。

"请前面带路，神父，"他说，"约瑟夫跟着我们。"

奥斯沃德笑了。

"我们是要去上天叫我们去的地方啊，"他说，"唉！人类的智慧既不能加快也不能延迟它的旨令啊。"

他们跟在神父的后面，径直走向那栋闹鬼的房子。男爵打开门，吩咐约瑟夫打开百叶窗，让久违的日光射进屋里来。他们查看了楼上的房间，然后下楼，又查看了底层的房间。但是，他们没注意到储藏室，而致命之谜就封闭在那里。挂毯遮住了储藏室的门。挂毯大如房间，遮蔽得严丝合缝，浑然一体。

温洛克骂骂咧咧地要奥斯沃德神父带他们去见鬼。作为回应，他问他们到哪里能够找到埃德蒙。"你们认为，"他问，"他藏在我的衣袋里，或者藏在约瑟夫的衣袋里吗？"

"这不要紧，"温洛克回答道，"可以随便想嘛。"

"我对你的看法，"奥斯沃德说，"可不是根据思想。我对人的判断是根据他们的行为。这个规则，我觉得，并不适合你。"

"你的无礼劝告一钱不值，神父！"温洛克回应道，"你说这话的时候也不看看时候和地点。"

"可这比你想的更真实，先生。现在我无意讨论这个话题。"

"不要吵了，"男爵说，"以后我再同你讨论这个话题，看看你打算如何应对。狄克·温洛克，现在请回答我的问题。你认为埃德蒙就藏匿在这栋房子里吗？"

"不，大人。"

"你认为这栋房子里有什么秘密吗？"

"没有,大人。"

"你认为这栋房子闹鬼吗?"

"不,我不这么认为。"

"你敢试一下吗?"

"怎么试,大人?"

"在这个问题上,你显示了自己的睿智。我的意思是要你展示一下你的胆量——你和你的心腹朋友杰克·马克汉姆在这里睡上三夜,就像埃德蒙此前做的那样。"

"父亲大人,"罗伯特问,"为什么? 我很乐意知道为什么。"

"我有我的理由,那边的亲戚也有他们的理由。请不要多话,先生们! 我要求大家在这一点上服从我。约瑟夫,把床晾晒一下,把一切都安排得合乎这两位先生的心意。要是真有什么把戏的话,那么,我敢肯定,他们会乐于查明它的。要是没有的话,那么事情就了结了,这说明这些房间是可以居住的。奥斯沃德,随我来。其他人去该去的地方,晚餐时再会。"

男爵和奥斯沃德来到客厅。

"现在告诉我,神父,"男爵说,"你是不是不赞同我的安排?"

"恰恰相反,大人,"奥斯沃德回答道,"我完全赞同。"

"可是你并不晓得我这么安排的理由。昨天,埃德蒙的言谈举止与我平日所见不同。平日里,他是无话不说的,可是昨天他却变得沉默不语,心事重重,心不在焉。他长吁短叹,有一次,我还看见他的眼睛里含着泪水。现在,我怀疑那栋房子里有什么不寻常的东西,埃德蒙发现了什么秘密,不敢揭露,便逃离了城堡。至于那封信,也许埃德蒙写这封信是为了暗示他不敢揭露的事情。看到信中的暗示,我就不寒而栗,尽管我似乎还不能领会其中的含义。不过,我和我的家人是无辜的。如果上天要揭露其他人的罪孽,那么我会很高兴地顺从它的意旨。"

"这事会解决的，只是要谨慎罢了，大人。让我们各尽其责，一切听天由命吧。"

"可是，神父，在迫使我的亲戚睡在那里的问题上，我另有考虑：如果他们遇见了什么东西，这种事最好只让自家人知道就行了。如果啥事也没发生，那么我也可检验一下我的这两个亲戚的勇气和诚实。我一向不看重他们。我打算尽快查问我最近听到的对他们不利的诸多事情。如果发现他们有罪，他们将逃脱不了惩罚。"

"大人，"奥斯沃德说，"您自己判断吧。我希望您去查问他们。我相信，结果将是他们乱成一团。作为男爵，您有能力重建家庭的宁静。"

说话期间，奥斯沃德小心提防，以免有可能引起怀疑的事情从他眼皮底下溜掉。只要有可能，他就抽身而退，让男爵去琢磨所有这些事情意味着什么。男爵担心有什么灾难降临他的城堡，可他并不知道其中的缘由。

男爵同孩子们一起用餐。他努力装出快乐的样子，可是从他的举止上可以看出他的郁闷。罗伯特爵士矜持有礼，威廉沉默不语但留意着身边发生的事情，其他家人则毕恭毕敬地聆听男爵的讲话，只有温洛克和马克汉姆看起来阴沉而沮丧。整个下午，男爵都没让这些年轻人离开他。他努力让大家开心取乐，对孩子们显露了无限的情感和父亲般的关爱，设法安抚他们的情绪，通过慈爱来激起他们的感激之情。

随着夜晚的降临，温洛克和马克汉姆感到他们的勇气在减弱。九点钟，老约瑟夫来带他们去那栋闹鬼的房子。他们告别了亲戚，怀着沉重的心情走上了楼。

他们看到房间已经为他们布置得井井有条，一张桌子上放满了食品和好酒,好让他们保持良好的精神状态。

温洛克说:"你的朋友埃德蒙似乎应该感谢你在这里为他安排食宿。"

约瑟夫说:"先生,头一个晚上,他的食宿很差,不过后来由于大人的吩咐,好多了。"

温洛克问:"是由于你的殷勤关照吗?"

约瑟夫说:"是的,我并不以此为耻。"

马克汉姆问:"你是不是急于知道他遭遇了什么事啊?"

"不,先生。我相信,他受到最好的保护。像他这样善良的年轻人无论身在何处都是安然无恙的。"

"你看到了吧,杰克表弟,"温洛克说,"我舅舅的仆人的心是如何让那家伙俘虏过去的。我猜想,要是真相大白的话,别看这老家伙表面上老实巴交的,他一定知道埃德蒙在什么地方。"

"还有别的吩咐吗,先生?"老人问。

"没有了。"

"那么,照吩咐,你们不再需要我时,我要去侍候大人了。"

"那你就忙自己的事去吧。"

约瑟夫离开了,他很高兴他们放他走。

"杰克,我们该怎么消磨时间?"温洛克问,"这里让人感到压抑和沉闷啊。"

"太沉闷了,"马克汉姆说,"我想,咱们最好是睡觉,一下子睡着了最好。"

"说实话,"温洛克说,"我可没心思睡觉。你说,那老头迫使我们在这里过夜,是谁想出这一招的?"

"拜托,别说了好不好。还不是你自己惹的事。"马克汉姆说。

"我也没想到他会听信我的话呀。"

"当时,你说话本该更小心才是。我们总是受你的操纵,就像傻子一样。你摇唇鼓舌,而我却为此受罪。不过,他们开始看透你那种精心编织的伎俩和把戏了。我想,你迟早会被大家唾弃的。"

"你在胡说什么?你想惹恼我吗,杰克?你要知道,有的人天生就是谋划者,有的人生来就是执行者。我就是前一种人,而你就是后一种人。看看,你的朋友,不然的话——"

"不然的话又怎么样?"马克汉姆回应道,"你想威胁我吗?你要是威胁我——"

"就是威胁你,你又能怎么样?"温洛克问。

"那么我们俩就比试比试,看一看到底谁比谁强,先生!"

话音一落,马克汉姆站了起来,摆出一副防御的架势。温洛克看出他真动了气,便开始安抚他。他好言相劝,让他息怒,许诺给他好东西。马克汉姆沉闷不快,满腹怨气。他一开口说话,就指责温洛克背信弃义,谎话连篇。温洛克极尽巧言逗乐,可徒劳无功。马克汉姆扬言要将自己所知的一切告知男爵,将责任推到温洛克身上来开脱自己。温洛克按捺不住自己的心头怒火了。他们都气得说不出话来。最后,他们站起来,决定搏斗一场。

他们双拳紧握站在那里。突然,他们听到楼下的房间里传来一声低沉的呻吟,马上惊慌起来。他们吓呆了,就像雕像般一动不动地立在那里。他们浑身发抖,仔细聆听。又一声呻吟更让他们感到惊骇。很快,又传来第三声呻吟。他们步履蹒跚地朝椅子走去,一屁股跌坐在椅子里,几乎昏了过去。那时,所有的门突然打开了。一道淡淡的、摇曳的光出现在通往楼梯的门口,一个全身甲胄的男人走进了房间。他站在那里,伸出一只手,指着大门。他们领悟了他的意思,惊恐不安地爬出了大门。他们跌跌撞撞地穿过长廊,来到男爵的住处。温洛克吓晕了过去,马克汉姆只剩下敲门的力气了。

睡在外屋的仆人惊慌地叫醒了男爵。

马克汉姆喊道:"看在天主的分上,让我们进屋吧!"

听到他的叫声,门打开了。马克汉姆慌里慌张地去见男爵。他激动地指着温洛克。温洛克正慢慢从刚才的昏厥中苏醒过来。那个仆人吓坏了,赶忙摇动警铃。仆人们从男爵房内各处跑了过来。年轻的主人们也来了。场面混乱不堪,人人都感到恐惧。

奥斯沃德猜到发生了什么事,看来只有他能询问他们了。他问了几遍:"怎么回事?"

马克汉姆最后回答了他的询问:"我们看见鬼了!"

无法保密了。这句话迅速掠过所有家人的耳边——"他们看见鬼了!"

男爵要奥斯沃德同年轻的主人们谈谈,设法平息骚乱。他走上前去,宽慰了一些人,呵斥了另一些人。他吩咐仆人们回到外屋。男爵同他的儿子们和亲戚们仍待在寝室。

"很不幸,"奥斯沃德说,"这事让大家都知道了。可以肯定,这两位年轻人只是说了他们的所见所闻,而没有警示家人。为了大人,我非常关注此事。"

"谢谢你,神父,"男爵说,"不过,用不着谨小慎微了。温洛克半死不活,马克汉姆惊魂未定,所有的家人恐慌不安,对此我也无能为力。可是,还是让我们听一听,这两个可怜的惊魂未定的家伙会说些什么吧。"

奥斯沃德问:"先生们,你们看到了什么?"

"鬼呀!"马克汉姆回答。

"那鬼是什么样子呢?"

"一个男的,穿着甲胄。"

"鬼跟你们讲话了吗?"

"没有。"

"到底是什么把你们吓成这个样子?"

"那个鬼站在最远的那个门口,指着大门,仿佛是让我离开那个房间。我们啥也不顾,拼命逃离了。"

"鬼追你们了吗?"

"没有。"

"那么,你们大可不必这么惊慌失措的。"

温洛克抬起头说:"神父,当时你要是同我们在一起,我敢说,你会比我还要惊慌失措。要是大人让你去同那个鬼商谈就好了,因为毫无疑问,你比你们更有资格。"

"大人,"奥斯沃德说,"要是您准许,我就去那里。我要看看那里是不是一切都安然无恙,而后再把钥匙还给您。或许,这有助于消除已经引起的恐慌。至少,我要试一试。"

"谢谢你,神父。为了化解恐慌,就照你说的去做吧。"

奥斯沃德走进外屋。"我要去关闭那栋房子。年轻的主人们受到了过分惊吓。我要去查看一下,你们当中谁愿跟我去?"

他们都往后退缩,只有约瑟夫愿意跟他去。他们走进了那栋闹鬼房子里的卧室,发现一切安然。他们熄灭了炉火和灯,锁上门,带回了钥匙。返回的路上,约瑟夫说:"我揣想了那个鬼的样子。"

"嘘!什么也别说,"奥斯沃德说,"你没觉得他们怀疑我们知道什么了吗?尽管他们并不清楚我们知道什么。你在这里等候传唤吧。我们俩说的时候都要说到点子上。"

他们把钥匙交给了男爵。

"房内一切正常,"奥斯沃德说,"我们可以证明。"

"是你要约瑟夫跟你去的,"男爵问,"还是他主动提出跟你去的?"

"大人,我问谁愿跟我一起去,除了约瑟夫,其他人都拒绝了。因为我考虑到,无论看到什么或是听到什么,我身边最好有一个见证人。"

"约瑟夫,你曾服侍过已故的亚瑟·洛弗尔勋爵。他是个什么样的人?"

"他是一个非常英俊的人,大人。"

"要是见到他,你能认出他来吗?"

"我说不上来,大人。"

"如果让你在那栋房子里睡一个晚上,你愿意吗?"

"我恳求——我希望——我恳请大人不要命令我去那里过夜!"

"那么你是害怕喽。那你为何主动要求去那里呢?"

"因为我并不像其他人那么害怕。"

"我倒是希望你能在那里睡一夜。当然,你要是不愿意,我也不强求。"

"大人,我不过是一个贫穷无知的老人,胜任不了这样的使命。此外,要是我见到了那个鬼,要是那鬼恰好是我主人的身形,要是那鬼对我说了什么事,让我保密,我肯定不敢泄露,到那时,我该如何为您效劳呢,大人?"

"这倒是实话。"男爵说。

"这种说辞,"罗伯特爵士说,"也太简单、太狡猾了吧。您看,约瑟夫并不是我们可依靠的人。洛弗尔勋爵虽然死了,可约瑟夫对他的敬意却超过了对菲兹-欧文男爵的敬意。他称洛弗尔勋爵为主人,并承诺为他保守秘密。说说看,神父,那鬼到底是你的主人还是你的朋友? 你有义务为他保密吗?"

"爵士,我的回答和约瑟夫的回答一样,"奥斯沃德说,"我宁死也不愿看到秘密被这样揭露出来。"

"我还觉得，"罗伯特爵士说，"奥斯沃德神父的举动很神秘，我难以理解。"

"不要去琢磨神父了，"男爵说，"我没有理由对他不满。或许这种神秘不久就会清楚的。不过，我们先不要把人往坏处想。奥斯沃德和约瑟夫所言并无不妥。对他们的回答，我很满意。让我们这些无辜的人能够安稳休息吧，让我们努力恢复家庭的宁静。神父，请帮帮我们。"

"我会尽力而为的。"奥斯沃德说。他把仆人叫了进来。"在外面不准提及最近家里发生的事，尤其不要提东面那栋房子里发生的事。不应该让年轻的绅士们为此担惊受怕。只不过是楼下房间里的一件家具倒了，弄出了动静，把他们吓得不轻。你们都随我去教堂，在那里待上一个小时，尽你们的职责，相信天主，服从天主。你们将看到，一切都像过去那样安然无恙。"

他们散去了。太阳升起，白昼来临，一切又恢复常态。但是，对于奥斯沃德的说法，仆人们并不是那么轻易就相信了。他们私下议论，觉得事情有些不对头，盼望事情能够尽快解决。

男爵的心思一直放在最近发生的事情上。他似乎感觉到，这里先前发生过非同寻常的事件。他有时会想起埃德蒙，为他的离去而叹息，为他的命运无常而难过，但是就他的家庭而言，他似乎感到了轻松和满意。

埃德蒙离去后，美丽的爱玛多半是在焦虑中度过。她想打听他的情况，可又怕让人看出她对他的牵挂。第二天，他的哥哥威廉来到她的住处时，她鼓起勇气问道：

"哥哥，你猜想一下埃德蒙现在状况如何。"

"不知道，"威廉说，"你为什么问我？"

"因为，亲爱的威廉，我觉得，要是有人知道的话，那么那个人一定是你。我想,他那么爱你,不会对你不辞而别的。埃德蒙这样离开城堡,你不觉得很蹊跷吗?"

"我也这么想,亲爱的。他离开的情形很蹊跷。不过,如果对我明显不利,他是不会离开城堡的。"

"我也这么想,"她说,"不过,有关埃德蒙,你也许可以告诉我一点什么。"

"唉,亲爱的爱玛,我啥也不知道啊。我最后见到他时,他似乎很动情,仿佛要和我告别似的。我有一种不祥的预感,我们这次分手要比平时更久。"

"啊! 当他和我在花园里分手时,我也有这种预感。"她说。

"那么他向你告别了,爱玛?"

爱玛脸红了,犹豫起来,不知该不该告诉威廉他们之间发生的事。威廉又是恳求,又是劝说,非要她说不可。最后,她不再坚守那个秘密了,把一切都告诉了威廉。

威廉说:"埃德蒙当时的举动同在其他场合的举动一样神秘。现在,你把自己的秘密说出来了,那么你也有权力知道我的秘密了。"

于是,他把在枕头上看到的那封信递给了爱玛。爱玛动情地读着这封信。

"圣徒助我啊!"她说,"你说,我还能怎么想? '农民埃德蒙已不复存在,但是埃德蒙仍然活着。'——我觉得,埃德蒙活着,但不再是农民了。"

"说下去,亲爱的,"威廉说,"我很感兴趣你的解释。"

"没有了,哥哥,我只是猜想。不过,你怎么看?"

"我觉得咱们的想法相同,只是我比你多了一层理解。他的意思是让你垂青他而不是其他人。假如他真的出身高贵,我宁愿爱玛的夫君是他,而不是一个王子。"

"天主保佑!"她说,"埃德蒙既出身高贵又富有,你觉得可能吗?"

"什么都有可能!我们已掌握了东房闹鬼的证据。我相信,正是在东房,埃德蒙知道了许多秘密。或许,他本人的命运同其他人的命运纠缠在一起。我也相信,他在那里的所见所闻是他离开的原因。我们必须耐心等待,这桩难解之事一定会化解的。我想,嘱咐你对我所说的进行保密实在是多余的。你的心让我有安全感。"

"你是什么意思呀,哥?"

"别再假装了,亲爱的。你爱埃德蒙,我也爱埃德蒙。这没有什么不好意思的。如果一个判断力强的女孩子不能在鹅群中看出一只天鹅来,那才奇怪呢。"

"亲爱的威廉,什么事都逃不过你的眼睛。不过,你已经让我的心情轻松多了。你可以相信,这桩事不了结,我是不会谈婚论嫁的。"

威廉笑着说道:"为了埃德蒙的朋友,就请等待吧。看到他向你求婚,我会很开心的。"

"嘘,哥!别再说了。我听到了脚步声。"

来人是她的长兄。他来叫威廉同他一起骑马出去。爱玛同威廉的谈话只好结束了。

从这时起,美丽的爱玛总是面带满意的神情。威廉常常偷偷离开他的伙伴,找他的妹妹谈他们感兴趣的话题。

在此期间,埃德蒙和他的旅伴约翰·怀亚特正朝菲利普·哈克雷的府邸进发。他们边走边聊。埃德蒙感到,怀亚特虽然没有受过什么教育,却是一个领悟力不错的人。埃德蒙也发现,约翰很爱他的主人,尊敬他甚至到了崇拜的地步。从他那里,埃德蒙了解到了许多有关那位高贵的骑士的详情。怀亚特告诉他:"菲利普爵士收养了十二个在战争中受伤致残的老兵,他们无拘无束地生活在那里。他还收养了六个老军官。他们很不幸,上了年纪,却没有得到晋升。还应该提及一个希腊人。这个希腊人是菲利普爵士的奴隶和朋友,以勇猛和虔诚而闻名。除了这些人外,还有其他许多人靠菲利普爵士养活着。这些人一起向上天为他们高贵的恩主祈福。菲利普倾听别人的苦恼,帮他们摆脱苦恼。他也分享所有善良之人的欢乐和祝福。"

"啊,多么高尚的品格!"埃德蒙说,"我的心在跃动着这样的愿望:要以这样的人为楷模! 啊,我也许会做到与他相似,可是总还是望尘莫及的!"

埃德蒙兴致勃勃地倾听着这位豪杰的故事,也兴致勃勃地倾听着怀亚特讲述有关的事情。在三天的旅程中,他们的交谈很少中断。

第四天,他们瞧见了菲利普爵士的府邸,埃德蒙心里开始疑虑自己是否会受到欢迎。他说:"自我同菲利普爵士分手后,很久没联系过他了。如果菲利普爵士对此感到不满,不承认认识我,那么他就不会友好地接待我。果真如此,也合乎情理啊。"

他让怀亚特先向菲利普爵士通报他的到来。他等在大门口,对于自己能否被接待,满心疑虑。大多数仆人看到怀亚特回来了,纷纷向他表示问候。

怀亚特问:"主人在哪儿?"

"在客厅里。"

"有陌生人同他在一起吗?"

"没有。只有他的家人。"

"那好,我要亲自去见他。"

不一会儿,他出现在菲利普爵士面前。

"哦,约翰,"菲利普爵士说,"欢迎你回来! 你的父母和亲戚们都好吧?"

"感谢主,都好着呢! 他们托我向您表示问候。他们每天都在为您祈祷。您身体还好吧?"

"好得很。"

"感谢主的保佑。不过,爵士,我还有别的事对您说。回来的路上,我有一个旅伴。他来见您,说有非常重要的事要同您谈。"

"谁呀,约翰?"

"是埃德蒙·特怀福德主人,从洛弗尔城堡来。"

"小埃德蒙!"菲利普爵士感到惊讶,"他在哪里?"

"在大门口,爵士。"

"为什么让他待在那里?"

"因为他叫我先来通报您,他等候您的恩准。"

"把他带到这里来,"菲利普爵士说,"就说我非常高兴见到他。"

约翰匆匆赶去传信。埃德蒙默默跟着他来到菲利普爵士的面前。

埃德蒙远远地深鞠了一个躬。菲利普爵士伸出手来,叫他走近一些。当埃德蒙走近时,他颤抖地握住菲利普爵士的手。埃德蒙跪下,拿起他的手吻了一下,然后将手静静地放在胸前。

"欢迎你,年轻人!"菲利普爵士说,"勇敢一点,说说你的来意。"

埃德蒙深深地叹了一口气,最后好不容易打破了沉默。"尊贵的爵士,我来这里投奔您,恳请您的保护。天主在上,您是我唯一的依靠了。"

"我诚心诚意地欢迎你,"菲利普爵士说,"自我们上次见面以来,你可是变化不小啊。我希望,你的想法也发生了这样的变化。在法国,从认识你的法国朋友那里,我听说了你的杰出表现。我记得,我早先曾对你有过承诺,现在我乐意履行我的承诺,条件是你没有做过有损于我先前对你有好印象的事。我愿意尽我所能对你提供所有的帮助。"

埃德蒙吻了吻扶他起来的那只手。"如果就这么一个条件,我接受您的恩惠，爵士。如果您发现我在利用您的轻信，或滥用你的善意，请您立刻停止对我的帮助！"

"好了，"菲利普说，"起来吧。让我拥抱一下。真诚地欢迎你。"

"哦，尊贵的爵士！"埃德蒙说，"我要对您讲述一个奇特的故事，这个故事与您和我都有关系。只有上天能够见证我们之间的事。"

"太好了，"菲利普爵士说，"很乐意听你讲。不过走了这么长的路，你一定饿了。你先去吃点东西，然后再来见我。约翰会照料你的。"

"我不想吃东西，"埃德蒙说，"不把我的事告诉您，我就无法安心地吃什么喝什么。"

"好吧，"菲利普爵士说，"那就跟我来。"他拉着埃德蒙的手去了另一间客厅，这让他的朋友们十分惊讶：这个年轻人有什么事呢？约翰·怀亚特对他们讲述了自己所知道的有关埃德蒙的一切，包括他的身世、品格和处境。

埃德蒙坐下后开始讲述那个不可思议的故事，菲利普爵士静静地听着。埃德蒙简述了他生活中发生的最震撼人的事情，从他初次见到并喜欢上菲利普爵士，到他从法国归来，尤其详细地叙述了他从法国回来后所发生的一切，没放过任何重要的细节。这一切都深深地、持久地烙在了他的记忆里。

菲利普爵士听着埃德蒙的讲述，越来越为之动容。他时而握紧双手，时而举手向天，时而猛拍胸脯，时而仰天长叹。埃德蒙叙述他的梦境时，菲利普爵士呼吸变得急促，目光专注。埃德蒙讲到那间令人震惊的储藏室时，菲利普爵士浑身颤抖，唔叹，落泪，激动得几乎喘不过气来。

接着，埃德蒙又讲述了他的养母和他之间发生的那一幕。当讲到养母交出那些珠宝首饰，即他的身世和他那不幸的生身母亲之死的证据时,菲利普爵士再也按捺不住了,跑过去一下子把埃德蒙拥抱在怀里,哽咽得说不出话来。他失声痛哭起来。最后,哽咽地说道:

"我最亲密朋友的儿子!一个高贵家族的珍爱的后代!主的孩子!上天的宠儿!欢迎你!看到你回到我的怀抱,我太高兴了。从今以后,我就是你的父亲,你就是我的亲儿子、我的继承人!自我见到你的那一刻起,直觉就告诉我,你简直就是我朋友的化身,我的心就为你敞开了,把你当作朋友的后代了。当时,我就有一种奇怪的预感,我将成为你的保护人,你将成为我的孩子。真可谓天公作美,让你发现了这个秘密,并以适当的时间和方式让你回到了我的怀抱。赞美主为人类的后代所展示的杰作!降临在你身上的一切都源于他的指引,他将会完成他的作品。我相信,是他派我来匡正罪恶,恢复我朋友之子的权利和称号的。我将致力于这项使命,并愿为此倾我余生。"

埃德蒙按捺不住自己的极度喜悦和感激之情。他们就这样畅谈了好几个小时,没有意识到时间的流逝。一个询问,一个解释,一遍又一遍地重复这个有趣的故事。

最后,细心的约翰·怀亚特打断了他们的交谈。约翰想知道主人是不是碰到了烦心事。

"爵士,"约翰问,"天黑了,需要光吗?"

"我们不需要光,上天已经给我们了,"菲利普爵士说,"我不晓得现在是黑夜还是白天了。"

"但愿一切安然无恙,但愿主人没听到什么坏消息。我——我,我希望您没有不快。"

"一点也没有呀,"菲利普爵士说,"谢谢你对我的关心。我听到了一些让我难过的事,可也听到了一些让我很快乐的事。不过,悲伤过去了,只有快乐在了。"

"感谢主，"约翰说，"我原本担心您听到的某些事让您烦心呢。"

"谢谢你，我的好仆人！看着这位少爷。约翰，我想让你一心一意地服侍他，做他的随从，就像爱我一样去爱他。"

"啊，爵士！"约翰忧郁地说，"不让侍候您，是我做什么错事了吗？"

"不是那么回事，约翰，"菲利普爵士说，"没有不让你服侍我。"

"爵士，"约翰说，"我就是死也不离开您。"

"小伙子，我这么喜欢你，怎么舍得让你离开？不过，侍候我的朋友也就是侍候我。你要知道，这个年轻人是我的儿子。"

"您的儿子，爵士？!"约翰惊讶地回应道。

"当然不是我的亲生儿子，而是我的亲属，是我的养子和继承人！"

"那么，他要同您生活在一起了，爵士？"

"是的，约翰。我希望一辈子同他在一起。"

"好哇，那么我会全心全意侍候他的。我会尽我所能让你们快乐。"

"谢谢你，约翰。我不会忘记你的挚爱和尽责。我非常信任你，要告诉你有关这位少爷的事。你听了后会觉得，他值得你的尊敬。"

"不用了，"约翰说，"知道您尊重他，那我当然会和您一样尊敬他了。"

"可是，约翰，你对他越了解，你就会越加尊敬他。目前，我只想告诉你他不是什么。你以为他只不过是安德鲁·特怀福德的儿子。"

"难道他不是吗？"约翰问。

"他不是。特怀福德的妻子养育了他，他把埃德蒙当成了自己的儿子。"

"特怀福德知道这事吗，爵士？"

"知道,他可是见证了这一切。不过,埃德蒙是我的一个密友的孩子。我这位密友的高贵品质在我之上。你一定要好好服侍他,尊敬他。"

"我会的,您尽可放心,爵士。那么,我该怎么称呼他?"

"你以后会知道的。现在,去拿一盏灯来,随我们去另一间客厅。"

约翰退下。菲利普爵士说:"有一点需要马上考虑和决定。目前,你最好使用另一个姓,直到你能够使用你父亲的姓。我想,你不要再使用你养父的姓了。我将给你起一个贵姓。"

"我一切悉听尊便,爵士。"埃德蒙说。

"那好吧,我建议你姓西格拉夫。我会对别人说,你是我母亲家的亲戚。"

约翰很快回来了,然后随他们去了另一个客厅。菲利普爵士拉着埃德蒙的手走了进去。

"朋友们,"菲利普爵士说,"这位是爱德华·西格拉夫先生。他是我的一个密友的孩子,我的一个亲戚。他婴儿时就失踪了,被一个好心女人抚养成人。不过,他现在要恢复自己的家业了。事情的来龙去脉大家以后会知道的。从现在开始,他由我来关照和保护。我要尽我所能帮他恢复家产,而篡夺这份家产的人正是让他失去家人并置他父母于死地的罪魁祸首。把他当作我的亲戚和朋友来对待。扎迪斯基,请你先拥抱他。埃德蒙,你和这位先生为了我必须相爱。以后,就看你自己的了。"

所有的人都站起来,一一拥抱了埃德蒙,并向他表示祝贺。

扎迪斯基说:"先生,无论您过去经受过什么悲痛和不幸,现在您看,从菲利普爵士喜爱和保护您的那一时刻起,一切痛苦和不幸都结束了。"

"对此，我确信不疑，先生，"埃德蒙回答道，"我内心感受到了前所未有的快乐，这让我确切地看到了未来的希望。他的情谊是上天给予我的祝福。"

他们坐下共进晚餐，谈笑风生，其乐融融。埃德蒙难得品尝到如此令他满意的美味佳肴。菲利普爵士在一旁看到他容光焕发，由衷地感到高兴。

"每一次我从旁看你都让我想起你的父亲。你简直就是二十三年前我喜爱的那个人。在我家里见到你，我真的很高兴。早点去休息吧，明天我们再做进一步商议。"

埃德蒙退下了。那一个夜晚，他睡得很甜，很安宁。

次日早晨，埃德蒙起床后，感到神清气爽。他拜会了他的恩主。不一会儿，扎迪斯基也来了。扎迪斯基对埃德蒙显露出极大的关切和尊敬，尽心尽力提供他的帮助。埃德蒙也对他表现出尊敬和谦逊的态度。他自感轻松愉快，开始显示出他的那种亲和力。然后，他们在一起吃早餐。吃完后菲利普爵士邀埃德蒙同他一起出去散散步。

刚刚走出人们的视野，菲利普爵士便说："昨晚我一夜没睡好，一直在想你的事。想到一个又一个计划，但又一次再一次推翻了它们。我们必须先考虑好计划才能开始行动。该如何处理那个逆贼亲戚！这个没有人性的畜生！他谋杀的不是他最近的亲戚吗？我要让他受到审判，即使让我付出生命和财产的代价也在所不惜。我要去朝廷要求国王主持公道，或控诉他犯了谋杀罪，让他受到公审。如果要我把他视作那个地方的勋爵，那么他必须接受贵族的审判；如果要我把他当作平民，那么他必须受到国家巡回法庭的审判。但是，我们必须提出降低他贵族头衔的理由。你有什么建议吗？"

"没有，爵士。为我的恩主菲兹-欧文男爵考虑，我只是希望这事尽可能秘而不宣地进行。对他而言，家丑或多或少都必然会让他难堪。他对我那么仁慈和慷慨,这样一来有以怨报德之嫌。"

"你这么感激和体谅他人,可是你也应该更多去回想一下你那受到伤害的双亲。不过,还有另一种方案比刚才的那个设想更适合我操作。我要向那个逆贼挑战,让他到旷野来会我。要是他还有勇气回应我的挑战,那么就在那里,我要让他受到公正的裁决。如果他不回应我的挑战,那么我就让他受到公众的审判。"

"不,爵士,"埃德蒙说,"还是由我来做这件事吧。要是我站在一旁,看着您这位高贵和英武的朋友为了我而将自己的生活公之于众,那么我就不配继承您深深悲悼的那位朋友的高贵姓氏。维护他的高贵姓氏并为他的死复仇的,应该是他的儿子。我应该是挑战者,而不是别人。"

"你现在除了你所要求的名分和头衔之外一无所有。想想看,对你这样一个默默无闻的年轻人,他会接受挑战吗?肯定不会。这事就交给我来办吧。我想到了一个办法,让他在有关各方都认识的第三者的住地见我。在那里,你们可以实际见证他和我之间发生的一切。我会精心安排时间、地点和方式,打消你所有的顾虑。"

埃德蒙刚要回答,菲利普爵士叫他不要再说什么了。他要照自己的方式进行。

然后,菲利普爵士带埃德蒙参观了他的府邸,展示了所有他值得关注的东西,也讲述了其家务开支的详情。他们及时赶回家,同朋友们共进晚餐。

随后的几天,他们商议了如何让瓦尔特爵士做出解释,增进了彼此之间的友情和信任。埃德蒙的朋友和保护人菲利普爵士满心喜爱埃德蒙,当着他的朋友和仆人的面宣布埃德蒙为他的养子和继承人,并令他们像尊敬自己那样尊重埃德蒙。众人对埃德蒙的敬爱与日俱增,结果埃德蒙成了整个家庭喜爱的人。

经过再三考虑，菲利普爵士下决心开始实行他的计划。他动身前往克利福德勋爵的领地，随行的有埃德蒙、扎迪斯基和两个仆人。克利福德勋爵热情友好地接待了他们。

菲利普爵士将埃德蒙作为他的近亲和继承人介绍给克利福德勋爵及其家人。当晚，他们受到热情的款待，欢宴把盏，谈笑风生，过得很开心。第二天，菲利普爵士把自己的心事告诉了克利福德勋爵。他说，现在的洛弗尔勋爵使埃德蒙和他本人受到极大伤害，为此他们决心要他做出解释。由于很多原因，他们渴望有合适的人见证他们之间将要发生的一切，恳请克利福德勋爵相助，成为主要的见证人。克利福德勋爵感谢他们对他的信任，请菲利普爵士让他做他们双方的仲裁者。菲利普爵士对他肯定地说，瓦尔特·洛弗尔勋爵的恶行根本用不着仲裁，他以后自会明判的。不过，在确切地知道洛弗尔勋爵是否同意会见之前，菲利普爵士表示不愿再做进一步说明，因为洛弗尔勋爵如果拒绝见他，那么他将不得不采取其他办法来对付洛弗尔勋爵。

克利福德勋爵想要知道他们不和的原因，可是菲利普爵士不愿详谈，只是向他保证日后会将事情的来龙去脉都告诉他的。然后，菲利普爵士让扎迪斯基由约翰·怀亚特和克利福德勋爵的一个仆人陪同带信给洛弗尔勋爵。信的内容如下：

洛弗尔勋爵阁下：

菲利普·哈克雷爵士渴望在克利福德勋爵府邸与您相见。我将在那里等候，要求您对您的亲戚，已故的亚瑟·洛弗尔勋爵的伤害做出解释。倘若您接受我的要求，我会让克利福德勋爵作为见证人和是非曲直的判定者。倘若您拒绝我的要求，那么我将把您的背信弃义和怯懦的行为公之于众。请回复此信。我将通知您会面的时间、地点和方式。

菲利普·哈克雷

扎迪斯基将信呈递给瓦尔特·洛弗尔勋爵，并告诉洛弗尔勋爵他是菲利普·哈克雷爵士的朋友。洛弗尔勋爵看了信后似乎有些惊慌，不过却显示出一副傲慢的神情。他说："对于此信所指的事情，我一无所知。不过，请等几个小时，我会给你回信的。"他下令对扎迪斯基以上宾待之，但伴随他的人除外。扎迪斯基是个希腊人，他头脑机警，观察敏锐，没有放过洛弗尔勋爵任何表情的变化。

第二天，洛弗尔勋爵过来对他的不在表示歉意，并将回信交给扎迪斯基，还托他向克利福德勋爵问候。

信使全速赶回。菲利普爵士当着众人的面读了回信：

我，洛弗尔勋爵，并不知晓自己曾对已故的亚瑟·洛弗尔勋爵造成过任何伤害。我是通过正当的继承权继位的，也不清楚菲利普·哈克雷爵士有什么权力要求一位他并不太熟悉的人做出解释。他只在多年前见过我一次，那是在我的叔叔老洛弗尔勋爵的府邸。然而，任何人质疑我的名声和荣誉，我都不会熟视无睹。据此，我要面见菲利普·哈克雷爵士，时间、地点和方式由他来定。他可以带同样多的朋友和随从，这样也许对各方都公平。

洛弗尔

"好的，"菲利普爵士说，"很高兴看到他有勇气来见我。他这个敌人值得我与之较量。"

克利福德勋爵提议，双方都应越过各自管辖的区界，请求苏格兰和英格兰交界区监守放行，来他的管辖区解决纠纷，双方都可挑选一定数量的朋友。

菲利普爵士赞同这项提议。克利福德勋爵以自己的名义写信要求格雷厄姆勋爵同意他的朋友来这里，条件是双方的朋友和随从不得超过限定的数量。

克利福德勋爵派心腹送信给洛弗尔勋爵，通报了他们会见的条件、时间、地点和方式，也告知了自己已根据大家的要求同意担当交战裁决者之职。洛弗尔勋爵接受了所提条件，承诺准时到场。克利福德勋爵也通知了苏格兰和英格兰交界区的监守格雷厄姆勋爵。格雷厄姆勋爵指定一块封闭起来的地方作为竞斗场，为说定的会面日做准备。

在此期间，菲利普·哈克雷爵士想好了如何处理他的世俗事务。他让扎迪斯基熟知了埃德蒙的经历，也明确了自己的使命——为他死去的朋友报仇，还公道给他的继承人。扎迪斯基热心地参与了这项行动计划，并满怀深情地对他的朋友说道：

"您为什么不让我去对付这个逆贼？您的生命要比他的生命重要多了。虽然我相信您的正义之举必将取胜，不过，万一有不测发生，我发誓要为您报仇。他必将是有来无回。无论如何，我希望并相信您掌握着正义。"

菲利普爵士派人请来律师立遗嘱。遗嘱指定埃德蒙以洛弗尔，别名西格里夫和特怀福德的名义，作为他的第一继承人。他下令，他所有的朋友、士兵和仆人，在其一生中都要像对待他那样对待埃德蒙。他留给扎迪斯基每年一百英镑的年金和两百英镑的遗赠，另赠予一家修道院一百英镑，也将同样数目的钱分给退伍的士兵，分给附近一带贫穷的人。

他指定克利福德勋爵同埃德蒙一起为遗嘱联合执行人，将遗嘱交给克利福德勋爵保管,并嘱托他照看和保护埃德蒙。

"要是我活着,"他说,"我要让他实至名归。要是我死了,他则需要一个朋友相助,我希望,大人,您作为这场交战的仲裁,会公正地对待双方,您会公正无私地加以仲裁。要是我死了,埃德蒙的一切要求也会与我一起消亡。不过,我的朋友扎迪斯基会将事情的来龙去脉告诉您的。我之所以提前做出这些安排,是因为我应该做好一切准备。不过,我内心充满了更加美好的希望。我坚信,我会活着见证自己事业的正义性,也会活着见证我朋友事业的正义性。我的这位朋友是一位比表面上看起来更加重要的人。"

克利福德勋爵接受了菲利普爵士对他的信任,也表达了自己对他的荣誉和诚实的极大信赖。

这一重要事件对恢复埃德蒙的名分和权力举足轻重。当他们为此做准备之时,在洛弗尔城堡,埃德蒙的敌人正在为他们对他所做的一切感到羞愧。

温洛克和马克汉姆之间的不和逐渐导致了对他们的某些行为的解释。奥斯沃德神父不时向男爵暗示,温洛克嫉妒埃德蒙的优秀品质,通过施展诡计,对罗伯特爵士施加了重要影响,从而让他在各种场合发挥作用。奥斯沃德现在利用这两个搬弄是非者之间的分歧,劝说马克汉姆通过牺牲温洛克来解脱自己,将他所知道的有关温洛克的邪恶都说出来。最后,马克汉姆答应说出温洛克在法国和回来后所做的一切。通过他,奥斯沃德能够弄清楚阴谋破坏埃德蒙的荣誉、利益和生活的全部事实。

奥斯沃德也说服了温洛克的同伙豪森和肯普提供证言来补充其他的证词。豪森坦承,一想到温洛克对埃德蒙的冷酷的不义之举,他就感到良心不安。即使温洛克给埃德蒙设下陷阱,可埃德蒙对温洛克并不记恨,依然表现出宽宏大度的态度。这让他感到心如刀绞,痛苦万分,悔恨不已。他只渴望有机会摆脱他的心理不安。可是,温洛克的愤怒让他感到恐惧,温洛克的怨恨影响着他,因而他保持沉默至今,总是希望有这么一个时刻也许可以说出整个真相。

奥斯沃德将此事悄悄告诉了男爵。男爵等待时机利用那些事做文章。不久,两个搬弄是非者之间的矛盾公开化了。马克汉姆威胁温洛克,他要告诉他的舅舅,温洛克心里曾经蕴藏着怎样的一条毒蛇。

男爵抓住他的话,要他说出他所知道的一切:"如果你讲的是事实,那么我就会支持你。可如果你讲的不是事实,那么我就会严惩你。至于温洛克,他将受到公正的审讯。要是我听到的所有指控都成立的话,那么到时他就会被逐出这个家。"

男爵神色凝重,要他们随他去大厅,并派人将所有其他家人一起叫来。然后,他极其严肃地告诉他们,他打算了解问题的各个方面。他讲了他所了解到的主要内容,并要求原告提供其控诉依据。豪森和肯普两人重复了他们对奥斯沃德说过的话,并为他们证词的真实性发了誓。其他仆人也讲述了他们所知道的情况。然后,马克汉姆讲述了每一件事,尤其叙述了他们在东房过夜的那天晚上发生的事。他自责自己参与了温洛克的恶行,成为他宣泄恶意的工具,称自己是傻子和呆子,恳求舅舅原谅他将这一切隐瞒了那么久。

男爵要温洛克回应对他的指控。温洛克并没有回应,反而变得情绪异常激动,咒骂,威胁,最后否定了一切。证人们坚持他们的说法。马克汉姆则想要离开,以便让人明白他们惧怕他的原因。

"他说过,"马克汉姆说,"他将成为大人您的女婿。他们难免会这么想,他是您最青睐的人。因此,他们都害怕他不高兴。"

"我希望,"男爵说,"我不会为了一个女婿而昏了头,尤其选择像他这样的女婿。他不止一次暗示过这件事,可我对他并无任何表示。

我早就看出他身上有某些毛病,可我想,他的心思还不至于那么坏。难怪贵人们常常受到蒙骗。我也是一个常人,我在自己的家庭圈内常常先入为主。罗伯特,我的儿子,你怎么看?"

"父亲,我也是这样。此时此刻,我感到羞愧。"

"好了,我的孩子,"男爵说,"坦承表明了智慧的增长。你现在明白了,我们最好的一面常常容易被蒙蔽。这个不肖的亲戚巧施诡计,让我们彼此不和,将一位优秀的年轻人赶出了这个家,让他无家可归。但是,他的邪恶不会再得逞,他会体会到从他保护人的家里被逐的滋味。今天,他就得回他母亲那里。我要写信给他母亲说,他冒犯了我,而不详说他的错。我要给他一个机会,让他同自己的家人一起努力来恢复他的声誉。这会确保他不会继续作恶。他要是悔改了,就会得到原谅。马克汉姆也要受到惩罚,但惩罚的严厉程度不同。"

"我表示忏悔,"马克汉姆说,"我听任大人您的任何惩罚。"

"只流放你一段时间,而不是终生流放。我将派你出使,你应当借此机会证明自己的能力,为我效力。罗伯特,对于我的判决,你有什么异议吗?"

"父亲大人,"罗伯特说,"我无法再信任自己了。我意识到了我的弱点,也认识到了您的超凡智慧和恩典。此后,无论什么事,我都听您的。"

男爵命令两个仆人将温洛克的衣物和日用品打包,随温洛克当天出发。他吩咐其他人盯住温洛克,以防他中途逃走。他们准备好了,勋爵祝温洛克旅途顺利,并让他带一封信给他母亲。温洛克一言不发地离开了,心情郁闷。他的面部神情透露了他内心的激动不安。

他刚一离去,人人便开口历数他的不是。有关他的种种事情,很多闻所未闻。男爵及其儿子们感到震惊,温洛克早已如此,竟让人毫无察觉。男爵想起埃德蒙被逐的事便叹息不已,渴望知道他现在的状况。

罗伯特爵士借此机会向他的弟弟威廉解释,对自己过去的所作所为感到羞愧。威廉对埃德蒙怀有感情,通过自己对他的友好帮助证明了自己的正确。他确信,自己对埃德蒙的感情,时间和距离都是无法改变的。他接受了兄长的道歉,算是对过去发生一切的补偿,希望此后他们之间充满爱和信任。这些新举措恢复了洛弗尔城堡中的宁静、信任和和谐。

交战双方会面的日子终于到了。黎明时分,格雷厄姆勋爵带着十二位朋友和十二个仆人就在那里恭候他们了。

先入场地的是菲利普·哈克雷爵士,除了头部外,一身骑士装备。他的扈从休·拉格比手持长矛,他的小听差约翰·伯纳德手里拿着他的头盔和马刺,另外还有两个侍从。

随后入场的是洛弗尔的继承人埃德蒙,他身后跟着仆人约翰·怀亚特。

而后是扎迪斯基和他的仆人。

紧接着是交战仲裁人克利福德勋爵入场。伴随其左右的是他的扈从、两个小听差和侍从,后面跟着他的长子、侄子和他的一个朋友,每个人都有一个仆人伴随。他也带来了一位有名的医生来救治受伤者。

格雷厄姆勋爵向他们致意。根据他的指令,他们在竞斗场外面各就各位。

号角为挑战者吹响了,被告者给予了回应。他不久便现身了,陪伴着他的,除了自己的随从外,还有他的三个绅士朋友及其各自的仆人。

为克利福德勋爵搭建起一个地方作为他仲裁时用。他请格雷厄姆勋爵一起担当仲裁。格雷厄姆勋爵表示接受，只要交战双方不反对就行。双方都满怀敬意、彬彬有礼地表示了同意。他们在一起就交战双方的荣誉和仪式方面的许多问题进行了磋商。

他们任命了一个典仪官和其他一些通常在这种场合需要的下官。格雷厄姆勋爵吩咐典仪官去叫挑战者，要挑战者当着敌对一方的面说明自己挑战的缘由。

菲利普·哈克雷爵士走上前来说道：

"我，菲利普·哈克雷骑士，向瓦尔特，即人们通常所称的洛弗尔勋爵挑战。瓦尔特是一个卑鄙无情、背信弃义的人。他采取卑鄙邪恶的伎俩和手段杀死了他的亲戚、我亲密和高贵的朋友亚瑟·洛弗尔勋爵，或导致了他的被杀。我以一种非常的方式被告知，要我为他报仇。我将不顾个人的生死安危来证明我所说的真实性。"

"我，瓦尔特·洛弗尔勋爵，否认对我的指控，并认为菲利普·哈克雷爵士的指控是卑鄙、虚假的，是诬告。我相信，这些指控是他本人凭空杜撰出来的，要不然就是由某些仇人构想出来，为了邪恶的目的告诉他的。尽管如此，我要维护我的荣誉，不惜生命代价证明，他是一个卑鄙的逆贼，让他为自己的虚假指控而受惩罚。"

格雷厄姆勋爵问道："你们的纠纷有没有调解的可能呢？"

"没有，"菲利普爵士回答，"当我对他的指控证明是真实的之时，我要采取更多的行动来反对他。我相信主和正义在我这一边，至死我都不会放过他。"

克利福德勋爵对格雷厄姆勋爵说了几句话。后者立刻把典仪官叫来，让他打开竞斗场，将武器分发给交战双方。典仪官为交战双方及其随从做了安排。

此时，埃德蒙向他的朋友和保护人菲利普爵士走来，跪在地上，满怀忧伤和焦虑的心情抱住他的双腿。菲利普爵士全副武装，头盔护面垂下。上面设计的图案是山楂和一枝玫瑰。玫瑰下面是座右铭：这不是我真正的父亲。菲利普爵士让他记住这几个词——Efructuarborcognoscitur。

菲利普爵士也满怀激情地拥抱了这个年轻人。"安静一下，孩子！"他说，"我无私无畏，充满自信。我肯定能赢，我对你说，你就等着最后的胜利吧。"

典仪官正等着将长矛递给菲利普爵士。此刻，他将长矛呈给菲利普爵士："爵士，请接受您的长矛。主是维护正义的。"

菲利普爵士回应道："阿门！"他声音洪亮，所有在场的人都听到了。

随后，典仪官又把武器呈给瓦尔特·洛弗尔勋爵，重复了先前说过的话。洛弗尔勋爵也同样回应道："阿门！"他的声音也显示了不小的勇气。

竞斗场立即被清空了。双方开始交战。

他们打了很久，双方的武艺和勇气不相上下。最后，菲利普爵士把对手打下了马。裁判下令，他要么下马继续打，要么让对方上马接着打。菲利普爵士选择了前者。随后是双方步行交战。他们厮杀猛烈，大汗淋漓。菲利普爵士注视着对方的每一个动作，设法消耗他的力量，打算只伤他而不是杀他，除非为了自身的安全不得已而为之。

菲利普爵士的剑刺穿了瓦尔特·洛弗尔勋爵的左臂，问他是否坦白真相。洛弗尔勋爵勃然大怒，回答道，他宁可去死。菲利普爵士又用剑连续两次刺穿了他的身体。洛弗尔勋爵倒地，大声要求将他杀死。

"我并不想杀死你，"菲利普爵士说，"因为在你死之前，我有许多事要你做：坦白你的罪孽，争取赎罪，这是你获得宽恕的唯一途径。"

洛弗尔勋爵回答道："反正我败在了你的手下，你随意处置吧！"

菲利普爵士拿走他的剑，然后在他的头上摇晃着，叫人过来帮忙。裁判派人过去请求菲利普爵士饶了对方的性命。

"我会的，"菲利普爵士说，"不过条件是，他要诚实地坦白一切。"

洛弗尔勋爵说，他需要医生和告解神父。

"没问题，"菲利普爵士说，"但是首先你得回答我一个问题。你是不是杀了你的亲戚？"

"我并没有亲手杀他。"伤者回答。

"不管怎样，是根据你的命令去杀的，不是吗？你必须回答这个问题，不然你就得不到救助。"

"是的。"他说，"天道是公正的啊！"

"现在大家都看到了吧，"菲利普爵士说，"他交代了真相！"

然后，他召唤埃德蒙。埃德蒙走了过来。

"摘下你的头盔，"他说，"看看这个年轻人。他就是你那位受害的亲戚的儿子。"

"是他？"洛弗尔勋爵惊讶道，昏了过去。

菲利普爵士叫了医生和神父过来。格雷厄姆勋爵早已安排他们守候在那里了。医生包扎了洛弗尔勋爵的伤口，他的助手则朝勋爵口中灌了一口酒。

"请维持他的生命，如果可能的话，"菲利普爵士说，"有许多事还要靠他来解决。"

然后，他抓起埃德蒙的手，将埃德蒙带到众人面前。"这个年轻人，"他说，"你们看，就是洛弗尔家族的真正继承人，上天自有安排，让他发现了他父母的死因。他父亲是在这个邪恶家伙的指使下遭到暗杀的。他母亲因受到瓦尔特·洛弗尔的迫害而被迫离家，流落荒野，在为自己婴儿寻求庇护时身亡。我有足够的证据来证明我所说的一切。我非常乐意将所有这一切告诉每一位欲知详情的人。上天借我之手惩罚了这个罪人，他已经坦白了我所指控他的事实。余下来的事情是，瓦尔特·洛弗尔必须退还他篡夺已久的财产和勋位。"

埃德蒙跪在地上，双臂上举，感谢上天，让他那位高贵的朋友赢得了胜利的桂冠。勋爵们和绅士们聚集在他们周围，向他们两人表示祝贺。与此同时，洛弗尔勋爵的朋友和随从则在那里照看他。

克利福德勋爵握住菲利普爵士的手：

"您做得很好，也考虑得很周到。此时，我跟您提点建议，也许会有些唐突。您打算怎样处置那个受伤的家伙呢？"

"我还没想好呢，"他说，"谢谢您的提醒，照您的意思该如何处理呢？"

"我们同格雷厄姆勋爵一起商量一下吧。"克利福德勋爵回答。

格雷厄姆勋爵要求大家都去他的城堡。"在那里，"他说，"你们会公平地见证所发生的一切。"菲利普爵士不愿给他添那么大的麻烦，格雷厄姆勋爵不满地大声说道："能为这么一位高贵的人效力，我感到荣幸。"

克利福德勋爵则坚持从各方面考虑，最好让他们的犯人待在边界的这边，看看他身体状况会有什么变化，在他处理了自己的世俗事务之前，最好让他安然无恙地活着。

方案确定。格雷厄姆勋爵请受伤的洛弗尔勋爵及其朋友去他的城堡。那儿是洛弗尔勋爵能够得到休养和医治的最近的地方。若抬着洛弗尔勋爵去更远的地方，将给他的生命带来危险。他们接受了格雷厄姆勋爵的邀请，非常感激。他们用树枝做了一副担架，抬着洛弗尔勋爵，都去了格雷厄姆勋爵的城堡。到了城堡，他们把洛弗尔勋爵放在床上，医生处理了他的伤口，希望他安静下来。目前，他们并不知道自己是否安全。

大约一个小时后，洛弗尔勋爵抱怨口渴。他叫来医生问，他是不是还没有脱离危险。医生回答得不那么肯定。洛弗尔勋爵问：

"菲利普·哈克雷爵士在哪儿？"

"在城堡。"

"他说的那个洛弗尔的嗣子在哪儿？"

"也在城堡。"

"那么我的敌人把我围在这里了。我要同我的仆人单独说话，不需要别人在场。让一个仆人来见我。"

医生退了出去，告诉了外面的绅士们。"他不能同任何人讲话，"菲利普爵士说，"除非我在场。"

一个仆人在菲利普爵士的陪伴下走进伤者的房间。看到菲利普爵士，洛弗尔勋爵情绪非常激动：

"难道不准我同我自己的仆人说话吗？"

"可以，先生，当然可以，但是需要见证人在场。"

"听起来，我倒像是个囚犯，不是吗？"

"不是的，先生，并非如此。不过，有必要预防。镇静一下，我可不希望你死。"

"那你为什么向我挑战。我从没有伤害过你。"

"你伤害了我的朋友。一切由主掌控，我只不过是正义的实施者罢了。趁你还活着，还是想方设法赎罪吧。要不要我给你叫个神父来？为了能让你的罪孽得到宽恕，或许他能让你相信补救的必要性。"

菲利普爵士派人叫来神父和医生，让洛弗尔勋爵的那个仆人同他一起离开。"先生，我让神父和医生来照料你。倘若还有人来的话，那就是我。一个小时之内，我会再来看你的。"

说罢，他离开了，同外面的朋友进行商议。他们的意见是，要不失时机。"那么好吧，"他说，"一小时内，你们同我一起去看那家伙。"

不到一小时,菲利普爵士在克利福德勋爵和格雷厄姆勋爵的陪伴下再次来到洛弗尔勋爵的房间。

洛弗尔勋爵情绪激动。神父站在床的一边,医生站在床的另一边。神父劝他忏悔自己的罪孽,而医生则想让他休息。洛弗尔勋爵看起来心里非常痛苦,他浑身颤抖,十分慌乱。

菲利普爵士诚心等待他的忏悔,劝他不仅要考虑自己身体的健康,更要考虑自己灵魂的健康。说罢,洛弗尔勋爵问菲利普爵士是如何知道他那位亲戚之死的。

"先生,"菲利普爵士回答道,"可不只是靠人力发现了真相。在洛弗尔城堡有一栋房子关闭了约二十一年了,可最近它被打开查看了。"

"啊,天哪!"洛弗尔勋爵惊叫道,"那么,想必是罗杰出卖我了!"

"他没出卖你,先生。这件事是那个年轻的当事人意外发现的。"

"他怎么会是洛弗尔的嗣子呢?"

"他本是一个不幸女人的儿子。在你残酷的胁迫下,这个女人为了逃避被迫嫁给谋杀她丈夫的人,不得不离开她自己的家。而且,我们也知道你为她举行了假葬礼。一切都被发现了。你告诉我们的,并不比我们知道的多。不过,我们还是希望你通过忏悔来证实这一切。"

"主的审判降临在我身上了!"洛弗尔勋爵说,"我膝下无子,却有一个人从坟墓里出来,从我手里要回继承权。"

"没有什么阻止你改邪归正,物归原主。为了你良心的安稳,你只能为自己过去干过的坏事赎罪。除此之外,你别无选择。"

"你们知道得不少,"这个有罪之人说,"可我还是要讲述些你们并不知道的事。"

"你还记得在我叔叔家我曾见过你吗?"洛弗尔勋爵问。

"记得很清楚。"

"当时,我被忌恨情绪搅得心神不宁。我后来的邪恶行为都源于那一时刻。"

"赞美主吧!"善良的神父说,"主利用真诚的忏悔打动了你们的心。他的慈悲感化了你。你会受到公正处置的。你因悔过而获拯救,这就是主赏给你的礼物。"

菲利普爵士要那忏悔者说下去。

"我那位贵亲在各方面都比我优秀。无论在人品和精神的魅力方面,还是在所有的军事行动方面,还是在所有的业绩方面,比起他,我都黯然失色。我讨厌同他在一起。然而让我嫌恶至极的是,他同我所爱的女人讲话的样子。我竭力同他竞争,可是她还是更喜欢他。说真的,他值得她的爱。可是,我无法忍受看到或承认这一事实。

"我内心充满了最强烈的仇恨。我发誓,只要有机会,我就要为我所臆想中受到的伤害进行报复。我把怨恨深藏心中,而外表上看起来为他的成功感到高兴。我把放弃同他的竞争当作值得夸耀的事,但是我却无法忍受出席他的婚礼。我回到了我父亲的住地,暗地里琢磨报复之事。我父亲当年就去世了,不久,我叔父也随他而去。随后的一年中,我的贵亲应诏随国王远征威尔士。

"听说他要离家,我暗下决心阻止他回来,我为将来能够占有他的封号和夫人而欣喜若狂。我雇了几个信差,让他们不断往来于我和城堡之间,向我提供所有城堡内的情报。不久之后,我借口看望我的贵亲,去了城堡。我雇的密探向我讲述了那里发生的一切。一个密探对我讲述了征战的情况,但没告诉我,我的竞争对手是死是活。我希望他死,这样我就可以避免我蓄谋的犯罪了。我向夫人报告了他的死讯。夫人当真了。

"不久,一个信差带来消息,说他还活着,而且身体很好,并且已获准马上返乡回家了。我马上派了两个密探在途中阻截他。他回来得那么快，很快就看到他离自己的城堡只有一英里路了。他骑马的速度那么快，将他的仆人远远甩在了后面，当时就他独自一人了。两个密探杀了他，将他的尸体拖离了大路。然后，他们快速返回来见我，听候我的命令。当时，正是夕阳西下，我让他们去找回他的尸体，于是他们悄悄地把他的尸体抬回城堡，从上到下把尸体捆起来，放进了一个箱子里。他们把这个箱子埋在了你们所提到的那间储藏室地板的下面。看到尸体，我心里感到刺痛，随后我感到良心不安，但为时已晚。我谨慎小心，严防被发现，但是上天能够洞察一切。

"从那时起，我就失去了内心的平静，时时刻刻担心自己的罪孽被发现，自己会蒙羞。不过，最后还是败在了正义之下。现在，我在这里受到严厉的清算。我怕死后会面对更严厉的审判。"

"好了，"神父说，"你现在已经忏悔了。我的孩子，相信主吧。现在，你会感到如释重负，至于其他的事，都会让你轻松面对的。"

洛弗尔勋爵放松了片刻，然后又问道：

"菲利普爵士，根据你的暗示，我想，不幸的夫人是不是还活着？"

"先生，她已不在人世了。不过，她是在生下一个儿子后才死的。正是上天的意旨，让她的儿子发现了父母的死亡原因，并为此复仇的。"

"不错，他们的仇是报了，"洛弗尔勋爵说，"可我却没有子女为我悲伤。我还年轻时，就失去了一切亲人。只有一个女儿活到了十二岁。我原打算让她嫁给我的一个侄子，可是不到三个月，我就埋葬了她。"他叹息，流泪，沉默不语。

他的朋友走过来，向上伸展双臂，默默地注视着上天。

"服从主的意愿吧！"神父说，"我的悔罪者已经忏悔了一切。您还要他做什么呢？"

"要他赎罪，"菲利普爵士说，"他必须把封号和财产提交给真正的继承人，把自己应有的财产处理给他最近的贵亲，自己一心一意地忏悔，为来世做准备。这次，我把他留给您，神父。我要和大家同您一起为他的悔罪而祈祷。"

说罢，他离开了。男爵们和医生也随他而去，只剩下神父同洛弗尔勋爵在一起。他们走出一段距离后，菲利普爵士向医生询问了洛弗尔勋爵的伤势。医生回答，就目前情形来看，没有直接生命危险，但是他不能说，毫无生命危险。

"他要是受了致命的伤，"医生说，"他的状态就不会这么好，也不会讲了这么长时间的话而不昏厥。据我看，如果治疗及时的话，他很快就会好的。"

"那么，"菲利普爵士说，"不要让他知道您的看法。在他履行某些必要的义务之前，我担心死神会光顾他的。把您的看法只告诉这些朋友们。我信赖他们，相信他们会赞同我的要求的。"

"我的想法和菲利普爵士一样。我赞同他的要求。"克利福德勋爵说。

"我也赞同。"格雷厄姆勋爵说，"我可以对我的医生的说法负责。"

"大人们，"医生说，"你们可以信赖我的忠诚。听说了这一切之后，我的良知是站在这位高贵先生一边的。我会尽我所能帮助你们实现愿望。"

"谢谢您，医生，"菲利普爵士说，"非常感激您。我想让您今晚陪他过夜。若发生危险，请立即叫我。要是没什么事发生，就让他好好地休息，第二天，他还有事要做。"

"我听您的安排，爵士。必要的看护让我有借口不离开他。因此，我会听听他和看望他的人所说的一切。"

"太感激您了，"菲利普爵士说，"有您的照料，我可以安心去休息了。"

医生回到了伤者的房间。菲利普爵士和勋爵们去了外面，和所有出席决斗的朋友们在大厅里共进晚餐。餐后菲利普爵士和埃德蒙都感到十分疲惫，便回去休息了。其他人又待了一个小时，谈论白天发生的事，夸赞菲利普爵士的胆识和慷慨，希望他能心想事成。

看到他安顿下来，洛弗尔勋爵的朋友大都离去了。他们为他感到羞愧，也为作为他的代表而出场决斗感到羞耻。少数人留下来，是想要知道更多有关他所做过的卑鄙之事，也为了证明他们自己品行的清白。

第二天早晨，菲利普爵士来同两位勋爵商量，他该以何种方式让埃德蒙被接受并承认是洛弗尔家族的继承人。他们都认为，在洛弗尔勋爵处理完他的世俗事务之前，还是应该让他心存恐惧。他们已经想好了如何处置他。心里有了主意后，他们来到他的房间，询问医生他昨晚的情况如何。医生摇了摇头，只说了寥寥数语。洛弗尔勋爵希望能回到自己的家。格雷厄姆勋爵说，他不能同意，因为很明显移动会有危险。他问了医生，医生肯定了格雷厄姆勋爵的说法。格雷厄姆勋爵要洛弗尔勋爵安心养伤，因为他还需要各种救助。

菲利普爵士建议去请菲兹-欧文男爵来，看看对他的内兄还有什么需要照料的地方，并协助处理洛弗尔勋爵的事务。洛弗尔勋爵听了这个建议，坚决反对，变得暴躁不安，他只想让他自己的仆人照看他。

菲利普爵士神色严肃地离开了。两位勋爵设法进行协调。洛弗尔勋爵打断了他们的话："就你们的情形来说，劝说是容易的，可就我的情形来说，要我按照你们说的去做却不是一件轻松的事。我身心都受了伤，自然会尽力避免极端的羞辱和惩罚。非常感谢你们履行职责，但请让我自己的仆人来照顾我。"

"好吧，就由你的仆人和这位医生来照看你。"格雷厄姆勋爵说。说罢，两位勋爵离开了房间。

菲利普爵士在外面见到了他们。"大人们，"他说，"我还是想要派人把菲兹-欧文男爵叫来。他可以听一听他内兄的忏悔，因为我担心洛弗尔勋爵日后不再担心死亡之后会反悔的。如果你们同意，我今天就派人传信给菲兹-欧文勋爵。"

两位勋爵都表示同意。克利福德勋爵建议写信给菲兹-欧文男爵。他说："由一位持中立立场的人写的信会更有分量。我将派我的一位家丁同您的信使一起去。"

此事决定后，克利福德勋爵回去写信。菲利普爵士让仆人准备好马上出发。埃德蒙要离开给奥斯沃德神父写信。约翰·怀亚特被指定为捎信人。

克利福德勋爵写好信后，读给菲利普爵士和他的朋友听。信的内容如下：

男爵阁下：

　　我尽我的职责告知大人，您的内兄瓦尔特·洛弗尔勋爵和约克郡的骑士菲利普·哈克雷爵士进行了一次庄严的决斗。这场决斗是在格雷厄姆勋爵的管辖区进行的。格雷厄姆勋爵和我本人被指定为这场决斗的裁判。公平的决斗分出了胜负。菲利普爵士在决斗中获胜。获胜后，他说明了决斗的理由：他是在为他的朋友亚瑟·洛弗尔勋爵之死报仇，是现在的瓦尔特·洛弗尔勋爵谋杀了亚瑟·洛弗尔勋爵，并享有了后者的贵族封号和财产。受伤后洛弗尔勋爵对犯罪事实已供认不讳。菲利普爵士饶了他的性命，只取走他的剑作为胜利纪念品。胜者和败者都来到了格雷厄姆勋爵的城堡。洛弗尔勋爵伤势严重。他渴望处理他的世俗事务，以求与主和人和平共处。菲利普·哈克雷爵士说，洛弗尔家族有一个男性继承人。他在为这个继承人争取洛弗尔家族的贵族封号和家产。不过，他非常渴望您能出面处理属于您内兄的那份财产，您的孩子毫无疑问是这份财产的继承人。他也想同您商议其他有关荣誉和权益的问题。我恳请您，收到此信后，立即动身来格雷厄姆勋爵的城堡，届时您将受到最高规格的热情接待。同我们一样，您在这里听到的事会让您感到惊讶。您的荣誉表明了您的品格，相信您会对这些事做出公正的判断。您会同我们一起对神明的安排感到惊奇的，让我们服从他的旨意吧。让我为您和您充满希望的家庭祈愿。大人，我一直是您的卑微仆人。

克利福德

所有在场的人都对此信赞不绝口。菲利普爵士吩咐约翰·怀亚特要谨小慎微，把埃德蒙的信悄悄地交给奥斯沃德神父，绝口不提埃德蒙及其洛弗尔城堡拥有权的事。

克利福德勋爵嘱咐自己的仆人有必要谨慎从事。格雷厄姆勋爵又拿来一封邀请信，让他自己的仆人发走。一切都安排妥当，信差便出发了，全速赶往洛弗尔城堡。

途中，他们除了吃点东西，并未耽搁。他们策马日夜兼程，终于赶到那里。

菲兹-欧文男爵正同孩子们在客厅。奥斯沃德神父正步行在房前的路上，就在那时他瞧见了三个信差。他们和马看起来疲惫不堪，显然是经过了长途奔波。奥斯沃德神父走过去,首先把不速之客到来的消息告诉了守门人。约翰·怀亚特认识奥斯沃德神父。他跳下马来,暗示他有事对他说。神父往后退了几步,约翰机灵地把一封信塞到了他的手里。神父祝福他,表示欢迎。

"你们从谁那里来?"他大声问。

"从格雷厄姆和克利福德勋爵那里来见菲兹-欧文男爵。我们有重要信件给男爵。"

奥斯沃德随信差来到了大厅。一个仆人通传了他们的到来,菲兹-欧文男爵在客厅接待了他们。克利福德勋爵的仆人呈上他的主人和格雷厄姆勋爵的信。他们说,他们退下等待男爵的回复。男爵让他们去吃点东西。他们退下了。男爵打开信。他读着它们,情绪变得十分激动。他用手拍打着胸脯,大声说道:"我担心的事都得到了证实!打击来了,终于落到了那个罪人身上了!"

不一会儿,奥斯沃德走了进来。

"你来得正好,"男爵说,"读一下这封信,让我的孩子们也知道信里写的是什么。"

神父读信,声音发颤,双手发抖。所有的人都惊讶万分。威廉目光朝下在默想。罗伯特爵士则大声喊道:"可能吗? 我舅父会犯这种事?"

"你听见了,"男爵说,"他已经认罪了!"

"那是向谁认罪?"罗伯特爵士问。

神父回答:"克利福德勋爵的名誉是毫无疑问的。我无法怀疑他所肯定的事。"

罗伯特爵士双手捂住脸,大脑一片空白。最后,他似乎醒过来了。

"父亲大人,我相信,埃德蒙是这件事的幕后人物。您还记得菲利普·哈克雷爵士很久以前曾向埃德蒙许诺尽他的友谊帮助他吗？埃德蒙消失了。可不久，这个人就挑战了我舅父。您知道，埃德蒙他离开之前这里发生的事。他对菲利普爵士暗示了此事，并怂恿他采取行动。我们家这么宠爱他，这就是他对我们家所做的回报？他哪一点不是受了我们家的恩惠？"

"不要激动，孩子！"男爵说，"我们考虑埃德蒙时不要太感情用事。有一种更大的力量介入此事。我的推测是真实的。正是在那个可怕的房子里，埃德蒙知道了洛弗尔之死的情形。或许，他遵照吩咐将此事告知了死者的知己朋友菲利普·哈克雷爵士。东房之谜被揭开了，只有那个罪人遭受着痛苦。不要去想什么人在操纵了，是主在适当的时机，以适当的方式，实现了他的意图。我们都是无辜的。让我崇拜主，静默吧！"

"那么，您打算做什么呢？"罗伯特问。

"跟这几个信差去一趟，"男爵回答，"我想，我最好还是去见一见你舅父，听一听他怎么说。我的孩子是他的继承人。为了对他们公正起见，我应该知道有关处置他的财产的详情。"

"父亲大人，您说得对。"罗伯特说，"这关系到我们所有的人。我只请求您允许我陪您前行。"

"我心里很愿意你去，"男爵说，"我只是要求你能自控一些，想好了再说。等到有了证据，你再下结论。在决定任何事之前，你先咨询一下自己的理智。你会发现，理智并不信任你。一起都听我的。我肯定会维护好你和我自己的荣誉的。"

"无论何事，我都听您的，父亲大人。我马上为我们出发做准备。"

他刚走开，威廉就打破了沉默。

"父亲大人，"他说，"要是您不反对的话，我请求您也让我伴随您一起去。"

"要是你想去，孩子，就去吧。我想，我明白你的意图，也明白你哥的意图。你的冷静恰好能够平衡他的热情。你同我们一起走。我们不在期间，我儿子瓦尔特将保护他的妹妹。在我们回来之前，他是这里的主人。"

"我希望，亲爱的父亲，你们这次出门不会太久。直到你们回家，我才会高兴。"美丽的爱玛说。

"亲爱的，这件麻烦事一解决，我们就回来。"

男爵想知道信差打算何时动身返回。

奥斯沃德借此机会离开了。他回到自己的住处，读给他的那封信。信的内容如下：

> 洛弗尔的子嗣致他敬爱的朋友奥斯沃德神父。请告诉我在洛弗尔城堡的朋友们，我希望有一天能在那里见到他们。不管用什么方法，若是您能同信差们一起来这里，那么您的证言将会加强我的证言。也许您能获准随男爵前行。这事我就交付给您处理了。约翰·怀亚特会把这里发生的一切告诉您，迄今我的成功大大超出了我的预期，甚至超出了我的愿望。在继承遗产方面，我可说是一帆风顺。我相信，主已经引导我走到现在，他绝不会让事情半途而废的。告诉亲爱的威廉，我希望不久就会拥抱他了。请为我祈祷和祝福。

> 您的儿子和仆人，埃德蒙

看罢信，奥斯沃德去找信差。他把约翰·怀亚特叫到一边，了解了他需要知道的情况。直到男爵派人来叫他，他才离开约翰·怀亚特。他直接来见男爵。未等男爵张口,他便说道:"我同信差们谈过了。我了解到,他们是全速日夜兼程带信过来的。他们只需要休息一个晚上,想要明天与您一起出发。"

"好的,"男爵说,"只要他们准备好,我们就动身。"

"大人,"奥斯沃德说,"我请求您恩准,让我随您同行。我见证了这桩奇事发现的过程,很想看到这件事的结局。也许,我在场对您的事会有所帮助。"

"也许会的,"男爵说,"你要是想去,我不反对。"

说罢,他们分开了,各自准备自己的行程。

奥斯沃德秘密会见了约瑟夫。他把自己所知道的情况以及自己将随男爵去北方的决定都告诉了他。

"我去那里,"他说,"就是代表无辜的受害者见证一切。如有必要,我会召唤你。因此,请时刻准备着,随时都可能派人来叫你。"

"我要尽我的余生和余力帮助年轻的勋爵讨回他的权力和贵族封号。不过,他们没猜到谁是洛弗尔的继承人吗?"

"至少现在还没有,"奥斯沃德说,"他们认为他只与这次发现有关,并不晓得他会关心这件事。"

"唉,神父!"约瑟夫说,"你没回来之前,我会天天想这事的。不过,我不再耽搁你休息了。"

"晚安,"奥斯沃德说,"不过,在休息前,我还要去看一个人。"

他离开约瑟夫,蹑手蹑脚地来到了威廉的地方,轻敲了几下门。威廉打开了门。"有什么消息吗,神父?"

"没有太多的消息。我只能告诉你,埃德蒙还好,还是和过去一样是你的朋友。"

"我猜想,我们会听到他的消息的。我还有一个猜想。"

"什么猜想,孩子?"

"就在我们要去的地方会见到他或听到他的消息。"

"非常可能，"奥斯沃德说，"我会让你做好准备的。我相信，我们不会听到任何对他不利的事情。"

"这是肯定的，"威廉说，"我很高兴能够见到他。我断言，他正处在菲利普·哈克雷爵士的保护之下。"

"是这样，"奥斯沃德说，"我所知道的情况都是从菲利普爵士的仆人那里了解到的。这个仆人就是信差当中的一位，在来这里的路上，他是其他两个信差的向导。"

又谈了一会儿，他们告别了，各自安歇。

第二天早晨，全班人马开始出发。考虑到男爵的健康，他们乘驿车行进。一开始，男爵感到不适，可是到达格雷厄姆勋爵的城堡时，则感到神清气爽。在城堡，他们受到高贵的主人极其尊敬和善意的款待。

在这段时间里，洛弗尔勋爵已恢复了健康和力气，急不可待地想离开这里回自己的城堡。听说他的妹夫和外甥到来，很是惊讶，丝毫不想见他们。菲利普·哈克雷爵士来问候菲兹-欧文男爵。后者以礼相待，但显然有点冷淡。罗伯特爵士心里没有定准，转身离开。

菲利普·哈克雷爵士走上前来同男爵握手。

"大人，"他说，"很高兴在这里见到您。像您这样的人态度如此冷淡，我感到遗憾。我渴望您的尊重，渴望您的友谊。没有它们，我是不会感到愉快的。我会让您对我的一举一动做出判断。要是您发现我有不对的地方，我是不会原谅自己的。"

男爵的态度缓和了一些。他感到自己那颗高贵的心与对方的心息息相通。不过，一想到他内兄的处境，他便对这个几乎要了他内兄性命的人变得矜持起来。尽管如此，这种矜持却在逐渐减少。克利福德勋爵讲述了这里发生的一切。说到菲利普爵士的为人，他评论道:菲利普爵士是一位高尚的人,直到决斗之日,他才披露了他对洛弗尔勋爵不满的原因。他对洛弗尔勋爵并无成见。他对这个失败者充满了人道之心,表示要公正对待他的继承人。最后,他提到了菲利普爵士对菲兹-欧文男爵的崇高敬意。为菲兹-欧文男爵的孩子们着想,他非常关心让菲兹-欧文男爵来处理受伤的洛弗尔勋爵的财产。克利福德勋爵也通过他的儿子来软化罗伯特爵士的态度,对他详加解释,打消他对菲利普爵士的疑虑。

来客休息一段时间后,格雷厄姆勋爵提议,他们一起去看望洛弗尔勋爵。勋爵们派人先去通报。他们随信差来到洛弗尔勋爵的房间。菲兹-欧文男爵走到床边,关切地拥抱了他的内兄。随后,罗伯特和威廉也先后拥抱了他。

洛弗尔勋爵虽然拥抱了他们,却一言不发。他的面部表情显露出他内心的骚动不安。

菲兹-欧文男爵首先打破了沉默。"瞧瞧,我兄弟比我预想的好多了。"

洛弗尔勋爵咬了一下他的手指。他扯着床罩,似乎心烦意乱。最后,他终于忍不住:"我丝毫也不想感谢那些派人把我的亲戚找来的人!菲利普·哈克雷爵士,你这样利用你对我的优势,也太不地道了!你免我一死,只不过是为了夺走我的声誉罢了。你向陌生人,更糟的是,向我最亲密的朋友,披露我的不是。在我生命垂危之时,你迫使我说出了一切。而现在你却在利用它,来毁掉朋友对我的感情。但是,我要是康复了,有你后悔的时候!"

菲利普爵士走上前来。

"大人们,我不会在意这个心情不快的人刚才所说过的话。我要求助你们,求助你们这些尊贵的见证人,因为你们见证了所发生的一切。你们知道,这是必要的。我对待他的动机如何,无论是决斗前,决斗时，还是决斗后，你们都是清楚的。我之所以没有置他于死地——你们知道，我本来是可以杀死他的——那是因为我希望他对自己犯下的罪孽能够反悔，希望他能归还他所占有的不义之财。是主召唤我行正义之举。我已经将洛弗尔的继承人置于我的保护之下。我主要是要看到他受到公正的对待。至于我对这个人的看法如何只是次要的动机。这就是我的目标。我绝不会失去这个目标的。"

洛弗尔勋爵仿佛被激烈的情绪窒息住了。看到所有人都嘉许和尊敬菲利普爵士，他大声喊道："我要求知道谁是这个假继承人。让他出来向我要头衔和财产啊！"

"尊贵的听者，"菲利普爵士说，"我请你们来判定有关我监护之人的出生和家庭的证据。所有的证据都将放在你们面前。你们来决定吧。

"有一个年轻人，原以为是一个农民的儿子，不仅发现了谁是他真正的父母，而且也发现了他们最后是如何死的。他甚至还发现了他们的尸骨被埋的不同地点，都不是埋在神圣之地。为了实现他的意愿，他保留了他们的骨灰。他也有活生生的证据。这些证据将消除所有的疑虑。在菲兹-欧文男爵到来之前，我对具体详情一直守口如瓶。从一位长期目睹菲兹-欧文男爵德行的人那里，我了解到了他的高贵的心灵和品格。他是一个正直的人。有了这样一种看法，在如何处理他内兄一事上，我愿让他成为评判人之一。我和我的被监护人将把证据呈现在他和在场的人面前。在此过程中，他似乎是这些证据最具资格的评判者，因为他能够确定许多我们将有机会提及的事实。我们的努力全听凭他的决定了。"

格雷厄姆勋爵赞同菲利普爵士的求助，肯定了他本人的公正无私。他对克利福德勋爵和他的儿子以及侄子们说：

"菲利普爵士的提议很公平，就像他本人那样很公道。没有什么地方比现在这个地方更合适了，也没有什么人比现在在场的人更公正了。我想，洛弗尔勋爵对此不会有异议吧。"

"能有什么异议！"洛弗尔勋爵回答，"就像审讯罪犯那样审讯我，还任命了审判我的法官，来决定我对自己财产和封号的拥有权，这算怎么一回事？我怎么会服从这样的审判？"

"那么，"菲利普爵士说，"你是宁肯接受国家法律的审判，由法律对你进行宣判了？选择一下吧，先生。二者必选其一。"

克利福德勋爵说："请让洛弗尔勋爵考虑一下，同他的朋友商量商量，而后再做出决定。"

菲兹-欧文男爵说："对我自己听到的，我感到十分惊讶。我很高兴地知道，菲利普爵士所说的一切，都是为了他的被监护人。我可以断定我的兄弟希望什么或是害怕什么。那么，当他迫切需要时，我会向他提供最好的建议。"

"说得好，"格雷厄姆勋爵回应道，"那就让我们切入正题吧。菲利普爵士，请把你的被监护人向大家介绍一下，并呈交你的证据。"

菲利普爵士向众人鞠了一个躬。他出去叫埃德蒙，一路上不断鼓励他。他把埃德蒙带到菲兹-欧文男爵面前。后者神情严肃。

"埃德蒙·特怀福德，"他问，"你是洛弗尔家族的继承人吗？"

"我是，大人。"埃德蒙回答，深深向下鞠了一躬，"证据会呈交的。但同时我也是您最卑微、最知感恩的仆人。"

罗伯特爵士站了起来，要离开房间。

"罗伯特，我的孩子，待在这里，"男爵说，"要是有假，你会很高兴查明的。要是一切都是真的，你也不要闭眼不看。你关心此事，因此还是心平气和地听一听。让理智来判断。"

罗伯特朝父亲鞠了一躬，咬了咬嘴唇，退到窗前。威廉朝埃德蒙点了点头，没说话。所有的人都把目光转向了埃德蒙。埃德蒙站在中间,目光低垂,对在场的人表现出谦逊而恭敬的态度。与此同时,菲利普爵士讲述了埃德蒙生活中所发生的主要事件:他那非凡的家庭背景(据此他可以认定自己的高贵出身),在闹鬼房子里的奇遇,在凶险的储藏室中的发现,以及洛弗尔勋爵葬身在那里的证据。

讲到这里,菲兹-欧文男爵打断了他的叙述:

"您说的那个储藏室在哪儿?埃德蒙离开后,我和儿子们都去过那套房间仔细查看过,并未发现你所说的这个地方。"

"大人,"埃德蒙说,"我来解释一下。那间储藏室的门用挂毯遮住了,就和这个房间一样,你们很难注意到。不过,我这里有一个证据。"他说着,手伸进胸前的口袋,从里面掏出一把钥匙。"如果这不是开那间储藏室门的钥匙,那么你们就把我当作骗子,把我所说的一切都当作谎言好了。那么我拿这个证据来说事,就是冒险了。"

"你为什么要把这把钥匙拿走?"男爵问。

"为了防止任何人进入那间储藏室,"埃德蒙回答,"我已发过誓,我会保存这把钥匙,直到在被指定的证人面前打开那间储藏室的门。"

"接着说吧,爵士。"菲兹-欧文男爵说。

菲利普爵士接着讲述了埃德蒙同他的养母玛格丽·特怀福德之间的谈话。

菲兹-欧文男爵似乎惊讶万分,大声问道:"这是真的吗?奇特的发现!不幸的孩子!"

埃德蒙的眼泪证明了他的诚实。他不得不掩面而泣。讲述期间,他双手紧握举向天空,情不自禁。而此时,洛弗尔勋爵在呻吟,似乎骚动不安。

菲利普爵士接着对菲兹-欧文男爵说:"大人,埃德蒙同他的养母交谈时还有一个人在场。他耳闻目睹了一切。大人,您能告诉我们他是谁吗?"

"是奥斯沃德神父吧,"男爵回答,"我清楚地记得,在埃德蒙的请求下,奥斯沃德神父同他一起去的。传奥斯沃德神父进来。"

受到传唤,奥斯沃德立即赶来。男爵要他说一下埃德蒙同他母亲之间的谈话。

奥斯沃德说了起来——

"既然传我来证实我所知道的有关这位年轻人的情况,那么我就实话实说,不偏不倚。我向主发誓,我所讲述的真实无误。"

然后,他特别讲述了埃德蒙同母亲交谈时的情形,提到了在婴儿和他母亲身上发现的标志物。

"在什么地方能看到这些标志物?"克利福德勋爵问。

"在我这里,大人,"埃德蒙回答,"我收藏着它们,把它们当作我的稀世珍宝。"

说罢,他把它们拿出来给所有在场的人看。

"似乎看不出有任何作假或共谋之嫌,"格雷厄姆勋爵说,"如果有人认为他看出来了,那么就请讲出来。"

"父亲大人,请允许我说一句,"罗伯特爵士说,"我们贵亲在东房过夜的那天晚上,我就曾暗示过对奥斯沃德神父的怀疑,父亲,您还记得吗?"

"记得。"男爵回答。

"好的。他现在似乎知道更多的事,而他要告诉我们的只是其中一部分。您能够看到,他深深参与了埃德蒙的秘密。您也可以断定他随您来这里的目的是什么了。"

"我关注你所说的,"他父亲回答道,"不过,我们还是听一听奥斯沃德神父是怎么说的。我会尽可能做出公正判断的。"

"大人,"奥斯沃德说,"我恳请您也回顾一下在您儿子所说的那天晚上，我说过的有关神秘事件的话。"

"我还记得，"男爵说，"接着说吧。"

"大人，"奥斯沃德继续说，"我知道的的确比我当时贸然对您披露的要多。不过，我现在会毫不保留地告诉您。从发生在这个年轻人身上的事件中，我看到事情的非同寻常。在要求他在东房过夜后，我热情地希望他能让我同他一起度过第二个夜晚。他勉强同意了。那天夜里，我们听到了一个巨大的响声，响声来自下面的房间。我们一起走下楼。我看着他打开了那间可怕的储藏室。我听到了呻吟声。那呻吟声刺痛了我的心。我跪了下来，祈祷亡灵安息。我发现了一枚印章，上面刻有洛弗尔家族的纹章。我把这个印章给了埃德蒙。因此，该印章现在在他的手中。他非常高兴我能对自己的所见所闻守口如瓶，直到宣布它的时刻到来。我想，我是被叫去做证人的。此外，好奇心也驱使我想了解此事。因此，我想看一看他们母子见面的情形。这次见面的影响难以表达。我现在所说的一切只是尽我记忆所能。我希望，毫无偏见的人是不会责难我做的一切的。即使他们为此责难我，我也不会后悔的。要是我冒犯了那位富有的大人物，请不要见怪，完全是我自己听由主和自己的良知所致，我没有世俗的目的追求。我只是为这个受到伤害的孤儿辩护。同时，我也认为自己是在协助天意的计划。"

"讲得好，神父，"克利福德勋爵说，"您的证言的确很重要。"

"您的证言既令人惊异，又令人信服，"格雷厄姆勋爵说，"整个叙述有机相连。我看不出有什么可以让我怀疑它的真实性。不过，还是让我们来核实一下证据吧。"

埃德蒙把项链和耳环交到他们手中，把刻有洛弗尔姓氏首字母的小盒子和刻有纹章的印章给他们看。他告诉他们，他穿的斗篷过去由他养母收藏，现在应他的要求交了出来。他请求委派合适的人同他一起去查看一下他父母是否埋在他所说的地方。他还说到,他很高兴将自己的权力要求交与他们处理,完全信赖他们的道义和公正。

场面令人感动。在此期间,那个罪人手捂着脸,一言不发,可是他发出的长吁短叹表明了他内心的痛苦。最后,格雷厄姆勋爵出于同情,建议他们先退下考虑一下证据,他说:"洛弗尔勋爵想必很疲劳了。当他愿意见我们时,我们再继续当着他的面讨论这件事。"

菲利普爵士走到床前。他说:"先生,我现在把您交给您自己的亲戚。他们都是严格讲求道义之人。由他们照料您及相关的事,我很放心。"

说罢,他们走出房间。屋里只剩下菲兹-欧文男爵、他的儿子们和那个罪人。他们议论起了埃德蒙的身世及其重要的生活变故。

晚餐后,菲利普爵士再次要求同勋爵们及其主要的朋友议事。参加议事的还有奥斯沃德神父、格雷厄姆勋爵的神父(他聆听了洛弗尔勋爵的忏悔)、埃德蒙和扎迪斯基。

"先生们,"菲利普爵士说,"现在我想了解各位对我们的证据的看法和你们的建议。"

格雷厄姆勋爵回答道:"我想代表其他人说一说。我们认为,这些证据足以说明,这位年轻人是洛弗尔的真正继承人。不过,这些证据还有待于验证。关于对已故勋爵被谋杀一事,罪犯已做了交代,也为证据所证实,这是毫无疑问的。他犯罪的证据同这位年轻人身世的证据之间联系密切,缺少一方,另一方都不成立。我们希望公正处置,可是因为菲兹-欧文男爵的缘故,我们并不想让罪犯蒙受公开的羞辱和惩罚。我们希望找出一个折中的方案。因此,我们请菲利普爵士向他的被监护人提出建议,然后让菲兹-欧文男爵为自己也为他的兄弟做回应。我们将成为他们两者之间的调停者。"

在场的人都表示赞同，请菲利普爵士提出要求。

菲利普爵士说："如果严格按照公正来要求，只有让罪犯付出生命的代价，我才会满意。但是，我是一个笃信基督的军人，是来到这个世界拯救罪人的基督的使徒。为了基督，我放弃复仇，赦免这个罪人。若上天给他时间忏悔，我们就应该顺从它。我的被监护人的特别要求是，不要将耻辱带给他的恩主菲兹-欧文男爵一家。对菲兹-欧文男爵，我的被监护人怀有孝心和深深的敬意。我的建议如下：首先，罪犯必须将自己通过邪恶手段获得的贵族封号和财产归还给合法的继承人。在证人面前，他已承认了这位继承人。其次，他要隐居到修道院，不然就离开王国三个月。无论哪种情形，享有他的财产的人都要付给他一笔可观的年金。他也许不想过舒适的生活。最后，我剥夺他进一步为恶的手段，使他的余生能够致力于忏悔。这些是我的要求。我给他二十四小时考虑我的要求。如果他拒绝遵从这些要求，我将不得不继续采取严厉措施，公诉他。不过，菲兹-欧文男爵的仁慈让我充满了期待，我期望他能影响他的兄弟遵从基于对他高贵品格的敬仰而提出的这些要求。"

格雷厄姆勋爵赞扬了菲利普爵士所提这些建议的人性化、慎重和虔敬，他要利用自己的影响力和辩才使这些建议得以实行。克利福德勋爵表示支持。其他人也表示赞同。

菲利普爵士说："我还有一个问题要问。要是我的被监护人的财产迟迟得不到归还，那么谁该为此买单呢？他的财产毕竟被不公正地占有二十一年了。请克利福德勋爵来回答这两点吧，因为他对这两点都没兴趣。"

"我想，"克利福德勋爵回应道，"可以用第二个问题来回答第一个问题。有关的双方要对比着看，尤其在菲兹-欧文男爵的孩子们继承财产的时候。这笔财产包括了买价。"

格雷厄姆勋爵说:"这决定既公平合理又宽宏大量。我希望,这会满足所有各方的期待。"

"我还有个建议要向菲兹-欧文男爵提出来,"菲利普爵士说,"不过,我要先等待已提出的建议被接受。"

菲兹-欧文男爵回答道:"我要把这些建议和要求告诉我的兄弟,明天再把他的决定告知大家。"

然后,他们离开了。男爵同他的儿子回到伤者的房间。他怀着聆听忏悔的虔敬之心,劝他的兄弟忏悔他的罪孽,并为此赎罪。他告知了菲利普爵士的建议,讨论了对他犯罪的奇特发现以及随后的惩罚。"你的悔改,"他继续说,"也许会被接受,你的犯罪也许会被原谅。可是,要是你还是执迷不悟,拒绝赎罪,那么你将会受到更严厉的惩罚。"

男爵的说法听起来既实事求是,又合情合理。但这个罪人既不肯定,也不否定。男爵在他的房间里度过了几个小时。他派人请来了一位神父,来听取他的忏悔。他们同他一起坐了一整夜,不停地建议和劝说,劝诫他心要放正,遵从那些建议。他不愿放弃尘世生活,尤其不愿当众受辱,受到公众的审判。

第二天,菲兹-欧文男爵招呼大家到他兄弟的房间。在那里,他代他兄弟宣布,接受菲利普·哈克雷爵士的建议;如果埃德蒙能像自己承诺的那样,带他们到他父母的葬身之地,如果埃德蒙的身世能够被他养父母确证的话,那么他将承认埃德蒙是洛弗尔家族的继承人。为了证明这些事情,他们必须委派合适的人同埃德蒙一起去。一旦事实查明,他们必须立即让埃德蒙接管城堡和财产。既然如此,他要格雷厄姆勋爵和克利福德勋爵选择委托人,赋予菲利普爵士和埃德蒙权力增加委派人。每一个人都可以再增加一个委托人。

格雷厄姆勋爵点名要克利福德勋爵的长子和另外一个人做委托

人,也点了他的侄子。他们也选了格雷厄姆勋爵的告解神父、菲兹-欧文男爵的长子。菲利普爵士任命了威廉·菲兹-欧文。埃德蒙指定了奥斯沃德神父。他们也挑选了仆人做随从。这些仆人也是所发生一切的见证人。克利福德勋爵向菲兹-欧文男爵建议,一旦委托人动身,余下的人都去他在坎伯兰的领地。无论去哪儿,都应该邀请格雷厄姆勋爵同行,待在那里,直到事情最后解决。经过争论,达成共识。此外,也必须带上罪犯,直到一切获得妥善解决。

菲兹-欧文男爵让他的儿子威廉负责在城堡接待委托人。出发前,菲利普爵士同菲兹-欧文男爵商量移交城堡的问题。考虑对埃德蒙的补偿,他坚持要把家具和农场的库存一同移交。菲兹-欧文男爵轻轻地点到了埃德蒙的教育和其他花费的问题。菲利普爵士回答道:"您说得对,大人。我没想到这一点。在这方面,我们欠您的超过了我们能够回报您的。不过,您要知道,埃德蒙对您的敬仰和感情不是可有可无的。即使对他的封号和财产给予了充分赔偿,他的幸福将仍然要仰仗您。"

"此话怎讲?"男爵问。

"除非他获得您的关注和尊重,否则他仍然不会快乐的。"

"是这样,"男爵说,"仅就一项铁的证据,他就已经让我对他刮目相看了。那么他还从我这里期望什么呢?"

"尊敬的大人,但愿没有冒犯您。我想再给您提一个建议。如果您不接受,我也能理解。我承认,这需要一个了不起的心胸。不过,您是有这种心胸的。"

"好吧,爵士,说一说您的要求。"

"那好,我就说一说我的请求。不要把埃德蒙视为你们家族的敌人,而是把他当作自己的儿子看待,也让他这么看。"

"您是说,把他当作我的儿子?"

"是的，大人。把您的女儿许配给他。他已经是您具有孝心的儿子了。您的儿子威廉和他是结拜兄弟。余下的事不就是让他成为您自己的孩子吗？他值得有您这样一位父亲，您也值得有他这样一个儿子。通过这种方式，您可以把洛弗尔的姓氏、封号、财产和你们的家族合二为一，这就永远有益于您的后代啊。"

"这个建议需要好好地考虑一下。"男爵说。

"我并非轻率地向您提示这一点的，"菲利普爵士说，"这种珠联璧合，我想，上天已经明示了，引导这个可爱的孩子经历了那么多的险情，让他走近了幸福。我把他看作一个高贵家族的宝贵遗存、我最亲密朋友的儿子，也把他看作我的儿子和继承人。我，作为他的父亲，恳请您同意他娶您的女儿。"

男爵内心深受感动，将脸转向一边。"啊，菲利普·哈克雷爵士，您是多么高贵的朋友！为什么像您这样的人会成为我们的冤家？"

"大人，"菲利普爵士说，"我们不是冤家，也不可能成为冤家。我们的心是连在一起的。我敢说，我们将来会成为好朋友的。"

男爵抑制住自己的感情，可是菲利普爵士看透了他的心。

"我得同我的长子商量一下。"男爵说。

"好吧，"菲利普爵士说，"我预见这会有不小的困难。他对埃德蒙有偏见，认为赔偿埃德蒙的遗产对你们家族是一种伤害。不过，以后他会以不同的眼光来看这种联姻的，也会很高兴有这样一个兄弟加入你们的家族。不过，目前，他会反对的。无论如何，我们不要绝望。美德和决心将会克服一切障碍。让我请小洛弗尔进来吧。"

他把埃德蒙带到男爵的面前，将他的提议、男爵的回答以及他们所担心的罗伯特爵士的反对都告诉了埃德蒙。埃德蒙跪在男爵面前，握住他的手，压在自己的嘴唇上。

"您是最好的人，最好的父亲，最好的恩主！"他说，"无论我是否有幸成为您的合法的孩子，我永远都是您的孝子。在您自己的孩子中，没有一个能像我这样对您怀有如此强烈的爱和责任感。"

"告诉我，"男爵说，"你爱我女儿吗？"

"我爱她，大人。我对她怀有最强烈的爱。除了她，我没爱过任何女人。倘若我对她的爱不幸遭到拒绝，我将一辈子不结婚。啊，大人，不要拒绝我最真诚的请求。联姻会让我的生活变得更有意义，将激励我在一个更好的平台上提升自己。倘若您拒绝了我，我就会变成一个可怜的不幸的人，将受到为我倾心相待的那些人的蔑视。您的家对我来说就是整个世界。请把您的女儿许配给我吧！也让您的儿子、我亲爱的威廉做我的兄弟吧！让我同他们一同分享上天赋予我的财富。但是，如果我被剥夺了同我所爱的人的交往，封号和财富又有什么用？"

"埃德蒙，"男爵说，"你是一位高贵的朋友，在我心里更是如此。我想，上天让你在我心里扎根，以有助于实现它的意图。我感受到了一种复杂的情感，担心我对你的内心情感。不过，你还是先回答我一个问题：你能肯定我女儿会同意吗？你向她示爱过吗？她爱上你了吗？"

"还没有，大人。我不能有这种不当之举。我只是谦卑地、远远地爱着她。就我的境况而言，我会觉得，贸然说出自己内心的感情是对感恩和好客法律的违反。"

"那么，你的行为毫无疑问是正当的。我必须说，在所有其他场合，都是如此。"

"您的嘉许，大人，是我生活中的最大愿望。这是对我的荣誉和幸福的肯定。"

菲利普爵士笑了："菲兹-欧文男爵，埃德蒙还是像从前那样喜爱您，我真有点嫉妒了。"

埃德蒙来到菲利普爵士跟前，扑到他的怀中，哭了起来。他控制不住自己内心的感情，祈求上天加强他的心力，支撑他那种难以表达的感情。

"好了，埃德蒙。我知道你的心，这让我感到宽慰。大人，对他说点什么吧。你要是做得到的话，就对他冷淡一点，好让他恢复常态。"

男爵说："在对待你的问题上，我不能过于自信。你要成为我的孩子，只有在获得我儿子罗伯特的同意后，我才能让你成为我们家庭的一员，才能确保你成为我的孩子。我尊重我家的那个继承人。他勇敢，忠实，真诚。你的仇人现在没有同他在一起。你可借助威廉的影响力，让他为你出面。努力一下吧，然后告诉我结果。"

埃德蒙满怀快乐和感激之情吻了他的手。

"我会不失时机的，"他说，"我会完全照您的指令去做。"

埃德蒙马上去了他的朋友威廉那里，把他同男爵和菲利普爵士之间的谈话告诉了他。威廉向他许诺，他会十分关注此事，并简要地叙述了埃德蒙离开后城堡发生的一切。不过，他滔滔不绝地夸他的妹妹，直到打算让对方说话为止。他们找小克利福德商量。后者看到埃德蒙谦和近人，看到威廉对埃德蒙的无私友情，便对他们产生了好感。他承诺助他们一臂之力。罗伯特爵士则想同小克利福德发展友谊。因此，克利福德和威廉动之以情，晓之以理，集中火力对他发起了猛攻。克利福德力陈埃德蒙的优点和联姻的优势。威廉则通过回顾埃德蒙过去的生活加强他的论点：在埃德蒙的生活道路上抛下的每一个障碍，其结果却使他的敌人蒙羞，而使他本人的名誉大增。"更不用说埃德蒙的高贵品格和挚爱之心了。那些多年同他为伴的人很清楚他的为人，不需要什么证明。"

"我们都知道你对他深有感情，"罗伯特爵士说，"所以，你偏袒他。"

"并非如此，"威廉说，"你能感觉到我所说的是事实。我敢肯定，要不是他的敌人对他说三道四，你也会爱他的。不过，要是他的要求成立，你必须相信他的诚实。"

"难道你想要父亲根据这样不确定的事把你妹妹许配给他吗？"

"不会的。是有条件的。"

"假如他的要求不成立呢？"

"那么我就站在你这一边，不再管他的事。"

"很好。父亲想做什么就让他去做好了。反正我不会同意把我妹妹许配给一个一直给我们家惹麻烦的人。现在我们到屋外走走。"

"很遗憾，哥哥，你总是以扭曲的眼光来看待埃德蒙的要求。不过，你要是觉得这事有假，那么跟我一起去，见证一下发生的一切。"

"不，我不会去的。要是埃德蒙是那座城堡的主人，那么我是决不会再踏进那座城堡半步的。"

"这事，"克利福德先生说，"必须留给时间来证明。时间已经让更为奇异的事发生了。罗伯特爵士的名誉和良好的判断力会促使他慢慢消除偏见，做出公正判断的。"

他们离开了，去准备他们的旅程。埃德蒙将罗伯特爵士的固执态度告诉了菲利普爵士。后者再次试着同男爵谈起他所感兴趣的话题。

"现在的情形是，我在等待进一步的证明，"罗爵说，"可是，如果那些证据如我所期望的那样清楚无误，那么您的愿望对我来说就十分重要了。委托人回来之前，对这个话题不要再提了。"

他们都毫无保留地承认埃德蒙的美德。

埃德蒙怀着感激之情要离开他的两位父辈朋友了。

"我获得遗产后，希望你们俩在我身边，来成全我的幸福。"埃德蒙说。

"我嘛，"菲利普爵士说，"你可以确定。尽我的影响所能吧。至于男爵——"

男爵没说什么。埃德蒙向他们保证，他会不断地为他们的幸福祈祷的。

很快，委托人们同埃德蒙一起动身去洛弗尔城堡了。第二天，克利福德勋爵同菲兹-欧文男爵及其儿子一起回到了他自己的城堡。现在那个名不副实的洛弗尔勋爵被他们裹挟而去，心里很不情愿。菲利普·哈克雷爵士是应克利福德勋爵之邀而去的。克利福德勋爵声称，要了结此事，没有他在场不行。大家都表示曾受到过格雷厄姆勋爵慷慨好客的招待，因此也恳请他同行。最后，格雷厄姆勋爵答应了，条件是如果他有事要办，请允许他能够来回跑。

克利福德勋爵极其热情友好地欢迎大家的到来，并向他们介绍了自己的夫人和三个女儿。他的女儿个个像盛开的花，年轻漂亮。大家过得很开心，只有那个罪人沉闷缄默，远离大家。

此间，委托人继续赶路。距城堡还有一天的路程时，威廉和他的仆人加快速度，先于别人几个小时赶到了城堡，安排招待事宜。威廉的妹妹和弟弟迎上来拥抱他们，急切地打听北方之行的情况。威廉简要地讲述了他们舅父的事，说："不过，还有呢，菲利普·哈克雷爵士还带去了一个年轻人。他说那个年轻人是已故洛弗尔勋爵的儿子，还要为他讨回财产和贵族封号。这个年轻人正在来这里的路上。与他同来的其他人受委托来查实某些情况，来证实他的说法。如果他的要求成立，那么父亲将把这座城堡和这里的财产交给他。菲利普爵士和父亲大人还有许多关键的问题要解决。菲利普爵士已经提出了折中的建议。妹妹，你该了解这个建议，因为这个建议与你关系密切。"

"我？威廉哥哥，请说清楚一点嘛。"

"好吧。这个建议是,为了免除补偿,也为了大家的心愿,父亲将把他亲爱的爱玛许配给洛弗尔家族的继承人,以满足各方的要求。"

爱玛的脸一下子变了颜色。

"圣母玛利亚啊!"她说,"父亲同意这个建议吗?"

"他并不反对。不过,罗伯特不同意。不管怎样,我对他说,我赞同你嫁给那个年轻人。"

"你说的是真的吗?怎么会呢?一个素不相识的人,也许是一个骗子,来这里要把我们赶出去吗?"

"耐心一点,爱玛!不要带有偏见来看这个年轻人。也许你会像我一样喜欢他的。"

"你太让我吃惊了,威廉。"

"亲爱的爱玛,看到你不安,我心里也不安。想想那个人吧,在所有的人当中,可能是你在某种情况下最想见的人。请你问父亲吧,希望看到你心想事成。"

"不可能!"爱玛说。

"没有什么是不可能的,亲爱的。我们还是不要口无遮拦为好。一切都会圆满结束的。你得帮我招待好这些委托人。我期望,会是一种庄重的场面。不过,一旦事情结束,更加快乐的时光会随之而来。我们要先去那栋闹鬼的房子看一下。你等着,我会派人来叫你的。我得去吩咐仆人做准备了。"

他去了,吩咐家仆恭候。他和他的小弟站在那里准备好迎接来宾。

号角响了,通报了委托人的到来。就在那时,一阵疾风突然刮起,将城堡的门吹开。人们走进城堡大院。大厅的折叠门自动敞开了。埃德蒙刚步入大厅,屋内所有的门一下子都敞开了。家仆们都冲进大厅,面带惧色。只有约瑟夫看上去镇定无畏。"这些门,"他说，"自动敞开，是为了迎接它们的主人的！你们看，真的是他啊！"

埃德蒙很快知道了刚才发生的奇怪现象。

"我相信这个预兆！"他说，"先生们，我们去那栋房子吧！让我们来完成这个命运之作！我来领路。"他去了那栋房子，所有的人跟随其后。"打开百叶窗，"他说，"这里不会再排斥日光了。黑暗的行为现在将会被曝光。"

他们走下楼梯，每一扇门都是敞开的。最后，他们来到那间可怕的储藏室。埃德蒙叫威廉："过来，朋友，请看，这是你们家人忽略的一扇门！"

大家都走上前来。他从上衣的口袋里掏出一把钥匙，打开了那扇门。他请大家注意，地板都松了。然后，他叫来仆人，吩咐他们将储藏室内所有的东西搬走。仆人们搬东西时，埃德蒙向大家出示了那件沾满血迹的胸铠，大声问约瑟夫：

"您知道这副盔甲是谁的吗？"

"是勋爵的，"约瑟夫说，"是已故洛弗尔勋爵的；我见他穿戴过这副盔甲。"

埃德蒙又吩咐他们拿锹来挖土。当仆人去拿锹时，他让奥斯沃德再讲述一遍那天夜里他们俩在这栋房子里过夜时所发生的事，直到仆人们拿锹回来。

仆人们挖土，其他人站在一旁神情肃穆地等待着。挖了一会儿，他们的锹碰到了什么东西。他们继续挖，直到看到了一个大箱子。把这个箱子拉上来，很费劲。箱子被绳子捆住，可是绳子已腐烂成灰。他们打开了箱子，看到了一副骨架，似乎是将脖子和脚捆在一起，硬塞进箱子里的。

"请看，"埃德蒙说，"就是这副尸骨生就了我！"

来自格雷厄姆勋爵城堡的神父走上前："毫无疑问，这是洛弗尔勋爵的尸体。他的亲戚坦白了他当时被塞进箱子里时的样子。我听过他的坦白。这可怕的情景让所有在场的人明白了一个道理：邪恶也许会一时得逞，但终有一天会遭到报应的！"

奥斯沃德大声说："看吧，报应的时候到了！胜利属于这位无辜之人，耻辱属于那个邪恶之人！"

年轻的委托人宣布，埃德蒙的权力要求无可置疑。

"那么，还有什么是要做的吗？"他们问。

"我提议，"格雷厄姆勋爵的神父说，"将这次发现的经过写在纸上，所有在场的见证人都在上面签名。一份验证过的副本留给这位先生保管，原本送交男爵们和菲利普·哈克雷爵士，以便让他们相信这次发现的真实性。"

克利福德先生让埃德蒙按照自己的想法去做。

"我提议做的头一件事，"埃德蒙说，"就是做一副棺材殓埋这些尊贵的遗骨。我相信一定会找到我母亲的遗骨，在神圣之地将他们合葬！你们的儿子要对你们的骨灰表示最后的敬意！"

他哽咽得说不下去了，泪如雨下。所有在场的人都对他们的不幸遭遇表示了同情。埃德蒙恢复了平静，继续说道：

"我下一个要求是，奥斯沃德神父和这位令人尊敬的神父同委托人所指定的任何人一起去见安德鲁·特怀福德和玛格丽·特怀福德，向他们核实一下我的出身和我可怜的母亲的死亡及埋葬的情况。"

"这件事我们会去做的，"威廉说，"不过，你回来后，还没吃东西呢。还是先请你同我一起吃点东西吧。你肯定又饿又累了。餐后，我们再继续查证。"

大家都跟着来到大厅，受到了非常热情的款待。威廉以父亲的名义款待大家。埃德蒙内心深受感动。埃德蒙行事的认真态度表明了他的真诚。悲伤并没有让他忽略了对朋友和他本人的职责。他询问爱玛小姐的健康状况。

"她身体不错呀,"威廉回答,"你的朋友还是老样子。"

埃德蒙默默地鞠了一下躬。

餐后,委托人去了安德鲁和他妻子那里,分别查问他们。结果发现,他们的叙述完全一致,实际上,同以前奥斯沃德和埃德蒙分别叙述的一样。委托人看到,他们之间的叙述毫无冲突之处,证据无可置疑。他们同埃德蒙的养父母待了一宿。

第二天,安德鲁带他们来到洛弗尔夫人埋葬的地方。埋葬地位于两棵树之间,为了好找,安德鲁还做了记号。他们收殓了尸骨带回了城堡。在城堡,埃德蒙用一具庄严的木棺来盛装他不幸的父母的遗骨。两位神父获准去教堂墓地查看假棺椁,结果发现,棺内只有尸骨和泥土。于是,委托人宣布,他们对埃德蒙申诉的真实性感到十分满意。

两位神父留下来记述这些发现,以便他们回去时将此报告提交给男爵们。与此同时,威廉趁机带埃德蒙去见他的妹妹。

"爱玛,"威廉说,"洛弗尔的继承人想来此问候你。"

很明显,他们俩看起来很慌乱。不过,埃德蒙逐渐镇定下来,而爱玛则越来越感到迷惑。

"我久已想向我敬仰的女士问候了,但是无法摆脱的责任,让我一直延迟至今。当这些职责都履行完后,我渴望能将自己的余生献给爱玛小姐!"

"那么,你就是洛弗尔的继承人了?"

"是的,小姐。我也是那个曾经贸然对你自说自话的人。"

"简直太不可思议了!"

"对我来说,也是这样,小姐。不过,时间会让我们适应一切。

我希望,你能慢慢熟悉我身上发生的变化。"

威廉说:"我内心的愿望,对你们俩来说,是不言而喻的。不过,我的忠告是,在知悉父亲大人的决定之前,你们的亲密关系最好先到此为止吧。"

"请尽你所愿要求我吧。"埃德蒙说,"我情不自禁地想表达自己的心愿,可是我会听从大人的裁决的。他也许会让我承受绝望的命运。"

从这时起,这年轻的一对彼此相敬如宾,矜持明显。年轻的小姐有时会和大家在一起,但更经常的是待在屋里不出门。她开始相信并盼望自己的愿望能够实现。男爵的决定还不明朗,埃德蒙脸上呈现出一种焦虑的神情。他的朋友威廉,对他悉心关照,设法消除他的担心,激励他的希望。可是他在焦躁不安地等待委托人的回来和他的最后命运。

在此期间,那个名不副实的洛弗尔勋爵在克利福德勋爵的城堡恢复了健康和力量,同时他也变得越来越羞惭和冷漠,避而不见他的妹夫和外甥,常常把自己关在屋里,只让两个仆人陪他。罗伯特·菲兹-欧文男爵几次试图获得他的信任,但都徒劳无功。菲兹-欧文男爵也像其他人那样羞于见他。

扎迪斯基敏锐地注意着罪犯的一举一动。他的同乡,无论年纪大小,都具有观察敏锐的特点。他把自己的疑虑告诉了菲利普爵士和男爵们。他的看法是,那个罪犯正在策划逃跑。他们问:"何以见得?"扎迪斯基自己和另外一个人轮流监视着他,埋伏在那里等候他。扎迪斯基还提议,应该备好马,让骑马人做好准备,但不告诉他们让其做什么。男爵们同意将这事交给扎迪斯基来处理。他采取了有效的措施,在野地里,他截获了三个逃犯,把他们带到城堡分别关了起来。勋爵们和其他人商议如何处置他们。

菲兹-欧文男爵不便表态,请求离开。菲利普爵士来找他。男爵说:"我一无所有,无法帮这个坏家伙一下,也无法对这样一位近亲要求更严厉的惩处。"

扎迪斯基请求对大家说几句。

"各位不能再相信一个连荣誉和真诚都不要的人的话了。我久已渴望再回我的祖国看一看,打听一下我在那里的好友。我承诺把这个人带到这个地球上一个遥远的地方。在那个地方,他无力再继续作恶,也好让他的亲戚不用面对一种令人不快的指控,除非您宁愿让他在这里受到惩处。"

克利福德勋爵赞同这个提议。菲兹-欧文男爵没作声,但也没有表示反对。

菲利普爵士不肯同他的朋友分开。不过,扎迪斯基让他确信,自己有特殊原因要回到那片圣土,以后,大家会明白他的想法的。菲利普爵士请菲兹-欧文男爵陪他去罪犯的住处,说:"我们会再同他谈一次的。这次谈话将决定他的命运。"

他们看到罪犯沉默而愠怒,拒不回答他们的任何问题。

菲利普爵士对罪犯表示:"证据表明了你说谎和不诚实,因此,我们无法再信赖你,也无法相信你会履行我们所商定的条件。因此,我向你再次提出建议,这个建议同样体现了对你的仁慈宽厚:你将永远被驱逐出英国,开始去那圣土的朝圣之旅,我们将为你指定旅伴;或者,第二个选择,直接去修道院,你将在那里度过余生;或者,第三个选择,如果你拒绝上述两个选择,那么我将直接诉诸王宫,匍匐在国王脚下,陈述你的整个罪恶生活和行为,拿你的头颅是问。国王仁爱公正,不会让你这样的恶徒逍遥法外。他将让你在公众面前蒙受耻辱和惩罚。你听清楚了,一旦我开始起诉,不达目的,我决不罢休。我求助你那尊敬的妹夫支持我的诉讼。我不会再劝你了,只宣布我的决定就行了。一个小时后,你必须做出答复。不然,无论你会让我做出何种决定,我都会采取行动的。"

说罢,他们离开了,让罪犯考虑和决定。一个小时过后,他们派扎迪斯基去要求他的回复。扎迪斯基向他暗示道,菲利普爵士和勋爵们已经够宽宏大量的了,他们的决定不可动摇,请他慎重考虑他的回复,因为他的回复将决定他的命运。

他沉默了几分钟,脸上透露出怨恨和绝望。最后,他说道:

"告诉我那些傲慢的敌人,我选择流放,哪怕死在那里,声名狼藉,孤独地生活,我也认了。"

"你选择得不错,"扎迪斯基说,"对一个聪明的人来说,去哪个国家都一样。我非常在意你的选择是否合我的意。"

"这么说,他们选择你做我的旅伴了?"

"是的,先生。你可以据实来判断,事实上,你所称之为敌人的那些人并非那么无情。再见了,先生。我要去准备我们的行程。"

扎迪斯基去做了汇报,然后马上着手准备。他挑选了两名机灵的年轻人做他的随从,嘱咐他们紧紧盯住所押犯人。要是从他们手下逃走,将拿他们是问。

这期间,菲兹-欧文男爵同他内兄谈了几次,力图让他认识到自己的罪行,认识到胜者的正义和宽厚之举。但是,正像对其他人那样,他对男爵也表现出情绪化和寡言少语。

菲利普爵士强制他将他的世俗财产交给菲兹-欧文男爵。为此,当着所有人的面,他立下了字据。菲兹-欧文男爵承诺每年给他一笔钱,也会预先付给他一笔旅费。男爵非常动情地同他说话,可是他拒绝了男爵的拥抱。

"你没什么可遗憾的,"他傲慢地说,"因为获利的是你。"

菲利普爵士要扎迪斯基答应他再回到他的身旁。扎迪斯基回答道：

"我要么回来，要么告诉您我留在那里的理由。我想，您会同意我这么做的。我抵达叙利亚时，会派信差通知您，同时也告知您那些我认为你们感兴趣的事。此外，您祈祷时别忘了我，保持对我的那份情感和尊重。我一直看重我生命的荣耀和对我的祝福。请转达我对您养子的挚爱和敬意。他将会大大弥补我的不在，也将是您晚年生活的慰藉。别了，最好、最尊贵的朋友们。"

他们依依惜别，都流下了眼泪。

扎迪斯基一行先直奔一个遥远的海港，因为听说那里有船去黎凡特。他们在那里上了船，继续他们的航行。

在扎迪斯基一行离开后没几天，那些委托人便赶到了克利福德勋爵的城堡。他们详尽地讲述了他们的使命，对埃德蒙申诉的公正性感到十分满意。他们以文字的形式记述了他们见证的一切，冒昧力劝菲兹-欧文男爵满足埃德蒙的心愿。

男爵已经做了有利于埃德蒙的安排。他们住在克利福德勋爵的城堡期间，他的长子看上了克利福德勋爵的大女儿，恳请父亲为他求婚。男爵很高兴这种联姻，不失时机地向克利福德勋爵提及此事。后者满心欢喜地答应了他。

"我可以把我的女儿许配给你的儿子，条件是你得把你的女儿许配给洛弗尔的继承人。"勋爵神情变得严肃起来。

克利福德勋爵继续说：

"我太喜欢这个年轻人了。他要是向我女儿求婚，我也愿让他做我的女婿啊。要是我的话对你还有影响的话，那么我会利用它为埃德蒙说合的。"

"你真是一个难缠的说客！"男爵说，"不过，你是知道的，我的长子对此事态度非常勉强。他要是同意了，我也会同意的。"

"他会同意的,"克利福德勋爵说,"不然的话,他就得不到我的女儿。先让他消除偏见,然后我才会毫不犹豫地同意他对我女儿的求婚。"

　　"大人,"男爵说,"如果我能得到他的毫无保留的同意,这对所有人来说都是再好不过的事了。我再试一次。要是他还不同意,我就不管了,那就您看着办吧。"

　　当所有的贵族聚集在一起时,菲利普·哈克雷爵士重提那个话题,恳请菲兹-欧文男爵确定埃德蒙的幸福来完成自己的使命。男爵站起来说道:

　　"大量的证据已证明了埃德蒙的高贵身世,也有更有力的证据证明了他的优异的品行,许多高贵的朋友为他说话,所有这一切都让我做出对他有利的决定。我希望,我的决定是对其美德的公正回报,同时又不会损害到我的其他孩子。我决意尽我所能让他们都幸福快乐。克利福德勋爵那么友好地答应将他美丽的女儿许配给我的儿子罗伯特,我要答应的条件是,我的儿子配得上他所期待的幸福。我的孩子们作为我那位不幸的内兄瓦尔特·洛弗尔的继承人是理所当然的。因此,你,我的儿子,将直接拥有你舅父的房子和财产,只要求你付给你的弟弟们每人一千英镑。我将保证,财产永远属于你和你的继承人。我将根据契约将洛弗尔的城堡和财产递交给它们真正的主人,同时让他娶我的女儿为妻。我将给我的两个小儿子适当的津贴,其余的东西将按照遗嘱来处理。在处理完这一切事务后,我在这个世界上也就没有什么可牵挂的了,只为来世做准备了。"

　　"啊,父亲!"罗伯特说,"您这么慷慨,真让我受之有愧!您把一切都给了别人,却没有给自己留下什么。"

　　"不是这样的,儿子,"男爵说,"我将修缮我在威尔士的旧城堡。我将住在那里。我会来看我的孩子们,他们也可来看我。我想看到他们幸福快乐,这样也会增加我的幸福快乐。无论我回首往事还是展望未来,我都只有快乐。感谢上天给了我这么多的祝福。想到我要卸掉作为公民、丈夫、父亲和朋友的指责,我心里感到坦然。无论什么时候召唤我离开这个世界,我都会感到心满意足。"

罗伯特爵士走上前去,泪流满面,跪在父亲面前。

"最好的父亲,最好的人!"他说,"您缓释了一颗一直违拗您意愿的心。今天,您让我感受到了您对我的仁爱之心和宽容大度,这一切都让我受益匪浅。原谅我过去的一切吧。从今往后,我一切都听您的了。您的意愿就是我的意愿。我没有野心,只想不辜负作为您儿子的名声。"

"今天,"男爵说,"我真正体会到了一个做父亲的快乐! 起来吧,孩子。你是我的最爱。"

他们含泪相互拥抱。大家都站了起来,向父子俩表示祝贺。男爵把儿子带到克利福德勋爵面前。克利福德勋爵拥抱了他,然后说:"你会得到我女儿的,因为我看到你配得上她。"

菲利普爵士走过来。男爵把儿子的手拉给这位骑士。

"去爱和尊敬这位侠义之人,"他说,"值得同他这样的人交朋友。你会得到他的友谊的。"

到处听到的都是祝贺声。

欢乐的气氛稍稍平静下来的时候,菲利普爵士提议应该开始落实他们早已谋划好的幸福计划。他提议,菲兹-欧文男爵应该同他一起去洛弗尔城堡,把家安在那里。男爵表示同意。他们一起邀请了一些人陪伴他们去那里。这些人是格雷厄姆勋爵的一个侄子,克利福德勋爵的一个侄子,菲利普·哈克雷爵士家的两位绅士和朋友,奥斯沃德神父也在其中;还有菲利普爵士的几个侍从和家丁,以及其他人的随从。菲兹-欧文男爵命他们立马出发。

格雷厄姆勋爵及其朋友也告辞返回他自己的家。不过,他在动身前,让他的大侄子和继承人同克利福德勋爵的第二个女儿订了婚。

罗伯特爵士则主动向克利福德勋爵的大女儿示爱。后者恭敬地听了他的表白,并没有反对他的求婚。双方的父亲确认了他们的订婚。

菲兹-欧文男爵答应回来贺婚,同时吩咐儿子去他舅父的家,办理转户,处理家务。罗伯特邀请了小克利福德和其他几个人同他一起去。

大家不忍分手,承诺保持友谊。北方的绅士们将推进边境两边的睦邻友好。

菲利普·哈克雷爵士和菲兹-欧文男爵率他们的朋友和侍从奔往洛弗尔城堡。一个仆人快速先行,去通报他们的光临。

埃德蒙心急如焚,决定他命运的时刻即将到来。他问信差这些贵客中都有谁。听说菲利普·哈克雷爵士在其中,而罗伯特·菲兹-欧文留在北方没来,埃德蒙心里升起了希望,淹没了焦虑。威廉带着一个仆人骑马前去迎候贵客,也请埃德蒙留下接待他们。埃德蒙迟疑不决,不知该如何向可爱的爱玛表白。不知多少回了,他想说出心里话,但总是欲言又止。他常常这样抑制自己的感情。他们两人时常长吁短叹,思多言少,心里充满期盼。此时城堡的小主人瓦尔特还过于年轻,难以体会他们的焦虑。不过,他盼望父亲早日归来,结束他们的焦虑。

威廉迫不及待地去迎候父亲。一瞧见父亲,他便策马直奔了过去。

"亲爱的父亲,欢迎您回家来!"他说。

"我可没这么想,孩子。"男爵说,神情严峻。

"为什么,父亲大人?"威廉问。

"因为这里不再是我的家,而是另一个人的家了,"男爵回答道,"我必须受到他的欢迎才行。"

"你意思是说埃德蒙吗?"威廉问。

"除了他,还能有谁?"

"嗨,父亲大人,他是您的人呀,是您的仆人呀。他把自己的命运交给您来决定,一切听由您的快乐。"

"他怎么没来迎接我们?"男爵问。

威廉神情有点迷惑。

"埃德蒙现在处境两难,"威廉说,"他不是怕惹您不快嘛。"

菲利普爵士走上前,把手放在威廉的马鞍上。

"高贵的年轻人,你太性急了!"他说,"朝周围瞧一瞧,看看这伙人中有没有你朋友的敌人! 让你父亲在适当的时候,以适当的方式自己来解释吧。他不会感情用事的。"

男爵朝菲利普爵士笑了笑。威廉的面部表情一下子晴朗了起来。他们继续前行,很快便到了洛弗尔城堡。

此时,埃德蒙正在大厅里踱来踱去。号角声响了,他们到了。埃德蒙听到号角声,激动得难以自持。男爵和菲利普爵士手拉手步入大厅。埃德蒙一下子匍匐在他们的脚下,抱住他们的腿,激动得一句话也说不出来。他们把他扶了起来,鼓励他。可是他扑到菲利普·哈克雷爵士的怀中,浑身无力,几乎昏厥过去。他们扶着他坐下,他才稍稍缓过劲来,可仍然无力说话。他满怀深情地仰望着他的恩人,把手放在自己的胸口上,仍然说不出话来。

"镇静一下,孩子。"菲利普说,"你现在在你最好的朋友的怀中。看吧,幸福在等着你。欣享上天赐予你的祝福吧。奉上你的心感激造物主,想一想从他那里所获的恩典吧! 你以后会有足够的时机向我们表达感谢的。"

大家都围了过来。仆人们也涌进大厅。到处都能听到欢呼。男爵抓住埃德蒙的手说："起来，先生。请在你自己的城堡尽地主之谊吧！从今日起，这就是你的家。我们是你的客人，期待着受到你的欢迎呢！"

埃德蒙在男爵面前跪下，声音颤抖地说：

"大人，我是属于您的。由于您的无私奉献，我才拥有了这一切。我完全听从您的吩咐。"

男爵激动地拥抱了他。

"看看周围的人，"他说，"向你的朋友们致意吧。他们来这里就是为了向你表达敬意。"

埃德蒙"复活"了。他拥抱了他们，并表示欢迎。

他拥抱奥斯沃德神父时显示出特别的感情，极其动情地向他表示祝福。埃德蒙大声说道："请为我祈祷吧，神父！我将怀着感激和平和的心情接受所有的祝福。"

然后，他又向所有的仆人致意，并一一同他们握手；即便是对最卑微的仆人，他也是如此。

他更是热情地拥抱了约瑟夫，称他为最亲密的朋友。"现在，"埃德蒙说，"我可以回报你的情谊了。有你的情谊，我感到自豪。"

老人声音颤抖地大声说道：

"唉，真庆幸我活了这么久。终于看到主人的儿子成为洛弗尔继承人的这一天了！"

大厅里回响着他的声音："洛弗尔继承人万岁！"

男爵握住埃德蒙的手。"我们先离开这里，"他说，"我们还有私事要处理呢。"

他们来到客厅，菲利普爵士和其他朋友跟在后面。

"我的其他孩子在哪里？"男爵问。

威廉转身出去了,不一会儿,带着他的弟弟和妹妹回来了。他们在父亲面前跪下。父亲把他们扶起来,一一拥抱了他们。然后,他喊道:

"威廉! 埃德蒙! 过来也接受我的祝福。"

威廉和埃德蒙手拉着手走上前来,跪下。他为他们履行了庄严的赐福祈祷。

"你们的友情值得我赞美,孩子们! 总是相互挚爱。愿主将其最美好的祝福降于你们头上!"

他们站了起来,满怀喜悦地默默拥抱。埃德蒙将他的朋友引见给菲利普爵士。

"我知道你。"他说,"在这个家庭中我最先认识的就是这位先生。在我心里的位置,除了埃德蒙就是他。有空的时候,我会对他说,无论为我本人还是为大家,我是多么爱他,多么尊敬他。"

他拥抱了威廉,希望同他交朋友。

"到这里来,爱玛!"男爵说。

她走过来,双颊挂着眼泪,面色羞红,宛若沾满晨露的大马士革玫瑰。

"我要问你一个严肃的问题,孩子。对着主,你真诚地回答我。你看,这个年轻人是洛弗尔的继承人。你认识他很久了。问问自己的心,然后告诉我,你是否反对他做你的丈夫。我已经向大家许诺过了,把你许配给他。但是,条件是你接受他。我觉得他配得上你。无论你是否接受他,对我来说,他永远是我的孩子。不过,若你无法对他以心相许,那么主是禁止我强迫你接受的。你心里怎么想的,就怎么说吧。为了我,也为了你,这事得由你自己来决定了。"

美丽的爱玛脸红了,不知该说什么好。少女的矜持让她难以开口。埃德蒙浑身颤抖起来,他不得不倚靠在威廉的肩头。爱玛朝他

看了一眼,看到了他的情绪反应,急忙想宽慰他。因此,她鼓足了勇气,低声说道:

"父亲大人的好意常常阻遏我的意愿。在所有的孩子中,我是最幸福的,能够服从他的意旨,而他也从不粗暴干涉我的喜好。我被叫来面对众人,就是要对这位先生的美德做出公正的回应。在这里我明确表态,如果我要在这个世界上选择一个丈夫,那么他就是我唯一的选择。我心悦我说的这个人也是父亲的选择。"

埃德蒙深深鞠了一躬,朝她走去。男爵拿起女儿的手交给他。他单膝下跪,接过她的手吻了一下,然后把它放在自己的胸前。男爵拥抱了他们俩,并祝福他们。然后,又把这一对恋人带到菲利普·哈克雷爵士面前说:"接受您的孩子,承认您的孩子!"

"我接受他们作为来自主的礼物!"高贵的骑士说,"他们就像我亲生的孩子。我所拥有的一切都是他们的,也将传给他们的子孙后代。"

随后又出现了祝贺的场面。所有在场的人目睹了这个场面,心情激荡,久久不能回归往日的平静。

大家吃了点东西,从那令人兴奋的景象中所产生的持久不衰的情绪也逐渐平静下来。埃德蒙于是对男爵说:"虽然幸福近在咫尺,可是我还得请你们关注一个忧郁的话题。我父母的遗骨就埋在这栋房子里。大人,请允许我履行对他们的最后责任。我将把余生奉献给您和您的家人。"

"好的。"男爵说,"你为什么不厚葬他们呢?"

"大人,我在等您的到来,这样您可以证明这一切的真实性,以免留下疑虑。"

"我丝毫没有疑虑,"男爵说,"唉!那个受到惩处的罪犯竟然没有给你父母留下任何安息之地。"他感叹道:"让这件事过去吧。要是可能,就永远把它忘掉吧。"

"大人,要是不会让您太痛苦的话,我恳请您和这些朋友随我去一趟东屋。那里是我父母的痛苦之地,可也是我美好希望的初显所在。"

大家起身要随他而去。他向爱玛小姐承诺照看好她的兄弟,并说,那个场景太沉重,不适合女士在场。

他们去了东屋。埃德蒙带男爵来到那间可怕的储藏室。就是在这里,发现了尸骨和装尸骨的箱子。他扼要地讲述了他们到来之前发生的一切,带他们看了装有他不幸双亲尸骨的棺材。然后,他请男爵下令厚葬他们。

"不,"男爵回答,"这个命令应该由你来下。这里的所有人都乐意执行你的命令。"

于是,埃德蒙吩咐奥斯沃德神父通知圣奥斯汀修道院的修士,如果他们同意,葬礼将在那里庄严举行。尸骨也将葬在教堂。他也下令重铺储藏室的地板,重修东屋,规整屋内的一切。然后,他回到城堡的另一边。

葬礼筹备了几天后,开始举行了。埃德蒙亲自参加了葬礼。他是主送葬人。菲利普·哈克雷爵士是第二送葬人。约瑟夫希望自己以死者仆人的身份来帮忙。大多数村民跟随其后。现在事件真相公开了。埃德蒙怀着虔敬和忠诚之心履行了对父母的最后义务。大家都为他祈福。埃德蒙出现时,十分悲伤。

一个星期后,他参加了为死者灵魂安息举行的弥撒。

"让我们为亚瑟·洛弗尔勋爵和他的妻子玛利亚的灵魂祈祷吧。由于他们的近亲的背叛和残忍,他们正值大好年华便过早地离世了。他们唯一的儿子埃德蒙,在他们辞世二十一年后,在主的引导下,发现了他们死亡的情形,同时也证明了自己的出身。他把父母的遗骨收殓起来,合葬此地。这是一种警示和明证:天意的公正审判和必有报应迟早会发生的。"

葬礼后的那个星期天,埃德蒙抛却悲伤,身着勋爵服出现了。他平静而愉快地接受着朋友的祝贺,开始欣享自己的幸福。他拜会了他的恋人,表达了长期压抑心中的激情。她欣然聆听着他的表白。她很快便坦承,和他一样,她也承受着悬而未定的痛苦。他们相互立下誓约,只待父亲高兴时成全他们的幸福。

乌云在眉宇间消散,温馨洋溢在心中。朋友们一同分享他们的幸福。威廉和埃德蒙再次发誓友情永续,并承诺,只要威廉的职责允许,彼此就尽可能形影不离。

男爵再次把大家召到一起。他告诉埃德蒙,他的内心被放逐了,随扎迪斯基去了圣土。然后,他又说起了罗伯特爵士同克利福德勋爵女儿订婚及在舅父城堡安家的事,并说,他会赶回来尽他的责任,届时参加婚礼。"不过,我走前,"他说,"我要把我的女儿交给洛弗尔的继承人。然后,我就完成了我对他的职责,以及我对菲利普·哈克雷爵士的承诺。"

"您已经履行了它们,"菲利普爵士说,"无论您何时离开,我都将伴随着您。"

"什么?"埃德蒙惊讶地问,"难道我的两位父亲这就不要我了吗?尊敬的大人,您放弃了两座城堡,那么您打算去哪里住呢?"

"没关系,"男爵说,"我知道,你们俩都会欢迎我的。"

"亲爱的大人,"埃德蒙说,"留下来,继续做这里的主人吧。由您掌管,做您的仆人又做您的儿子,我感到自豪!"

"不,埃德蒙,"男爵说,"这不合适。这是你的城堡,你是这里的勋爵和主人。你有责任显示自己不会辜负上天为你做的非凡之事。"

"没有你们这两位父辈朋友的忠告和帮助,我这样一个年轻人如何能够履行好赋予我的这么多职责呢？啊，菲利普爵士，您也要离我而去吗？您曾带给我希望……"他哽咽地说不下去了。

菲利普爵士说："对我说心里话，埃德蒙，你真希望我同你一起住吗？"

"真的，爵士，就像我渴望生命和幸福那样。"

"那么，亲爱的孩子，我无论生和死都与你在一起了。"

他们感动得热泪盈眶，拥抱在一起。

"好心的大人，"菲利普爵士说，"您已经处理了两座城堡，现在您无处可去。您愿意接受我的城堡吗？您随时都可以入住。这座城堡同您长子的城堡在同一个郡。去那里居住，不是对您很有吸引力吗？"

男爵握住菲利普爵士的手。

"高贵的爵士，谢谢你。我决定接受你的好意。那么，我先做你的房客。与此同时，我在威尔士的城堡也将付诸修缮。我要是不住在那里，那座城堡就会属于我那两个小儿子中的一个。不过，你怎么安排你的那些老兵和侍从呢？"

"大人，我绝不会抛弃他们的。在我的庄园，还有一栋房子，多年关闭未用。我将让人把它装修一下，让那些老人住在那里。我要向那里捐资，每年付一次。我要任命一个总管，管理那笔款项。那里的第一代居住者健在时，资助由我负责。之后，我就将此事交给我儿子来办，由他来安排了。"

"您的儿子，"埃德蒙说，"不会辜负您这样一位父亲的。他会一辈子像您那么做的。"

"好了，"菲利普爵士说，"你的安排，我很满意。我打算就住在我的挚友，你的父亲，曾经住过的那个套房里。我要踩着他的脚步，让他看到，在他儿子的家里，我扮演着他的角色。我要由我自己的仆人来照料。只要你愿意,我就会待在你身边。你的快乐就是我的快乐,你的悲伤就是我的悲伤。你有了孩子,由我来抱。他们的牙牙学语恰恰可逗我这个老头子开心。我在这个世界上的最后一个愿望就是,用你的手合上我的眼睛。"

"早着呢,还不知到啥时候呢,"埃德蒙说。他目光朝上,双手高举:"但愿不要让我履行这样一个令人悲哀的职责。"

"但愿人长久,但愿你们能够快乐生活在一起!"男爵说,"我希望有时能再见到你们,分享你们的祝福。不过,我们还是不要因悲伤而落泪,还是因快乐和激动而流泪好。我们要采取的第一步就是让我们的埃德蒙完婚。我下令安排庆贺。这将是我在这座城堡下达的最后一道命令了。"说罢,他们各自离去,着手准备即将到来的庄严仪式。

菲利普爵士和男爵私下商量如何为埃德蒙恢复洛弗尔的姓氏和封号一事。菲利普爵士说:"我已经决定去觐见国王,简单陈述埃德蒙的身世。我要求下诏书传他来国会,因为无须新的特许状,他就是真正的继承人。同时,他要承用洛弗尔的姓氏、徽章和封号。我将回应任何质疑他的继承人资格的人。"

随后,菲利普爵士宣布,他已决定同男爵一同出发,在回来长居这座城堡前,处理完所有其他事务。

几天后,婚庆开始。所有各方都深感满意。男爵命令将所有的门打开,城堡向所有来客开放。人人看上去都欢庆喜气。

埃德蒙快乐而不轻浮,欢笑而不放肆。他安适、自由和快活地接受朋友们的贺喜。他叫人请来养父养母。他们最初以为埃德蒙把他们忘了。原因是埃德蒙前一段日子的心思全放在更重要的事上了,没有特别关注他们。如今,他将他们请到城堡大厅,并介绍给他的夫人。

埃德蒙说:"他们是善良的人。我有今天的幸福,除了上帝外,多亏了他们。他们是我最初的恩人。我感激他们在我童年之时的养育之恩。这位善良的女人在我幼年时用自己的乳汁养育了我。"

夫人心悦地欢迎他们,并向玛格丽表示敬意。

想到自己曾粗暴对待童年的埃德蒙,安德鲁便跪下,极其谦卑地恳求他的原谅。

"我由衷地原谅您,"埃德蒙说,"我想,当时您那样做是有理由的。我吃你们家孩子的面包,自然,您会把我看成一个闯入你们家庭的人。您救了我的命,以后又管我吃,管我穿。我本应该养活我自己,贴补家用。不过,除此之外,您那样对待我,也是改变我人生的第一步。这促使我注意到了这个贵族之家。自那以后,我经历的一切成为成就我现在的地位和幸福的一步。没有谁像我这样有那么多的恩人。不过,你们俩和我,只不过是上帝用来实现其意图的手中工具。让我赞美上帝吧。我曾分享你们的贫穷,现在就请你们分享我的富有吧。我要给你们一栋村舍及其周边的土地。我还要每年付给你们十英镑,供你们俩生活之用。我借钱让你们的孩子做生意,帮助你们为他们自力谋生做安排。你们要将此看成是我的还债而不是赠礼。我付给你们的远不及我欠你们的。还有什么事情能够让你们幸福快乐,只要我能做到的,你们尽管提出来,只要合情合理,我总会答应的。"

安德鲁用手捂住脸。"我真是承受不起,"他说,"唉,我是个畜生,竟然虐待像您这样的孩子!我一辈子也不会宽恕自己的。"

"您不要和自己过不去,我的朋友。我都原谅了您,而且还感谢您呢。"

安德鲁退回了一步,玛格丽走上前来。她情真意切地看着埃德蒙,然后搂住他的脖子,大声哭了起来。

"我的宝贝！我可爱的孩子！感谢上帝,我能活着看到今天！我为你的好运感到高兴。你对我们这么慷慨大度,可是我还得请求你帮个忙。请允许我有时来这里看看你,瞧一下你那高雅的面容,感谢上帝对我的奖赏。我用自己的乳汁喂养了你,把你带大,结果这却成了对我以及所有认识你的人的一种赐福！"

埃德蒙感动了,拥抱了她。他嘱咐她常来城堡,任何时候来都行,她都会被当作他的母亲受到欢迎的。新娘向她行礼,告诉她,她来的次数越多,就越受欢迎。

玛格丽和她丈夫满怀着对他们幸福的祝福和祈祷离开了。她通过对仆人和邻居讲述埃德蒙的出生、幼年和童年的故事来倾泻自己快乐的情绪。听者泪水涟涟,为他的幸福不断向上天祈祷。

约瑟夫也讲述了他知道的故事。他讲到,青春和美德,宛若晨曦,透过暗云,发出光芒;嫉妒和邪恶是如何一笔一笔把光亮涂抹成黑暗的。他讲述了闹鬼房的故事及其各种各样的结果,讲述了他和奥斯沃德是如何将埃德蒙带出城堡,在作为城堡主人归来前一直没回城堡的经历。他在故事讲述结束时,为那幸福的发现而赞美上天,而这个发现却把洛弗尔城堡带给这样一位继承人,将一位勋爵和主人带给了他的侍从,将一个朋友和恩人带给了人类。真的有一种欢乐的城堡,而不是虚假的那种。在虚假的城堡中蕴藏着悲哀,却是理性之人的悲哀。幸亏至高无上的恩主,通过一种人间赐福提升了他们的灵魂。这是对争取更理想境界的人间赐福。

婚礼过了没几天,菲兹-欧文男爵开始准备去北方了。他把城堡中金银餐具,布料和家具,农业资产和器具,都留给了埃德蒙。他还要留下一笔钱,但是被菲利普爵士谢绝了。

"别忘了,"他说,"你还有其他孩子。我们不想让你伤害到他们。把你的祝福和父爱留给我们就可以了。我们丝毫没有更多的要求。

我告诉你，大人，你和我总有一天应该成为挚友。"

"我们一定会成为挚友的，"男爵说，"没有长久的敌人。我们是兄弟，直到生命尽头，我们也是兄弟。"

他们安排了埃德蒙的家事。男爵让仆人选择自己的主人。年长的跟随他（约瑟夫除外；他想同埃德蒙生活在一起，并将此当作他一生最大的幸福），年轻的大都选择为这年轻的一对效劳。

大家分别时依依不舍。埃德蒙恳求威廉不要离他而去。男爵说，他得参加他哥哥的婚礼，以显示对哥哥的关心。不过，他事后会回城堡过一段时间的。

男爵和菲利普爵士带着他们的一队人马一起出发了。

菲利普爵士去了伦敦，获得了他为埃德蒙所争取的一切。从伦敦，他又去了约克郡，在那里处理了家事，让他家那些领取养老金的人搬到他的另一栋房子里，让菲兹-欧文拥有他自己的城堡。对协议条款，他们相互推让，争论了好久。菲利普爵士坚持要男爵同意使用城堡里的一切。

"你就算为你将来的孙子托管这座城堡吧，"男爵说，"我希望能在我有生之年把城堡移交给他。"

菲利普爵士不在期间，小洛弗尔勋爵派人装修了那套闹鬼的房子，以备养父入住。他让他的朋友约瑟夫管理男仆，并吩咐他减少对自己的服侍。可是，老人总是站在餐桌和宴席边上，心里乐滋滋地瞧着他老主人的儿子的面容，充满自豪和幸福感。约翰·怀亚特也在旁侍候，其快乐也不少。威廉·菲兹-欧文先生同菲利普爵士一起离开了北方，回到洛弗尔城堡居住。

埃德蒙，为爱和友情所怀抱，津津有味地欣享着围绕他的祝福。对他的同胞，他心里充满了仁爱；对造物主，他心里充满了感激的喜悦。他和夫人成为夫妻恩爱和幸福的典范。婚后不到一年，她便给他生了一个儿子和继承人。孩子的出生又给所有的朋友带来新的欢乐，他们纷纷恭喜。菲兹-欧文男爵来参加外孙的洗礼和赐福仪式。孩子根据祖父的名字取名为亚瑟。

第二年，埃德蒙的二儿子出生，取名为菲利普·哈克雷。高贵的菲利普爵士将在约克郡的房产置于他的名下。经国王批准，他承袭了哈克雷家族的姓氏和徽章。

第三个儿子叫威廉。威廉收养了他，他继承了威廉的财产。威廉一直居住在洛弗尔城堡，未婚而逝。

第四个儿子叫埃德蒙，第五个儿子叫欧文，还有一个女儿叫爱玛。

时光消除了罗伯特爵士的偏见。此时，善良、年迈的菲兹-欧文男爵提议，让罗伯特爵士的大儿子和继承人娶埃德蒙·洛弗尔勋爵的女儿。两家高高兴兴地谈定了婚事。双方家人都参加了婚礼。看到他的后代幸福地结合，老男爵心花怒放。他大声说道："我死而无憾了——我活得够久了——正是这种爱的结合，让我所有的孩子同我联系在一起，彼此相连！"婚礼后没多久，他就去世了。他享尽天年，备受尊敬。每当提到他的名字，人们心里充满了深深的感激、热爱和崇敬。对这位品德高尚的人的回忆是甜蜜的，这样一位父亲的后代是幸福的！他们怀念他，仿效他的德行。他们纪念他，以有损祖先的荣誉为耻。

菲利普·哈克雷爵士安居洛弗尔城堡。多年之后，他得到了他的朋友扎迪斯基的消息。当年随他同去圣土的两个仆人中的一个在服侍他。菲利普·哈克雷爵士从那个仆人那里得知，经私下打探，他的朋友发现，自己有一个儿子住在巴勒斯坦。这就是当初扎迪斯基执意离开英国的主要动机。为了寻找他的儿子，他经历了各种各样的冒险。最后，他找到了儿子，让儿子皈依了基督教；然后劝儿子摆脱尘世,隐居到乳香山边上的一家修道院里。他打算在那里度过自己的余生。

以前称为洛弗尔勋爵的那个瓦尔特,无法忍受孤独和退隐的生活,投奔了希腊皇帝约翰·帕立奥劳古斯。他编造了一个故事:他之所以被他的亲戚们迫使离开他自己的国家,是因为他意外杀死了他们中的一位,他受到了极其残酷和不公正的对待,因此,他接受了希腊皇帝军队中的一个职位。其后不久,他娶了一个军队要员的女儿。

扎迪斯基预见到了希腊帝国的衰落,感叹不已。他及时从这场正在逼近的风暴中抽身而退。最后,他吩咐信差告诉菲利普·哈克雷爵士及其养子,他会继续为他们祈祷,也希望他们为他祈祷。

菲利普爵士请洛弗尔勋爵代他款待信差。这位好心的骑士在荣誉和幸福中活到了高寿,最后死在他所挚爱的埃德蒙的怀抱中。

埃德蒙也对忠心耿耿的约瑟夫尽了最后的职责。

奥斯沃德神父作为本堂神父,在洛弗尔城堡生活了许多年。最后,他离开那里,逝世于自己的修道院。

埃德蒙·洛弗尔勋爵也在平静、荣耀和快乐中活到了高寿,最后逝世于他的孩子们的怀抱中。

菲利普·哈克雷爵士将叙述他儿子历史的手稿收集在一起。手稿的第一部分是他在约克郡亲笔写的。其余部分是奥斯沃德神父在洛弗尔城堡写的。这两部分手稿合在一起,对后人提供了一个警示:上帝全能,报应必果。